中外经典文库

鲁迅文选

洪治纲　主编

上海大学出版社
·上海·

图书在版编目(CIP)数据

鲁迅文选 / 洪治纲主编. —上海：上海大学出版社，2023.5

（中外经典文库）

ISBN 978 - 7 - 5671 - 4664 - 8

Ⅰ. ①鲁… Ⅱ. ①洪… Ⅲ. ①鲁迅著作—选集 Ⅳ. ①I210.2

中国国家版本馆 CIP 数据核字(2023)第 071093 号

统　　筹　刘　强
责任编辑　时英英
封面设计　柯国富
技术编辑　金　鑫　钱宇坤

中外经典文库

鲁迅文选

洪治纲　主编

上海大学出版社出版发行

（上海市上大路 99 号　邮政编码 200444）

（https://www.shupress.cn　发行热线 021 - 66135112）

出版人　戴骏豪

*

南京展望文化发展有限公司排版

上海华业装璜印刷厂有限公司印刷　　各地新华书店经销

开本 890mm×1240mm　1/32　印张 9.5　字数 221 千字

2023 年 6 月第 1 版　2023 年 6 月第 1 次印刷

ISBN 978 - 7 - 5671 - 4664 - 8/I · 679　定价 48.00 元

目录

CONTENTS

文化偏至论[①]

中国既以自尊大昭闻天下，善诋諆者，或谓之顽固；且将抱守残阙，以底于灭亡。近世人士，稍稍耳新学之语，则亦引以为愧，翻然思变，言非同西方之理弗道，事非合西方之术弗行，掊击旧物，惟恐不力，曰将以革前缪而图富强也。间尝论之：昔者帝轩辕氏之戡蚩尤[②]而定居于华土也，典章文物，于以权舆，有苗裔之繁衍于兹，则更改张皇，益臻美大。其蠢蠢于四方者，胥蕞尔小蛮夷耳，厥种之所创成，无一足为中国法，是故化成发达，咸出于己而无取乎人。降及周秦，西方有希腊罗马起，艺文思理，灿然可观，顾以道路之艰，波涛之恶，交通梗塞，未能择其善者以为师资。洎元明时，虽有一二景教父师[③]，以教理暨历算质学干中国，而其道非盛。故迄于海禁既开，皙人踵至之顷，中国之在天下，见夫四夷之则效上国，革面来宾者有之；或野心怒发，狡焉思逞者有之；若其文化昭明，诚足以相上下者，盖未之有也。屹然出中央而无校雠，则其益自尊大，宝自有而傲睨万物，固人情所宜然，亦非甚背于理极者矣。虽

① 此文最初发表于 1908 年 8 月《河南》月刊第 7 号，署名迅行。

② 轩辕氏即黄帝，我国传说中汉族的始祖。相传他与九黎族首领蚩尤作战，擒杀蚩尤于涿鹿。

③ 景教父师，指在中国传教的天主教士。

然，惟无校雠故，则宴安日久，苓落以胎，迫拶不来，上征亦辍，使人茶，使人屯，其极为见善而不思式。有新国林起于西，以其殊异之方术来向，一施吹拂，块然踣傹[1]，人心始自危，而轻才小慧之徒，于是竞言武事。后有学于殊域者，近不知中国之情，远复不察欧美之实，以所拾尘芥，罗列人前，谓钩爪锯牙，为国家首事，又引文明之语，用以自文，征印度波兰，作之前鉴。夫以力角盈绌者，于文野亦何关？远之则罗马之于东西戈尔，迩之则中国之于蒙古女真，此程度之离距为何如，决之不待智者。然其胜负之数，果奈何矣？苟曰是惟往古为然，今则机械其先，非以力取，故胜负所判，即文野之由分也。则曷弗启人智而开发其性灵，使知罟获戈矛，不过以御豺虎，而喋喋誉白人肉攫之心，以为极世界之文明者又何耶？且使如其言矣，而举国犹孱，授之巨兵，奚能胜任，仍有僵死而已矣。嗟夫，夫子盖以习兵事为生，故不根本之图，而仅提所学以干天下；虽兜牟[2]深隐其面，威武若不可陵，而干禄之色，固灼然现于外矣！计其次者，乃复有制造商估立宪国会之说。前二者素见重于中国青年间，纵不主张，治之者亦将不可缕数。盖国若一日存，固足以假力图富强之名，博志士之誉；即有不幸，宗社为墟，而广有金资，大能温饱，即使怙恃既失，或被虐杀如犹太遗黎，然善自退藏，或不至于身受；纵大祸垂及矣，而幸免者非无人，其人又适为己，则能得温饱又如故也。若夫后二，可无论已。中较善者，或诚痛乎外侮迭来，不可终日，自既荒陋，则不得已，姑拾他人之绪余，思鸠大群以抗御，而又飞扬其性，善能攘扰，见异己者兴，必借众以陵寡，托言众治，压制乃尤烈于暴君。此非独于理至悖也，即缘救国是图，不

---

① 踣傹，僵倒。傹，同僵。

② 兜牟，军盔。

惜以个人为供献，而考索未用，思虑粗疏，茫未识其所以然，辄皈依于众志，盖无殊痼疾之人，去药石摄卫之道弗讲，而乞灵于不知之力，拜祷稽首于祝由[①]之门者哉。至尤下而居多数者，乃无过假是空名，遂其私欲，不顾见诸实事，将事权言议，悉归奔走干进之徒，或至愚屯之富人，否亦善垄断之市侩，特以自长营搰，当列其班，况复掩自利之恶名，以福群之令誉，捷径在目，斯不惮竭蹶以求之耳。呜呼，古之临民者，一独夫也；由今之道，且顿变而为千万无赖之尤，民不堪命矣，于兴国究何与焉。顾若而人者，当其号召张皇，盖蔑弗托近世文明为后盾，有佛戾[②]其说者起，辄谥之曰野人，谓为辱国害群，罪当甚于流放。第不知彼所谓文明者，将已立准则，慎施去取，指善美而可行诸中国之文明乎，抑成事旧章，咸弃捐不顾，独指西方文化而为言乎？物质也，众数也，十九世纪末叶文明之一面或在兹，而论者不以为有当。盖今所成就，无一不绳前时之遗迹，则文明必日有其迁流，又或抗往代之大潮，则文明亦不能无偏至。诚若为今立计，所当稽求既往，相度方来，掊物质而张灵明，任个人而排众数。人既发扬踔厉矣，则邦国亦以兴起。奚事抱枝拾叶，徒金铁[③]国会立宪之云乎？夫势利之念昌狂于中，则是非之辨为之昧，措置张主，辄失其宜，况乎志行污下，将借新文明之名，以大遂其私欲者乎？是故今所谓识时之彦，为按其实，则多数常为盲子，宝赤菽以为玄珠，少数乃为巨奸，垂微饵以冀鲸鲵。即不若是，中心皆中正无瑕玷矣，于是拮据辛苦，展其雄才，渐乃志遂事成，终致彼所谓新文明者，举而纳之中国，而此迁流偏至之物，已陈旧于

---

① 祝由，旧时用符咒等迷信方法治病的人。

② 佛戾，违逆。佛，通拂。

③ 金铁，指杨度提出的“金铁主义”。金指“金钱”，即经济。铁指“铁炮”，即军事。

殊方者，馨香顶礼，吾又何为若是其芒芒哉！是何也？曰物质也，众数也，其道偏至。根史实而见于西方者不得已，横取而施之中国则非也。借曰非乎？请循其本——

夫世纪之元，肇于耶稣出世，历年既百，是为一期，大故若兴，斯即此世纪所有事，盖从历来之旧贯，而假是为区分，无奥义也。诚以人事连绵，深有本柢，如流水之必自原泉，卉木之茁于根茇，倏忽隐见，理之必无。故苟为寻绎其条贯本末，大都蝉联而不可离，若所谓某世纪文明之特色何在者，特举荦荦大者而为言耳。按之史实，乃如罗马统一欧洲以来，始生大洲通有之历史；已而教皇以其权力，制御全欧，使列国靡然受圈，如同社会，疆域之判，等于一区；益以梏亡人心，思想之自由几绝，聪明英特之士，虽摘发新理，怀抱新见，而束于教令，胥缄口结舌而不敢言。虽然，民如大波，受沮益浩，则于是始思脱宗教之系缚，英德二国，不平者多，法皇宫庭，实为怨府，又以居于意也，乃并意太利人而疾之。林林之民，咸致同情于不平者，凡有能阻泥教旨，抗拒法皇，无间是非，辄与赞和。时则有路德（M.Luther）者起于德，谓宗教根元，在乎信仰，制度戒法，悉其荣华，力击旧教而仆之。自所创建，在废弃阶级，黜法皇僧正①诸号，而代以牧师，职宣神命，置身社会，弗殊常人；仪式祷祈，亦简其法。至精神所注，则在牧师地位，无所胜于平人也。转轮②既始，烈栗遍于欧洲，受其改革者，盖非独宗教而已，且波及于其他人事，如邦国离合，争战原因，后兹大变，多基于是。加以束缚弛落，思索自由，社会蔑不有新色，则有尔后超形气学上之发见，与形气学上之发明。以是胚胎，又作新事：发隐地也，善机械也，

① 僧正，即主教。

② 转轮，即变革。

展学艺而拓贸迁也，非去羁勒而纵人心，不有此也。顾世事之常，有动无定，宗教之改革已，自必益进而求政治之更张。溯厥由来，则以往者颠覆法皇，一假君主之权力，变革既毕，其力乃张，以一意孤临万民，在下者不能加之抑制，日夕孳孳，惟开拓封域是务，驱民纳诸水火，绝无所动于心：生计绌，人力耗矣。而物反于穷，民意遂动，革命于是见于英，继起于美，复次则大起于法朗西，扫荡门第，平一尊卑，政治之权，主以百姓，平等自由之念，社会民主之思，弥漫于人心。流风至今，则凡社会政治经济上一切权利，义必悉公诸众人，而风俗习惯道德宗教趣味好尚言语暨其他为作，俱欲去上下贤不肖之闲，以大归乎无差别。同是者是，独是者非，以多数临天下而暴独特者，实十九世纪大潮之一派，且曼衍入今而未有既者也。更举其他，则物质文明之进步是已。当旧教盛时，威力绝世，学者有见，大率默然，其有毅然表白于众者，每每获囚戮之祸。递教力堕地，思想自由，凡百学术之事，勃焉兴起，学理为用，实益遂生，故至十九世纪，而物质文明之盛，直傲睨前此二千余年之业绩。数其著者，乃有棉铁石炭之属，产生倍旧，应用多方，施之战斗制造交通，无不功越于往日；为汽为电，咸听指挥，世界之情状顿更，人民之事业益利。久食其赐，信乃弥坚，渐而奉为圭臬，视若一切存在之本根，且将以之范围精神界所有事，现实生活，胶不可移，惟此是尊，惟此是尚，此又十九世纪大潮之一派，且曼衍入今而未有既者也。虽然，教权庞大，则覆之假手于帝王，比大权尽集一人，则又颠之以众庶。理若极于众庶矣，而众庶果足以极是非之端也耶？宴安逾法，则矫之以教宗，递教宗淫用其权威，则又掊之以质力。事若尽于物质矣，而物质果足尽人生之本也耶？平意思之，必不然矣。然而大势如是者，盖如前言，文明无不根旧迹而演来，亦以矫往事而生偏至，缘督[①]校量，其颇灼然，犹孑与躄[②]焉耳。特其见于欧洲也，为不得已，且亦不可去，去孑与躄，斯失孑与躄之德，而留者为空无。不安受宝重之者奈何？顾横被之不相系之中国而膜拜之，又宁见其有当也？明者微睇，察逾众凡，大士哲人，乃蚤识其弊而生愤叹，此十九世纪末叶思潮之所以变矣。德人尼佉(Fr. Nietzsche)[③]氏，则假察罗图斯德罗(Zarathustra)之言曰，吾行太远，孑然失其侣，返而观夫今之世，文明之邦国矣，斑斓之社会矣。特其为社会也，无确固之崇信；众庶之于知识也，无作始之性质。邦国如是，奚能淹留？吾见放于父母之邦矣！聊可望者，独苗裔耳。此其深思遐瞩，见近世文明之伪与偏，又无望于今之人，不得已而念来叶者也。

然则十九世纪末思想之为变也，其原安在，其实若何，其力之及于将来也又奚若？曰言其本质，即以矫十九世纪文明而起者耳。盖五十年来，人智弥进，渐乃返观前此，得其通弊，察其黮暗，于是浡焉兴作，会为大潮，以反动破坏充其精神，以获新生为其希望，专向旧有之文明，而加之掊击扫荡焉。全欧人士，为之栗然震惊者有之，芒然自失者有之，其力之烈，盖深入于人之灵府矣。然其根柢，乃远在十九世纪初叶神思一派；递夫后叶，受感化于其时现实之精神，已而更立新形，起以抗前时之现实，即所谓神思宗之至新者也。若夫影响，则眇眇来世，肊测殊难，特知此派之兴，决非突见而靡人心，亦不至突灭而归乌有，据地极固，函义甚深。以是为二十世纪文化始基，虽云早计，然其为将来新思想之朕兆，亦新生活之先驱，则按诸史实所昭垂，可不俟繁言而解者已。顾新者虽作，旧亦未

---

① 缘督，遵循正确的标准。
② 孑，独臂。躄，跛足。
③ 尼佉，现通译为尼采。

僵，方遍满欧洲，冥通其地人民之呼吸，余力流衍，乃扰远东，使中国之人，由旧梦而入于新梦，冲决嚣叫，状犹狂酲。夫方贱古尊新，而所得既非新，又至偏而至伪，且复横决，浩乎难收，则一国之悲哀亦大矣。今为此篇，非云已尽西方最近思想之全，亦不为中国将来立则，惟疾其已甚，施之抨弹，犹神思新宗之意焉耳。故所述止于二事：曰非物质，曰重个人。

个人一语，入中国未三四年，号称识时之士，多引以为大诟，苟被其谥，与民贼同。意者未遑深知明察，而迷误为害人利己之义也欤？夷考其实，至不然矣。而十九世纪末之重个人，则吊诡殊恒，尤不能与往者比论。试案尔时人性，莫不绝异其前，入于自识，趣于我执，刚愎主己，于庸俗无所顾忌。如诗歌说部之所记述，每以骄蹇不逊者为全局之主人。此非操觚之士，独凭神思构架而然也，社会思潮，先发其朕，则迻之载籍而已矣。盖自法朗西大革命以来，平等自由，为凡事首，继而普通教育及国民教育，无不基是以遍施。久浴文化，则渐悟人类之尊严；既知自我，则顿识个性之价值；加以往之习惯坠地，崇信荡摇，则其自觉之精神，自一转而之极端之主我。且社会民主之倾向，势亦大张，凡个人者，即社会之一分子，夷隆实陷，是为指归，使天下人人归于一致，社会之内，荡无高卑。此其为理想诚美矣，顾于个人殊特之性，视之蔑如，既不加之别分，且欲致之灭绝。更举黮暗，则流弊所至，将使文化之纯粹者，精神益趋于固陋，颓波日逝，纤屑靡存焉。盖所谓平社会者，大都夷峻而不湮卑，若信至程度大同，必在前此进步水平以下。况人群之内，明哲非多，伧俗横行，浩不可御，风潮剥蚀，全体以沦于凡庸。非超越尘埃，解脱人事，或愚屯罔识，惟众是从者，其能缄口而无言乎？物反于极，则先觉善斗之士出矣：德人斯契纳尔（M. Stirner）乃先以极端之个人主义现于世。谓真之进步，在于己之足下。人必发挥自性，而脱观念世界之执持。惟此自性，即造物主。惟有此我，本属自由；既本有矣，而更外求也，是曰矛盾。自由之得以力，而力即在乎个人，亦即资财，亦即权利。故苟有外力来被，则无间出于寡人，或出于众庶，皆专制也。国家谓吾当与国民合其意志，亦一专制也。众意表现为法律，吾即受其束缚，虽曰为我之舆台[1]，顾同是舆台耳。去之奈何？曰：在绝义务。义务废绝，而法律与偕亡矣。意盖谓凡一个人，其思想行为，必以己为中枢，亦以己为终极：即立我性为绝对之自由者也。至勖宾霍尔（A. Schopenhauer）[2]，则自既以兀傲刚愎有名，言行奇觚，为世希有；又见夫盲瞽鄙倍之众，充塞两间，乃视之与至劣之动物并等，愈益主我扬己而尊天才也。至丹麦哲人契开迦尔（S.Kierkegaard）则愤发疾呼，谓惟发挥个性，为至高之道德，而顾瞻他事，胥无益焉。其后有显理伊勃生（Henrik Ibsen）见于文界，瑰才卓识，以契开迦尔之诠释者称。其所著书，往往反社会民主之倾向，精力旁注，则无间习惯信仰道德，苟有拘于虚而偏至者，无不加之抵排。更睹近世人生，每托平等之名，实乃愈趋于恶浊，庸凡凉薄，日益以深，顽愚之道行，伪诈之势逞，而气宇品性卓尔不群之士，乃反穷于草莽，辱于泥涂，个性之尊严，人类之价值，将咸归于无有，则常为慷慨激昂而不能自已也。如其《民敌》一书，谓有人宝守真理，不阿世媚俗，而不见容于人群，狡狯之徒，乃巍然独为众愚领袖，借多陵寡，植党自私，于是战斗以兴，而其书亦止：社会之象，宛然具于是焉。若夫尼佉，斯个人主义之至雄桀者矣，希望所寄，惟在大士天才；而以愚民为本位，则恶之不殊蛇蝎。意盖谓治任多数，则社会元气，一旦

① 舆台，古代奴隶中两个等级的名称，后泛指被奴役的人。
② 勖宾霍尔，现通译为叔本华。

可隳，不若用庸众为牺牲，以冀一二天才之出世，递天才出而社会之活动亦以萌，即所谓超人之说，尝震惊欧洲之思想界者也。由是观之，彼之讴歌众数，奉若神明者，盖仅见光明一端，他未遍知，因加赞颂，使反而观诸黑暗，当立悟其不然矣。一梭格拉第也，而众希腊人鸩之，一耶稣基督也，而众犹太人磔之，后世论者，孰不云缪，顾其时则从众志耳。设留今之众志，迻诸载籍，以俟评骘于来哲，则其是非倒置，或正如今人之视往古，未可知也。故多数相朋，而仁义之途，是非之端，樊然淆乱；惟常言是解，于奥义也漠然。常言奥义，孰近正矣？是故布鲁多既杀该撒，昭告市人，其词秩然有条，名分大义，炳如观火；而众之受感，乃不如安多尼指血衣之数言。于是方群推为爱国之伟人，忽见逐于域外。夫誉之者众数也，逐之者又众数也，一瞬息中，变易反复，其无特操不俟言；即观现象，已足知不祥之消息矣。故是非不可公于众，公之则果不诚；政事不可公于众，公之则治不郅。惟超人出，世乃太平。苟不能然，则在英哲。嗟夫，彼持无政府主义者，其颠覆满盈，铲除阶级，亦已至矣，而建说创业诸雄，大都以导师自命。夫一导众从，智愚之别即在斯。与其抑英哲以就凡庸，曷若置众人而希英哲？则多数之说，缪不中经，个性之尊，所当张大，盖揆之是非利害，已不待繁言深虑而可知矣。虽然，此亦赖夫勇猛无畏之人，独立自强，去离尘垢，排舆言而弗沦于俗囿者也。

若夫非物质主义者，犹个人主义然，亦兴起于抗俗。盖唯物之倾向，固以现实为权舆，浸润人心，久而不止。故在十九世纪，爰为大潮，据地极坚，且被来叶，一若生活本根，舍此将莫有在者。不知纵令物质文明，即现实生活之大本，而崇奉逾度，倾向偏趋，外此诸端，悉弃置而不顾，则按其究竟，必将缘偏颇之恶因，失文明之神旨，先以消耗，终以灭亡，历世精神，不百年而具尽矣。递夫十九世纪后叶，而其弊果益昭，诸凡事物，无不质化，灵明日以亏蚀，旨趣流于平庸，人惟客观之物质世界是趋，而主观之内面精神，乃舍置不之一省。重其外，放其内，取其质，遗其神，林林众生，物欲来蔽，社会憔悴，进步以停，于是一切诈伪罪恶，蔑弗乘之而萌，使性灵之光，愈益就于黯淡：十九世纪文明一面之通弊，盖如此矣。时乃有新神思宗徒出，或崇奉主观，或张皇意力，匡纠流俗，厉如电霆，使天下群伦，为闻声而摇荡。即其他评骘之士，以至学者文家，虽意主和平，不与世迕，而见此唯物极端，且杀精神生活，则亦悲观愤叹，知主观与意力主义之兴，功有伟于洪水之有方舟者焉。主观主义者，其趣凡二：一谓惟以主观为准则，用律诸物；一谓视主观之心灵界，当较客观之物质界为尤尊。前者为主观倾向之极端，力特著于十九世纪末叶，然其趋势，颇与主我及我执殊途，仅于客观之习惯，无所盲从，或不置重，而以自有之主观世界为至高之标准而已。以是之故，则思虑动作，咸离外物，独往来于自心之天地，确信在是，满足亦在是，谓之渐自省其内曜之成果可也。若夫兴起之由，则原于外者，为大势所向，胥在平庸之客观习惯，动不由己，发如机缄[①]，识者不能堪，斯生反动；其原于内者，乃实以近世人心，日进于自觉，知物质万能之说，且逸个人之情意，使独创之力，归于槁枯，故不得不以自悟者悟人，冀挽狂澜于方倒耳。如尼佉伊勃生诸人，皆据其所信，力抗时俗，示主观倾向之极致；而契开迦尔则谓真理准则，独在主观，惟主观性，即为真理，至凡有道德行为，亦可弗问客观之结果若何，而一任主观之善恶为判断焉。其说出世，和者日多，于是思潮为之更张，骛外者渐转而趣内，渊思冥想之风作，自省抒情之意苏，去现实物质与自然之樊，以就其本有心灵之域；

① 机缄，即机械。

知精神现象实人类生活之极颠，非发挥其辉光，于人生为无当；而张大个人之人格，又人生之第一义也。然尔时所要求之人格，有甚异于前者。往所理想，在知见情操，两皆调整，若主智一派，则在聪明睿智，能移客观之大世界于主观之中者。如是思惟，迨黑该尔(F.Hegel)出而达其极。若罗曼暨尚古[①]一派，则息孚支培黎(Shaftesbury)承卢骚(J.Rousseau)之后，尚容情感之要求，特必与情操相统一调和，始合其理想之人格。而希籁(Fr.Schiller)氏者，乃谓必知感两性，圆满无间，然后谓之全人。顾至十九世纪垂终，则理想为之一变。明哲之士，反省于内面者深，因以知古人所设具足调协之人，决不能得之今世；惟有意力轶众，所当希求，能于情意一端，处现实之世，而有勇猛奋斗之才，虽屡踣屡僵，终得现其理想：其为人格，如是焉耳。故如勖宾霍尔所张主，则以内省诸己，豁然贯通，因曰意力为世界之本体也；尼佉之所希冀，则意力绝世，几近神明之超人也；伊勃生之所描写，则以更革为生命，多力善斗，即迕万众不慑之强者也。夫诸凡理想，大致如斯者，诚以人丁转轮之时，处现实之世，使不若是，每至舍己从人，沉溺逝波，莫知所届，文明真髓，顷刻荡然；惟有刚毅不挠，虽遇外物而弗为移，始足作社会桢干。排斥万难，黾勉上征，人类尊严，于此攸赖，则具有绝大意力之士贵耳。虽然，此又特其一端而已。试察其他，乃亦以见末叶人民之弱点，盖往之文明流弊，浸灌性灵，众庶率纤弱颓靡，日益以甚，渐乃反观诸已，为之欿然[②]，于是刻意求意力之人，冀倚为将来之柱石。此正犹洪水横流，自将灭顶，乃神驰彼岸，出全力以呼善没者尔，悲夫！

---

① 罗曼，指浪漫主义。尚古，指古典主义。
② 欿然，忧虑；不满足的意思。

由是观之，欧洲十九世纪之文明，其度越前古，凌驾亚东，诚不俟明察而见矣。然既以改革而胎，反抗为本，则偏于一极，固理势所必然。洎夫末流，弊乃自显。于是新宗蹶起，特反其初，复以热烈之情，勇猛之行，起大波而加之涤荡。直至今日，益复浩然。其将来之结果若何，盖未可以率测。然作旧弊之药石，造新生之津梁，流衍方长，曼不遽已，则相其本质，察其精神，有可得而征信者。意者文化常进于幽深，人心不安于固定，二十世纪之文明，当必沉邃庄严，至与十九世纪之文明异趣。新生一作，虚伪道消，内部之生活，其将愈深且强欤？精神生活之光耀，将愈兴起而发扬欤？成然以觉，出客观梦幻之世界，而主观与自觉之生活，将由是而益张欤？内部之生活强，则人生之意义亦愈邃，个人尊严之旨趣亦愈明，二十世纪之新精神，殆将立狂风怒浪之间，恃意力以辟生路者也。中国在今，内密既发，四邻竞集而迫拶，情状自不能无所变迁。夫安弱守雌，笃于旧习，固无以争存于天下。第所以匡救之者，缪而失正，则虽日易故常，哭泣叫号之不已，于忧患又何补矣？此所为明哲之士，必洞达世界之大势，权衡校量，去其偏颇，得其神明，施之国中，翕合无间。外之既不后于世界之思潮，内之仍弗失固有之血脉，取今复古，别立新宗，人生意义，致之深邃，则国人之自觉至，个性张，沙聚之邦，由是转为人国。人国既建，乃始雄厉无前，屹然独见于天下，更何有于肤浅凡庸之事物哉？顾今者翻然思变，历岁已多，青年之所思惟，大都归罪恶于古之文物，甚或斥言文为蛮野，鄙思想为简陋，风发浡起，皇皇焉欲进欧西之物而代之，而于适所言十九世纪末之思潮，乃漠然不一措意。凡所张主，惟质为多，取其质犹可也，更按其实，则又质之至伪而偏，无所可用。虽不为将来立计，仅图救今日之阽危，而其术其心，违戾亦已甚矣。况乎凡造言任事者，又复有假改革公名，而阴以遂其私欲者哉？今敢问号称志士者曰，将以富有为文明欤，则犹太遗黎，性长居积，欧人之善贾者，莫与比伦，然其民之遭遇何如矣？将以路矿为文明欤，则五十年来非澳二洲，莫不兴铁路矿事，顾此二洲土著之文化何如矣？将以众治为文明欤，则西班牙波陀牙二国，立宪且久，顾其国之情状又何如矣？若曰惟物质为文化之基也，则列机括①，陈粮食，遂足以雄长天下欤？曰惟多数得是非之正也，则以一人与众禺处，其亦将木居而芧食欤②？此虽妇竖，必否之矣。然欧美之强，莫不以是炫天下者，则根柢在人，而此特现象之末，本原深而难见，荣华昭而易识也。是故将生存两间，角逐列国是务，其首在立人，人立而后凡事举；若其道术，乃必尊个性而张精神。假不如是，槁丧且不俟夫一世。夫中国在昔，本尚物质而疾天才矣，先王之泽，日以殄绝，逮蒙外力，乃退然不可自存。而辁才小慧之徒，则又号召张皇，重杀之以物质而囿之以多数，个人之性，剥夺无余。往者为本体自发之偏枯，今则获以交通传来之新疫，二患交伐，而中国之沉沦遂以益速矣。呜呼，眷念方来，亦已焉哉！

一九〇七年作。

① 机括，指武器。

② 禺，大猴子。芧，橡实。

摩罗诗力说[1]

求古源尽者将求方来之泉，将求新源。嗟我昆弟，新生之作，新泉之涌于渊深，其非远矣。

——尼佉

一

人有读古国文化史者，循代而下，至于卷末，必凄以有所觉，如脱春温而入于秋肃，勾萌绝朕[2]，枯槁在前，吾无以名，姑谓之萧条而止。盖人文之留遗后世者，最有力莫如心声。古民神思，接天然之閟宫，冥契万有，与之灵会，道其能道，爰为诗歌。其声度时劫而入人心，不与缄口同绝；且益曼衍，视其种人。递文事式微，则种人之运命亦尽，群生辍响，荣华收光；读史者萧条之感，即以怒起，而此文明史记，亦渐临末页矣。凡负令誉于史初，开文化之曙色，而今日转为影国者，无不如斯。使举国人所习闻，最适莫如天竺。天竺古有《韦陀》四种，瑰丽幽夐，称世界大文；其《摩诃波罗多》暨《罗摩衍那》二赋，亦至美妙。厥后有诗人加黎陀萨（Kalidasa）者出，以

① 此文最初发表于 1908 年 2 月和 3 月《河南》月刊第 2 号、第 3 号，署名令飞。

② 勾萌绝朕，毫无生机的意思。

传奇鸣世，间染抒情之篇；日耳曼诗宗瞿提（W. von Goethe），至崇为两间之绝唱。降及种人失力，而文事亦共零夷，至大之声，渐不生于彼国民之灵府，流转异域，如亡人也。次为希伯来，虽多涉信仰教诫，而文章以幽邃庄严胜，教宗文术，此其源泉，灌溉人心，迄今兹未艾。特在以色列族，则止耶利米（Jeremiah）之声；列王荒矣，帝怒以赫，耶路撒冷遂隳，而种人之舌亦默。当彼流离异地，虽不遽忘其宗邦，方言正信，拳拳未释，然《哀歌》而下，无赓响矣。复次为伊兰埃及，皆中道废弛，有如断绠，灿烂于古，萧瑟于今。若震旦而逸斯列，则人生大戬，无逾于此。何以故？英人加勒尔（Th. Carlyle）曰，得昭明之声，洋洋乎歌心意而生者，为国民之首义。意太利分崩矣，然实一统也，彼生但丁（Dante Alighieri），彼有意语。大俄罗斯之札尔[①]，有兵刃炮火，政治之上，能辖大区，行大业。然奈何无声？中或有大物，而其为大也喑。（中略）迨兵刃炮火，无不腐蚀，而但丁之声依然。有但丁者统一，而无声兆之俄人，终支离而已。

尼佉（Fr. Nietzsche）不恶野人，谓中有新力，言亦确凿不可移。盖文明之朕，固孕于蛮荒，野人狉獉其形，而隐曜即伏于内。文明如华，蛮野如蕾，文明如实，蛮野如华，上征在是，希望亦在是。惟文化已止之古民不然：发展既央，隳败随起，况久席古宗祖之光荣，尝首出周围之下国，暮气之作，每不自知，自用而愚，污如死海。其煌煌居历史之首，而终匿形于卷末者，殆以此欤？俄之无声，激响在焉。俄如孺子，而非喑人；俄如伏流，而非古井。十九世纪前叶，果有鄂戈理（N. Gogol）者起，以不可见之泪痕悲色，振其邦人，或以拟英之狭斯丕尔（W. Shakespeare），即加勒尔所赞扬崇拜者也。顾瞻人间，新声争起，无不以殊特雄丽之言，自振其精神而绍介其伟美

① 札尔，现通译沙皇。

于世界；若渊默而无动者，独前举天竺以下数古国而已。嗟夫，古民之心声手泽，非不庄严，非不崇大，然呼吸不通于今，则取以供览古之人，使摩挲咏叹而外，更何物及其子孙？否亦仅自语其前此光荣，即以形迩来之寂寞，反不如新起之邦，纵文化未昌，而大有望于方来之足致敬也。故所谓古文明国者，悲凉之语耳，嘲讽之辞耳！中落之胄，故家荒矣，则喋喋语人，谓厥祖在时，其为智慧武怒者何似，尝有闳宇崇楼，珠玉犬马，尊显胜于凡人。有闻其言，孰不腾笑？夫国民发展，功虽有在于怀古，然其怀也，思理朗然，如鉴明镜，时时上征，时时反顾，时时进光明之长途，时时念辉煌之旧有，故其新者日新，而其古亦不死。若不知所以然，漫夸耀以自悦，则长夜之始，即在斯时。今试履中国之大衢，当有见军人蹀躞而过市者，张口作军歌，痛斥印度波阑之奴性；有漫为国歌者亦然。盖中国今日，亦颇思历举前有之耿光，特未能言，则姑曰左邻已奴，右邻且死，择亡国而较量之，冀自显其佳胜。夫二国与震旦究孰劣，今姑弗言；若云颂美之什，国民之声，则天下之咏者虽多，固未见有此作法矣。诗人绝迹，事若甚微，而萧条之感，辄以来袭。意者欲扬宗邦之真大，首在审己，亦必知人，比较既周，爰生自觉。自觉之声发，每响必中于人心，清晰昭明，不同凡响。非然者，口舌一结，众语俱沦，沉默之来，倍于前此。盖魂意方梦，何能有言？即震于外缘，强自扬厉，不惟不大，徒增欷耳。故曰国民精神之发扬，与世界识见之广博有所属。

今且置古事不道，别求新声于异邦，而其因即动于怀古。新声之别，不可究详；至力足以振人，且语之较有深趣者，实莫如摩罗[①]诗派。摩罗之言，假自天竺，此云天魔，欧人谓之撒但，人本以目裴伦（G.Byron）。今则举一切诗人中，凡立意在反抗，指归在动作，而

① 摩罗，通作魔罗，系梵文译音。佛教传说中的魔鬼。

为世所不甚愉悦者悉入之，为传其言行思惟，流别影响，始宗主裴伦，终以摩迦（匈加利）文士[①]。凡是群人，外状至异，各禀自国之特色，发为光华；而要其大归，则趣于一：大都不为顺世和乐之音，动吭一呼，闻者兴起，争天拒俗，而精神复深感后世人心，绵延至于无已。虽未生以前，解脱而后，或以其声为不足听；若其生活两间，居天然之掌握，辗转而未得脱者，则使之闻之，固声之最雄桀伟美者矣。然以语平和之民，则言者滋惧。

二

平和为物，不见于人间。其强谓之平和者，不过战事方已或未始之时，外状若宁，暗流仍伏，时劫一会，动作始矣。故观之天然，则和风拂林，甘雨润物，似无不以降福祉于人世，然烈火在下，出为地囱[②]，一旦偾兴，万有同坏。其风雨时作，特暂伏之见象，非能永劫安易，如亚当之故家也。人事亦然，衣食家室邦国之争，形现既昭，已不可以讳掩；而二士室处，亦有吸呼，于是生颢气[③]之争，强肺者致胜。故杀机之昉，与有生偕；平和之名，等于无有。特生民之始，既以武健勇烈，抗拒战斗，渐进于文明矣，化定俗移，转为新懦，知前征之至险，则爽然思归其雌，而战场在前，复自知不可避，于是运其神思，创为理想之邦，或托之人所莫至之区，或迟之不可计年以后。自柏拉图（Platon）《邦国论》始，西方哲士，作此念者不知几何人。虽自古迄今，绝无此平和之朕，而延颈方来，神驰所慕之仪的，日逐而不舍，要亦人间进化之一因子欤？吾中国爱智之士，独不与西方同，心神所注，辽远在于唐虞，或逕入古初，游于人

① 摩迦文士，指裴多菲。
② 地囱，火山。
③ 颢气，空气。

兽杂居之世；谓其时万祸不作，人安其天，不如斯世之恶浊阽危，无以生活。其说照之人类进化史实，事正背驰。盖古民曼衍播迁，其为争抗劬劳，纵不厉于今，而视今必无所减；特历时既永，史乘无存，汗迹血腥，泯灭都尽，则追而思之，似其时为至足乐耳。傥使置身当时，与古民同其忧患，则颓唐侘傺，复远念盘古未生，斧凿未经之世，又事之所必有者已。故作此念者，为无希望，为无上征，为无努力，较以西方思理，犹水火然；非自杀以从古人，将终其身更无可希冀经营，致人我于所仪之主的，束手浩叹，神质同隳焉而已。且更为忖度其言，又将见古之思士，决不以华土为可乐，如今人所张皇；惟自知良懦无可为，乃独图脱屣尘埃，惝恍古国，任人群堕于虫兽，而己身以隐逸终。思士如是，社会善之，咸谓之高蹈之人，而自云我虫兽我虫兽也。其不然者，乃立言辞，欲致人同归于朴古，老子之辈，盖其枭雄。老子书五千语，要在不撄人心；以不撄人心故，则必先自致槁木之心，立无为之治；以无为之为化社会，而世即于太平。其术善也。然奈何星气既凝，人类既出而后，无时无物，不禀杀机，进化或可停，而生物不能返本。使拂逆其前征，势即入于苓落，世界之内，实例至多，一览古国，悉其信证。若诚能渐致人间，使归于禽虫卉木原生物，复由渐即于无情，则宇宙自大，有情已去，一切虚无，宁非至净。而不幸进化如飞矢，非堕落不止，非著物不止，祈逆飞而归弦，为理势所无有。此人世所以可悲，而摩罗宗之为至伟也。人得是力，乃以发生，乃以曼衍，乃以上征，乃至于人所能至之极点。

中国之治，理想在不撄，而意异于前说。有人撄人，或有人得撄者，为帝大禁，其意在保位，使子孙王千万世，无有底止，故性解(Genius)之出，必竭全力死之；有人撄我，或有能撄人者，为民大禁，其意在安生，宁蜷伏堕落而恶进取，故性解之出，亦必竭全力死之。柏拉图建神思之邦，谓诗人乱治，当放域外；虽国之美污，意之高下有不同，而术实出于一。盖诗人者，撄人心者也。凡人之心，无不有诗，如诗人作诗，诗不为诗人独有，凡一读其诗，心即会解者，即无不自有诗人之诗。无之何以能解？惟有而未能言，诗人为之语，则握拨一弹，心弦立应，其声澈于灵府，令有情皆举其首，如睹晓日，益为之美伟强力高尚发扬，而污浊之平和，以之将破。平和之破，人道蒸也。虽然，上极天帝，下至舆台，则不能不因此变其前时之生活；协力而夭阏之，思永保其故态，殆亦人情已。故态永存，是曰古国。惟诗究不可灭尽，则又设范以囚之。如中国之诗，舜云言志；而后贤立说，乃云持人性情，三百之旨，无邪所蔽。夫既言志矣，何持之云？强以无邪，即非人志。许自繇[①]于鞭策羁縻之下，殆此事乎？然厥后文章，乃果辗转不逾此界。其颂祝主人，悦媚豪右之作，可无俟言。即或心应虫鸟，情感林泉，发为韵语，亦多拘于无形之囹圄，不能舒两间之真美；否则悲慨世事，感怀前贤，可有可无之作，聊行于世。倘其嗫嚅之中，偶涉眷爱，而儒服之士，即交口非之。况言之至反常俗者乎？惟灵均将逝，脑海波起，通于汨罗，返顾高丘，哀其无女，则抽写哀怨，郁为奇文。茫洋在前，顾忌皆去，怼世俗之浑浊，颂己身之修能，怀疑自遂古之初，直至百物之琐末，放言无惮，为前人所不敢言。然中亦多芳菲凄恻之音，而反抗挑战，则终其篇未能见，感动后世，为力非强。刘彦和所谓才高者菀其鸿裁，中巧者猎其艳辞，吟讽者衔其山川，童蒙者拾其香草。皆著意外形，不涉内质，孤伟自死，社会依然，四语之中，函深哀焉。故伟美之声，不震吾人之耳鼓者，亦不始于今日。大都诗人自倡，生民不耽。试稽自有文字以至今日，凡诗宗词客，能宣彼妙音，传其灵觉，以美善吾人之性情，崇大吾人之思理者，果几何人？上下

① 自繇，自由。

求索，几无有矣。第此亦不能为彼徒罪也，人人之心，无不泐二大字曰实利，不获则劳，既获便睡。纵有激响，何能撄之？夫心不受撄，非槁死则缩朒耳，而况实利之念，复黏黏热于中，且其为利，又至陋劣不足道，则驯至卑懦俭啬，退让畏葸，无古民之朴野，有末世之浇漓，又必然之势矣，此亦古哲人所不及料也。夫云将以诗移人性情，使即于诚善美伟强力敢为之域，闻者或哂其迂远乎；而事复无形，效不显于顷刻。使举一密栗[①]之反证，殆莫如古国之见灭于外仇矣。凡如是者，盖不止笞击縻系，易于毛角[②]而已，且无有为沉痛著大之声，撄其后人，使之兴起；即间有之，受者亦不为之动，创痛少去，即复营营于治生，活身是图，不恤污下，外仇又至，摧败继之。故不争之民，其遭遇战事，常较好争之民多，而畏死之民，其苓落殇亡，亦视强项敢死之民众。

千八百有六年八月，拿坡仑大挫普鲁士军，翌年七月，普鲁士乞和，为从属之国。然其时德之民族，虽遭败亡窘辱，而古之精神光耀，固尚保有而未隳。于是有爱伦德（E.M.Arndt）者出，著《时代精神篇》（Geist der Zeit），以伟大壮丽之笔，宣独立自繇之音，国人得之，敌忾之心大炽；已而为敌觉察，探索极严，乃走瑞士。递千八百十二年，拿坡仑挫于墨斯科之酷寒大火，逃归巴黎，欧土遂为云扰，竞举其反抗之兵。翌年，普鲁士帝威廉三世乃下令召国民成军，宣言为三事战，曰自由正义祖国；英年之学生诗人美术家争赴之。爱伦德亦归，著《国民军者何》暨《莱因为德国大川特非其界》二篇，以鼓青年之意气。而义勇军中，时亦有人曰台陀开纳（Theodor Körner），慨然投笔，辞维也纳国立剧场诗人之职，别其父母爱者，遂执兵行；

---

① 密栗，确凿。

② 毛角，指禽兽。

作书贻父母曰，普鲁士之鹫，已以鸷击诚心，觉德意志民族之大望矣。吾之吟咏，无不为宗邦神往。吾将舍所有福祉欢欣，为宗国战死。嗟夫，吾以明神之力，已得大悟。为邦人之自由与人道之善故，牺牲孰大于是？热力无量，涌吾灵台，吾起矣！后此之《竖琴长剑》(Leier und Schwert)一集，亦无不以是精神，凝为高响，展卷方诵，血脉已张。然时之怀热诚灵悟如斯状者，盖非止开纳一人也，举德国青年，无不如是。开纳之声，即全德人之声，开纳之血，亦即全德人之血耳。故推而论之，败拿坡仑者，不为国家，不为皇帝，不为兵刃，国民而已。国民皆诗，亦皆诗人之具，而德卒以不亡。此岂笃守功利，摈斥诗歌，或抱异域之朽兵败甲，冀自卫其衣食室家者，意料之所能至哉？然此亦仅譬诗力于米盐，聊以震崇实之士，使知黄金黑铁，断不足以兴国家，德法二国之外形，亦非吾邦所可活剥；示其内质，冀略有所悟解而已。此篇本意，固不在是也。

三

由纯文学上言之，则以一切美术之本质，皆在使观听之人，为之兴感怡悦。文章为美术之一，质当亦然，与个人暨邦国之存，无所系属，实利离尽，究理弗存。故其为效，益智不如史乘，诫人不如格言，致富不如工商，弋功名不如卒业之券①。特世有文章，而人乃以几于具足。英人道覃(E.Dowden)有言曰，美术文章之桀出于世者，观诵而后，似无裨于人间者，往往有之。然吾人乐于观诵，如游巨浸，前临渺茫，浮游波际，游泳既已，神质悉移。而彼之大海，实仅波起涛飞，绝无情愫，未始以一教训一格言相授。顾游者之元气体力，则为之陡增也。故文章之于人生，其为用决不次于衣食，

① 卒业之券，指毕业文凭。

宫室，宗教，道德。盖缘人在两间，必有时自觉以勤劬，有时丧我而惝恍，时必致力于善生，时必并忘其善生之事而入于醇乐，时或活动于现实之区，时或神驰于理想之域；苟致力于其偏，是谓之不具足。严冬永留，春气不至，生其躯壳，死其精魂，其人虽生，而人生之道失。文章不用之用，其在斯乎？约翰穆黎[①]曰，近世文明，无不以科学为术，合理为神，功利为鹄。大势如是，而文章之用益神。所以者何？以能涵养吾人之神思耳。涵养人之神思，即文章之职与用也。

此他丽于文章能事者，犹有特殊之用一。盖世界大文，无不能启人生之閟机，而直语其事实法则，为科学所不能言者。所谓閟机，即人生之诚理是已。此为诚理，微妙幽玄，不能假口于学子。如热带人未见冰前，为之语冰，虽喻以物理生理二学，而不知水之能凝，冰之为冷如故；惟直示以冰，使之触之，则虽不言质力二性，而冰之为物，昭然在前，将直解无所疑沮。惟文章亦然，虽缕判条分，理密不如学术，而人生诚理，直笼其辞句中，使闻其声者，灵府朗然，与人生即会。如热带人既见冰后，曩之竭研究思索而弗能喻者，今宛在矣。昔爱诺尔特（M. Arnold）氏以诗为人生评骘，亦正此意。故人若读鄂谟（Homeros）以降大文，则不徒近诗，且自与人生会，历历见其优胜缺陷之所存，更力自就于圆满。此其效力，有教示意；既为教示，斯益人生；而其教复非常教，自觉勇猛发扬精进，彼实示之。凡苓落颓唐之邦，无不以不耳此教示始。

顾有据群学[②]见地以观诗者，其为说复异：要在文章与道德之相关。谓诗有主分，曰观念之诚。其诚奈何？则曰为诗人之思想感情，与人类普遍观念之一致。得诚奈何？则曰在据极溥博之经

---

① 约翰穆黎，通译为约翰·穆勒，英国哲学家、经法学家。
② 群学，即社会学。

验。故所据之人群经验愈溥博，则诗之溥博视之。所谓道德，不外人类普遍观念所形成。故诗与道德之相关，缘盖出于造化。诗与道德合，即为观念之诚，生命在是，不朽在是。非如是者，必与群法僢驰[①]。以背群法故，必反人类之普遍观念；以反普遍观念故，必不得观念之诚。观念之诚失，其诗宜亡。故诗之亡也，恒以反道德故。然诗有反道德而竟存者奈何？则曰，暂耳。无邪之说，实与此契。苟中国文事复兴之有日，虑操此说以力削其萌蘖者，当有徒也。而欧洲评骘之士，亦多抱是说以律文章。十九世纪初，世界动于法国革命之风潮，德意志西班牙意太利希腊皆兴起，往之梦意，一晓而苏；惟英国较无动。顾上下相迕，时有不平，而诗人裴伦，实生此际。其前有司各德(W.Scott)辈，为文率平妥翔实，与旧之宗教道德极相容。迨有裴伦，乃超脱古范，直抒所信，其文章无不函刚健抗拒破坏挑战之声。平和之人，能无惧乎？于是谓之撒但。此言始于苏惹(R.Southey)，而众和之；后或扩以称修黎(P.B.Shelley)以下数人，至今不废。苏惹亦诗人，以其言能得当时人群普遍之诚故，获月桂冠，攻裴伦甚力。裴伦亦以恶声报之，谓之诗商。所著有《纳尔逊传》(The Life of Lord Nelson)今最行于世。

《旧约》记神既以七日造天地，终乃抟埴为男子，名曰亚当，已而病其寂也，复抽其肋为女子，是名夏娃，皆居伊甸。更益以鸟兽卉木；四水出焉。伊甸有树，一曰生命，一曰知识。神禁人勿食其实；魔乃侂蛇以诱夏娃，使食之，爰得生命知识。神怒，立逐人而诅蛇，蛇腹行而土食；人则既劳其生，又得其死，罚且及于子孙，无不如是。英诗人弥耳敦(J. Milton)，尝取其事作《失乐园》(The Paradise Lost)，有天神与撒但战事，以喻光明与黑暗之争。撒但

① 僢驰，背道而驰。

为状，复至狞厉。是诗而后，人之恶撒但遂益深。然使震旦人士异其信仰者观之，则亚当之居伊甸，盖不殊于笼禽，不识不知，惟帝是悦，使无天魔之诱，人类将无由生。故世间人，当蔑弗秉有魔血，惠之及人世者，撒但其首矣。然为基督宗徒，则身被此名，正如中国所谓叛道，人群共弃，艰于置身，非强怒善战豁达能思之士，不任受也。亚当夏娃既去乐园，乃举二子，长曰亚伯，次曰凯因。亚伯牧羊，凯因耕植是事，尝出所有以献神。神喜脂膏而恶果实，斥凯因献不视；以是，凯因渐与亚伯争，终杀之。神则诅凯因，使不获地力，流于殊方。裴伦取其事作传奇，于神多所诘难。教徒皆怒，谓为渎圣害俗，张皇灵魂有尽之诗，攻之至力。迄今日评骘之士，亦尚有以是难裴伦者。尔时独穆亚（Th.Moore）及修黎二人，深称其诗之雄美伟大。德诗宗瞿提，亦谓为绝世之文，在英国文章中，此为至上之作；后之劝遏克曼（J.P.Eckermann）治英国语言，盖即冀其直读斯篇云。《约》又记凯因既流，亚当更得一子，历岁永永，人类益繁，于是心所思惟，多涉恶事。主神乃悔，将殄之。有挪亚独善事神，神令致亚斐木为方舟，将眷属动植，各从其类居之。遂作大雨四十昼夜，洪水泛滥，生物灭尽，而挪亚之族独完，水退居地，复生子孙，至今日不绝。吾人记事涉此，当觉神之能悔，为事至奇；而人之恶撒但，其理乃无足诧。盖既为挪亚子孙，自必力斥抗者，敬事主神，战战兢兢，绳其祖武①，冀洪水再作之日，更得密诏而自保于方舟耳。抑吾闻生学家言，有云反种②一事，为生物中每现异品，肖其远先，如人所牧马，往往出野物，类之不拉（Zebra），盖未驯以前状，复现于今日者。撒但诗人之出，殆亦如是，非异事也。独

① 绳其祖武，追随祖先足迹之意。
② 反种，即返祖现象。

众马怒其不伏箱，群起而交踶之，斯足悯叹焉耳。

四

裴伦名乔治戈登（George Gordon），系出司堪第那比亚海贼蒲隆（Burun）族。其族后居诺曼，从威廉入英，递显理二世时，始用今字。裴伦以千七百八十八年一月二十二日生于伦敦，十二岁即为诗；长游堪勃力俱大学不成，渐决去英国，作汗漫游，始于波陀牙，东至希腊突厥及小亚细亚，历审其天物之美，民俗之异，成《哈洛尔特游草》（Childe Harold's Pilgrimage）二卷，波谲云诡，世为之惊绝。次作《不信者》（The Giaour）暨《阿毕陀斯新妇行》（The Bride of Abydos）二篇，皆取材于突厥。前者记不信者（对回教而言）通哈山之妻，哈山投其妻于水，不信者逸去，后终归而杀哈山，诣庙自忏；绝望之悲，溢于毫素，读者哀之。次为女子苏黎加爱舍林，而其父将以婚他人，女偕舍林出奔，已而被获，舍林斗死，女亦终尽；其言有反抗之音。迨千八百十四年一月，赋《海贼》（The Corsair）之诗。篇中英雄曰康拉德，于世已无一切眷爱，遗一切道德，惟以强大之意志，为贼渠魁，领其从者，建大邦于海上。孤舟利剑，所向悉如其意。独家有爱妻，他更无有；往虽有神，而康拉德早弃之，神亦已弃康拉德矣。故一剑之力，即其权利，国家之法度，社会之道德，视之蔑如。权力若具，即用行其意志，他人奈何，天帝何命，非所问也。若问定命之何如？则曰，在鞘中，一旦外辉，彗且失色而已。然康拉德为人，初非元恶，内秉高尚纯洁之想，尝欲尽其心力，以致益于人间；比见细人蔽明，谗谄害聪，凡人营营，多猜忌中伤之性，则渐冷淡，则渐坚凝，则渐嫌厌；终乃以受自或人之怨毒，举而报之全群，利剑轻舟，无间人神，所向无不抗战。盖复仇一事，独贯注其全精神矣。一日攻塞特，败而见囚，塞特有妃爱其勇，助之脱狱，泛舟同奔，遇从者于波上，乃大呼曰，此吾舟，此吾血色之旗也，吾运未尽于海上！然归故家，则银釭暗而爱妻逝矣。既而康拉德亦失去，其徒求之波间海角，踪迹杳然，独有以无量罪恶，系一德义之名，永存于世界而已。裴伦之祖约翰，尝念先人为海王，因投海军为之帅；裴伦赋此，缘起似同；有即以海贼字裴伦者，裴伦闻之窃喜，则篇中康拉德为人，实即此诗人变相，殆无可疑已。越三月，又作赋曰《罗罗》(Lara)，记其人尝杀人不异海贼，后图起事，败而伤，飞矢来贯其胸，遂死。所叙自尊之夫，力抗不可避之定命，为状惨烈，莫可比方。此他犹有所制，特非雄篇。其诗格多师司各德，而司各德由是锐意于小说，不复为诗，避裴伦也。已而裴伦去其妇，世虽不知去之之故，然争难之，每临会议，嘲骂即四起，且禁其赴剧场。其友穆亚为之传，评是事曰，世于裴伦，不异其母，忽爱忽恶，无判决也。顾窘戮天才，殆人群恒状，滔滔皆是，宁止英伦。中国汉晋以来，凡负文名者，多受谤毁，刘彦和为之辩曰，人禀五才，修短殊用，自非上哲，难以求备，然将相以位隆特达，文士以职卑多诮，此江河所以腾涌，涓流所以寸析者。东方恶习，尽此数言。然裴伦之祸，则缘起非如前陈，实反由于名盛，社会顽愚，仇敌窥覘，乘隙立起，众则不察而妄和之；若颂高官而厄寒士者，其污且甚于此矣。顾裴伦由是遂不能居英，自曰，使世之评骘诚，吾在英为无值，若评骘谬，则英于我为无值矣。吾其行乎？然未已也，虽赴异邦，彼且蹑我。已而终去英伦，千八百十六年十月，抵意太利。自此，裴伦之作乃益雄。

裴伦在异域所为文，有《哈洛尔特游草》之续，《堂祥》(Don Juan)[①]之诗，及三传奇称最伟，无不张撒但而抗天帝，言人所不能

① 《堂祥》，现通译为《唐璜》。

言。一曰《曼弗列特》(Manfred)，记曼以失爱绝欢，陷于巨苦，欲忘弗能，鬼神见形问所欲，曼云欲忘，鬼神告以忘在死，则对曰，死果能令人忘耶？复衷疑而弗信也。后有魅来降曼弗列特，而曼忽以意志制苦，毅然斥之曰，汝曹决不能诱惑灭亡我。（中略）我，自坏者也。行矣，魅众！死之手诚加我矣，然非汝手也。意盖谓己有善恶，则褒贬赏罚，亦悉在己，神天魔龙，无以相凌，况其他乎？曼弗列特意志之强如是，裴伦亦如是。论者或以拟瞿提之传奇《法斯忒》(Faust)云。二曰《凯因》(Cain)，典据已见于前分，中有魔曰卢希飞勒，导凯因登太空，为论善恶生死之故，凯因悟，遂师摩罗。比行世，大遭教徒攻击，则作《天地》(Heaven and Earth)以报之，英雄为耶彼第，博爱而厌世，亦以诘难教宗，鸣其非理者。夫撒但何由昉乎？以彼教言，则亦天使之大者，徒以陡起大望，生背神心，败而堕狱，是云魔鬼。由是言之，则魔亦神所手创者矣。已而潜入乐园，至善美安乐之伊甸，以一言而立毁，非具大能力，曷克至是？伊甸，神所保也，而魔毁之，神安得云全能？况自创恶物，又从而惩之，且更瓜蔓以惩人，其慈又安在？故凯因曰，神为不幸之因。神亦自不幸，手造破灭之不幸者，何幸福之可言？而吾父曰，神全能也。问之曰，神善，何复恶邪？则曰，恶者，就善之道尔。神之为善，诚如其言：先以冻馁，乃与之衣食；先以疠疫，乃施之救援；手造罪人，而曰吾赦汝矣。人则曰，神可颂哉，神可颂哉！营营而建伽兰焉。卢希飞勒不然，曰吾誓之两间，吾实有胜我之强者，而无有加于我之上位。彼胜我故，名我曰恶，若我致胜，恶且在神，善恶易位耳。此其论善恶，正异尼佉。尼佉意谓强胜弱故，弱者乃字其所为曰恶，故恶实强之代名；此则以恶为弱之冤谥。故尼佉欲自强，而并颂强者；此则亦欲自强，而力抗强者，好恶至不同，特图强则一而已。人谓神强，因亦至善。顾善者乃不喜华果，特嗜腥膻，凯因之献，纯洁无似，则以旋风振而落之。人类之始，实由主神，一拂其心，即发洪水，并无罪之禽虫卉木而殄之。人则曰，爰灭罪恶，神可颂哉！耶彼第乃曰，汝得救孺子众！汝以为脱身狂涛，获天幸欤？汝曹偷生，逞其食色，目击世界之亡，而不生其悯叹；复无勇力，敢当大波，与同胞之人，共其运命；偕厥考逃于方舟，而建都邑于世界之墓上，竟无惭耶？然人竟无惭也，方伏地赞颂，无有休止，以是之故，主神遂强。使众生去而不之理，更何威力之能有？人既授神以力，复假之以厄撒但；而此种人，又即主神往所殄灭之同类。以撒但之意观之，其为顽愚陋劣，如何可言？将晓之欤，则音声未宣，众已疾走，内容何若，不省察也。将任之欤，则非撒但之心矣，故复以权力现于世。神，一权力也；撒但，亦一权力也。惟撒但之力，即生于神，神力若亡，不为之代；上则以力抗天帝，下则以力制众生，行之背驰，莫甚于此。顾其制众生也，即以抗故。倘其众生同抗，更何制之云？裴伦亦然，自必居人前，而怒人之后于众。盖非自居人前，不能使人勿后于众故；任人居后而自为之前，又为撒但大耻故。故既揄扬威力，颂美强者矣，复曰，吾爱亚美利加，此自由之区，神之绿野，不被压制之地也。由是观之，裴伦既喜拿坡仑之毁世界，亦爱华盛顿之争自由，既心仪海贼之横行，亦孤援希腊之独立，压制反抗，兼以一人矣。虽然，自由在是，人道亦在是。

五

自尊至者，不平恒继之，忿世嫉俗，发为巨震，与对蹠之徒争衡。盖人既独尊，自无退让，自无调和，意力所如，非达不已，乃以是渐与社会生冲突，乃以是渐有所厌倦于人间。若裴伦者，即其一矣。其言曰，硗确之区，吾侪奚获耶？（中略）凡有事物，无不定以习俗至谬之衡，所谓舆论，实具大力，而舆论则以昏黑蔽全球也。

此其所言，与近世诺威文人伊孛生（H. Ibsen）所见合，伊氏生于近世，愤世俗之昏迷，悲真理之匿耀，假《社会之敌》以立言，使医士斯托克曼为全书主者，死守真理，以拒庸愚，终获群敌之谥。自既见放于地主[①]，其子复受斥于学校，而终奋斗，不为之摇。末乃曰，吾又见真理矣。地球上至强之人，至独立者也！其处世之道如是。顾裴伦不尽然，凡所描绘，皆禀种种思，具种种行，或以不平而厌世，远离人群，宁与天地为侪偶，如哈洛尔特；或厌世至极，乃希灭亡，如曼弗列特；或被人天之楚毒，至于刻骨，乃咸希破坏，以复仇雠，如康拉德与卢希飞勒；或弃斥德义，蹇视淫游，以嘲弄社会，聊快其意，如堂祥。其非然者，则尊侠尚义，扶弱者而平不平，颠仆有力之蠢愚，虽获罪于全群无惧，即裴伦最后之时是已。彼当前时，经历一如上述书中众士，特未欷歔断望，愿自逖于人间，如曼弗列特之所为而已。故怀抱不平，突突上发，则倨傲纵逸，不恤人言，破坏复仇，无所顾忌，而义侠之性，亦即伏此烈火之中，重独立而爱自繇，苟奴隶立其前，必衷悲而疾视，衷悲所以哀其不幸，疾视所以怒其不争，此诗人所为援希腊之独立，而终死于其军中者也。盖裴伦者，自繇主义之人耳，尝有言曰，若为自由故，不必战于宗邦，则当为战于他国。是时意太利适制于墺，失其自由，有秘密政党起，谋独立，乃密与其事，以扩张自由之元气者自任，虽狙击密侦之徒，环绕其侧，终不为废游步驰马之事。后秘密政党破于墺人，企望悉已，而精神终不消。裴伦之所督励，力直及于后日，起马志尼，起加富尔，于是意之独立成。故马志尼曰，意太利实大有赖于裴伦。彼，起吾国者也！盖诚言已。裴伦平时，又至有情愫于希腊，思想所趣，如磁指南。特希腊时自由悉丧，入突厥版图，受其羁縻，不敢

① 地主，指房主。

抗拒。诗人惋惜悲愤，往往见于篇章，怀前古之光荣，哀后人之零落，或与斥责，或加激励，思使之攘突厥而复兴，更睹往日耀灿庄严之希腊，如所作《不信者》暨《堂祥》二诗中，其怨愤谯责之切，与希冀之诚，无不历然可征信也。比千八百二十三年，伦敦之希腊协会驰书托裴伦，请援希腊之独立。裴伦平日，至不满于希腊今人，尝称之曰世袭之奴，曰自由苗裔之奴，因不即应；顾以义愤故，则终诺之，遂行。而希腊人民之堕落，乃诚如其说，励之再振，为业至难，因羁滞于克弗洛尼亚岛者五月，始向密淑伦其。其时海陆军方奇困，闻裴伦至，狂喜，群集迓之，如得天使也。次年一月，独立政府任以总督，并授军事及民事之全权，而希腊是时，财政大匮，兵无宿粮，大势几去。加以式列阿忒佣兵见裴伦宽大，复多所要索，稍不满，辄欲背去；希腊堕落之民，又诱之使窘裴伦。裴伦大愤，极诋彼国民性之陋劣；前所谓世袭之奴，乃果不可猝救如是也。而裴伦志尚不灰，自立革命之中枢，当四围之艰险，将士内讧，则为之调和，以己为楷模，教之人道，更设法举债，以振其穷，又定印刷之制，且坚堡垒以备战。内争方烈，而突厥果攻密淑伦其，式列阿忒佣兵三百人，复乘乱占要害地。裴伦方病，闻之泰然，力平党派之争，使一心以面敌。特内外迫拶，神质剧劳，久之，疾乃渐革。将死，其从者持楮墨，将录其遗言。裴伦曰否，时已过矣。不之语，已而微呼人名，终乃曰，吾言已毕。从者曰，吾不解公言。裴伦曰，吁，不解乎？呜呼晚矣！状若甚苦。有间，复曰，吾既以吾物暨吾康健，悉付希腊矣。今更付之吾生。他更何有？遂死，时千八百二十四年四月十八日夕六时也。今为反念前时，则裴伦抱大望而来，将以天纵之才，致希腊复归于往时之荣誉，自意振臂一呼，人必将靡然向之。盖以异域之人，犹凭义愤为希腊致力，而彼邦人，纵堕落腐败者日久，然旧泽尚存，人心未死，岂意遂无情愫于故国乎？特至今兹，则前此所图，悉如梦迹，知自由苗裔之奴，乃果不可猝救有如此也。次日，希腊独立政府为举国民丧，市肆悉罢，炮台鸣炮三十七，如裴伦寿也。

吾今为案其为作思惟，索诗人一生之内閟，则所遇常抗，所向必动，贵力而尚强，尊己而好战，其战复不如野兽，为独立自由人道也，此已略言之前分矣。故其平生，如狂涛如厉风，举一切伪饰陋习，悉与荡涤，瞻顾前后，素所不知；精神郁勃，莫可制抑，力战而毙，亦必自救其精神；不克厥敌，战则不止。而复率真行诚，无所讳掩，谓世之毁誉褒贬是非善恶，皆缘习俗而非诚，因悉措而不理也。盖英伦尔时，虚伪满于社会，以虚文缛礼为真道德，有秉自由思想而探究者，世辄谓之恶人。裴伦善抗，性又率真，夫自不可以默矣，故托凯因而言曰，恶魔者，说真理者也。遂不恤与人群敌。世之贵道德者，又即以此交非之。遏克曼亦尝问瞿提以裴伦之文，有无教训。瞿提对曰，裴伦之刚毅雄大，教训即函其中；苟能知之，斯获教训。若夫纯洁之云，道德之云，吾人何问焉。盖知伟人者，亦惟伟人焉而已。裴伦亦尝评朋思（R. Burns）曰，斯人也，心情反张[①]，柔而刚，疏而密，精神而质，高尚而卑，有神圣者焉，有不净者焉，互和合也。裴伦亦然，自尊而怜人之为奴，制人而援人之独立，无惧于狂涛而大儆于乘马，好战崇力，遇敌无所宽假，而于累囚之苦，有同情焉。意者摩罗为性，有如此乎？且此亦不独摩罗为然，凡为伟人，大率如是。即一切人，若去其面具，诚心以思，有纯禀世所谓善性而无恶分者，果几何人？遍观众生，必几无有，则裴伦虽负摩罗之号，亦人而已，夫何诧焉。顾其不容于英伦，终放浪颠沛而死异域者，特面具为之害耳。此即裴伦所反抗破坏，而迄今犹杀真人而未有止者也。嗟夫，虚伪之毒，有如是哉！裴伦平时，其制诗极诚，

---

① 反张，指矛盾。

尝曰，英人评骘，不介我心。若以我诗为愉快，任之而已。吾何能阿其所好为？吾之握管，不为妇孺庸俗，乃以吾全心全情感全意志，与多量之精神而成诗，非欲聆彼辈柔声而作者也。夫如是，故凡一字一辞，无不即其人呼吸精神之形现，中于人心，神弦立应，其力之曼衍于欧土，例不能别求之英诗人中；仅司各德所为说部，差足与相伦比而已。若问其力奈何？则意太利希腊二国，已如上述，可毋赘言。此他西班牙德意志诸邦，亦悉蒙其影响。次复入斯拉夫族而新其精神，流泽之长，莫可阐述。至其本国，则犹有修黎（Percy Bysshe Shelley）一人。契支（John Keats）虽亦蒙摩罗诗人之名，而与裴伦别派，故不述于此。

六

修黎生三十年而死，其三十年悉奇迹也，而亦即无韵之诗。时既艰危，性复狷介，世不彼爱，而彼亦不爱世，人不容彼，而彼亦不容人，客意太利之南方，终以壮龄而夭死，谓一生即悲剧之实现，盖非夸也。修黎者，以千七百九十二年生于英之名门，姿状端丽，夙好静思；比入中学，大为学友暨校师所不喜，虐遇不可堪。诗人之心，乃早萌反抗之朕兆；后作说部，以所得值飨其友八人，负狂人之名而去。次入恶斯佛大学[①]，修爱智之学，屡驰书乞教于名人。而尔时宗教，权悉归于冥顽之牧师，因以妨自由之崇信。修黎蹶起，著《无神论之要》一篇，略谓惟慈爱平等三，乃使世界为乐园之要素，若夫宗教，于此无功，无有可也。书成行世，校长见之大震，终逐之；其父亦惊绝，使谢罪返校，而修黎不从，因不能归。天地虽大，故乡已失，于是至伦敦，时年十八，顾已孤立两间，欢爱悉绝，不

① 恶斯佛大学，现通译为牛津大学。

得不与社会战矣。已而知戈德文(W.Godwin),读其著述,博爱之精神益张。次年入爱尔兰,檄其人士,于政治宗教,皆欲有所更革,顾终不成。逮千八百十五年,其诗《阿剌斯多》(Alastor)始出世,记怀抱神思之人,索求美者,遍历不见,终死旷原,如自叙也。次年乃识裴伦于瑞士;裴伦深称其人,谓奋迅如狮子,又善其诗,而世犹无顾之者。又次年成《伊式阑转轮篇》(The Revolt of Islam)。凡修黎怀抱,多抒于此。篇中英雄曰罗昂,以热诚雄辩,警其国民,鼓吹自由,掊击压制,顾正义终败,而压制于以凯还,罗昂遂为正义死。是诗所函,有无量希望信仰,暨无穷之爱,穷追不舍,终以殒亡。盖罗昂者,实诗人之先觉,亦即修黎之化身也。

至其杰作,尤在剧诗;尤伟者二,一曰《解放之普洛美迢斯》(Prometheus Unbound),一曰《煔希》(The Cenci)。前者事本希腊神话,意近裴伦之《凯因》。假普洛美迢为人类之精神,以爱与正义自由故,不恤艰苦,力抗压制主者僦毕多[①],窃火贻人,受縶于山顶,猛鹫日啄其肉,而终不降。僦毕多为之辟易;普洛美迢乃眷女子珂希亚,获其爱而毕。珂希亚者,理想也。《煔希》之篇,事出意太利,记女子煔希之父,酷虐无道,毒虐无所弗至,煔希终杀之,与其后母兄弟,同戮于市。论者或谓之不伦。顾失常之事,不能绝于人间,即中国《春秋》,修自圣人之手者,类此之事,且数数见,又多直书无所讳,吾人独于修黎所作,乃和众口而难之耶?上述二篇,诗人悉出以全力,尝自言曰,吾诗为众而作,读者将多。又曰,此可登诸剧场者。顾诗成而后,实乃反是,社会以谓不足读,伶人以谓不可为;修黎抗伪俗弊习以成诗,而诗亦即受伪俗弊习之夭阏,此十九稘[②]上

① 僦毕多,现通译为朱庇特。
② 稘,本意指周年,这里指世纪。

叶精神界之战士，所为多抱正义而骈殒者也。虽然，往时去矣，任其自去，若夫修黎之真值，则至今日而大昭。革新之潮，此其巨派，戈德文书出，初启其端，得诗人之声，乃益深入世人之灵府。凡正义自由真理以至博爱希望诸说，无不化而成醇，或为罗昂，或为普洛美迢，或为伊式阑之壮士，现于人前，与旧习对立，更张破坏，无稍假借也。旧习既破，何物斯存，则惟改革之新精神而已。十九世纪机运之新，实赖有此。朋思唱于前，裴伦修黎起其后，掊击排斥，人渐为之仓皇；而仓皇之中，即亟人生之改进。故世之嫉视破坏，加之恶名者，特见一偏而未得其全体者尔。若为案其真状，则光明希望，实伏于中。恶物悉颠，于群何毒？破坏之云，特可发自冥顽牧师之口，而不可出诸全群者也。若其闻之，则破坏为业，斯愈益贵矣！况修黎者，神思之人，求索而无止期，猛进而不退转，浅人之所观察，殊莫可得其渊深。若能真识其人，将见品性之卓，出于云间，热诚勃然，无可沮遏，自趁其神思而奔神思之乡；此其为乡，则爱有美之本体。奥古斯丁曰，吾未有爱而吾欲爱，因抱希冀以求足爱者也。惟修黎亦然，故终出人间而神行，冀自达其所崇信之境；复以妙音，喻一切未觉，使知人类曼衍之大故，暨人生价值之所存，扬同情之精神，而张其上征渴仰之思想，使怀大希以奋进，与时劫同其无穷。世则谓之恶魔，而修黎遂以孤立；群复加以排挤，使不可久留于人间，于是压制凯还，修黎以死，盖宛然阿剌斯多之殒于大漠也。

虽然，其独慰诗人之心者，则尚有天然在焉。人生不可知，社会不可恃，则对天物之不伪，遂寄之无限之温情。一切人心，孰不如是。特缘受染有异，所感斯殊，故目睛夺于实利，则欲驱天然为之得金资；智力集于科学，则思制天然而见其法则；若至下者，乃自春徂冬，于两间崇高伟大美妙之见象，绝无所感应于心，自堕神智于深渊，寿虽百年，而迄不知光明为何物，又奚解所谓卧天然之怀，作婴儿之笑矣。修黎幼时，素亲天物，尝曰，吾幼即爱山河林壑之幽寂，游戏于断崖绝壁之为危险，吾伴侣也。考其生平，诚如自述。方在稚齿，已盘桓于密林幽谷之中，晨瞻晓日，夕观繁星，俯则瞰大都中人事之盛衰，或思前此压制抗拒之陈迹；而芜城古邑，或破屋中贫人啼饥号寒之状，亦时复历历入其目中。其神思之澡雪①，既至异于常人，则旷观天然，自感神阏，凡万汇之当其前，皆若有情而至可念也。故心弦之动，自与天籁合调，发为抒情之什，品悉至神，莫可方物，非狭斯丕尔暨斯宾塞所作，不有足与相伦比者。比千八百十九年春，修黎定居罗马，次年迁毕撒；裴伦亦至，此他之友多集，为其一生中至乐之时。迨二十二年七月八日，偕其友乘舟泛海，而暴风猝起，益以奔电疾雷，少顷波平，孤舟遂杳。裴伦闻信大震，遣使四出侦之，终得诗人之骸于水裔，乃葬罗马焉。修黎生时，久欲与生死问题以诠解，自曰，未来之事，吾意已满于柏拉图暨培庚之所言，吾心至定，无畏而多望，人居今日之躯壳，能力悉蔽于阴云，惟死亡来解脱其身，则秘密始能阐发。又曰，吾无所知，亦不能证，灵府至奥之思想，不能出以言辞，而此种事，纵吾身亦莫能解尔。嗟乎，死生之事大矣，而理至阏，置而不解，诗人未能，而解之之术，又独有死而已。故修黎曾泛舟坠海，乃大悦呼曰，今使吾释其秘密矣！然不死。一日浴于海，则伏而不起，友引之出，施救始苏，曰，吾恒欲探井中，人谓诚理伏焉，当我见诚，而君见我死也。然及今日，则修黎真死矣，而人生之阏，亦以真释，特知之者，亦独修黎已耳。

七

若夫斯拉夫民族，思想殊异于西欧，而裴伦之诗，亦疾进无所

① 澡雪，高洁的意思。

沮核。俄罗斯当十九世纪初叶，文事始新，渐乃独立，日益昭明，今则已有齐驱先觉诸邦之概，令西欧人士，无不惊其美伟矣。顾夷考权舆，实本三士：曰普式庚，曰来尔孟多夫，曰鄂戈理。前二者以诗名世，均受影响于裴伦；惟鄂戈理以描绘社会人生之黑暗著名，与二人异趣，不属于此焉。

普式庚(A. Pushkin)以千七百九十九年生于墨斯科，幼即为诗，初建罗曼宗于其文界，名以大扬。顾其时俄多内讧，时势方亟，而普式庚诗多讽喻，人即借而挤之，将流鲜卑，有数耆宿力为之辩，始获免，谪居南方。其时始读裴伦诗，深感其大，思理文形，悉受转化，小诗亦尝摹裴伦；尤著者有《高加索累囚行》，至与《哈洛尔特游草》相类。中记俄之绝望青年，囚于异域，有少女为释缚纵之行，青年之情意复苏，而厥后终于孤去。其《及泼希》(Gypsy)一诗亦然，及泼希者，流浪欧洲之民，以游牧为生者也。有失望于世之人曰阿勒戈，慕是中绝色，因入其族，与为婚因，顾多嫉，渐察女有他爱，终杀之。女之父不施报，特令去不与居焉。二者为诗，虽有裴伦之色，然又至殊，凡厥中勇士，等是见放于人群，顾复不离亚历山大时俄国社会之一质分，易于失望，速于奋兴，有厌世之风，而其志至不固。普式庚于此，已不与以同情，诸凡切于报复而观念无所胜人之失，悉指摘不为讳饰。故社会之伪善，既灼然现于人前，而及泼希之朴野纯全，亦相形为之益显。论者谓普式庚所爱，渐去裴伦式勇士而向祖国纯朴之民，盖实自斯时始也。尔后巨制，曰《阿内庚》(Eugiene Onieguine)，诗材至简，而文特富丽，尔时俄之社会，情状略具于斯。惟以推敲八年，所蒙之影响至不一，故性格迁流，首尾多异。厥初二章，尚受裴伦之感化，则其英雄阿内庚为性，力抗社会，断望人间，有裴伦式英雄之概，特已不凭神思，渐近真然，与尔时其国青年之性质肖矣。厥后外缘转变，诗人之性格亦移，于是渐离裴伦，所作日趣于独立；而文章益妙，著述亦多。至与裴伦分道之因，则为说亦不一：或谓裴伦绝望奋战，意向峻绝，实与普式庚性格不相容，曩之信崇，盖出一时之激越，迨风涛大定，自即弃置而返其初；或谓国民性之不同，当为是事之枢纽，西欧思想，绝异于俄，其去裴伦，实由天性，天性不合，则裴伦之长存自难矣。凡此二说，无不近理；特就普式庚个人论之，则其对于裴伦，仅摹外状，迨放浪之生涯毕，乃骤返其本然，不能如来尔孟多夫，终执消极观念而不舍也。故旋墨斯科后，立言益务平和，凡足与社会生冲突者，咸力避而不道，且多赞诵，美其国之武功。千八百三十一年波阑抗俄，西欧诸国右波阑，于俄多所憎恶。普式庚乃作《俄国之谗谤者》暨《波罗及诺之一周年》二篇，以自明爱国。丹麦评骘家勃阑兑思(G.Brandes)于是有微辞，谓惟武力之恃而狼藉人之自由，虽云爱国，顾为兽爱。特此亦不仅普式庚为然，即今之君子，日日言爱国者，于国有诚为人爱而不坠于兽爱者，亦仅见也。及晚年，与和阑公使子覃提斯迕，终于决斗被击中腹，越二日而逝，时为千八百三十七年。俄自有普式庚，文界始独立，故文史家芘宾谓真之俄国文章，实与斯人偕起也。而裴伦之摩罗思想，则又经普式庚而传来尔孟多夫。

来尔孟多夫(M.Lermontov)生于千八百十四年，与普式庚略并世。其先来尔孟斯(T.Learmont)氏，英之苏格兰人；故每有不平，辄云将去此冰雪警吏之地，归其故乡。顾性格全如俄人，妙思善感，惆怅无间，少即能缀德语成诗；后入大学被黜，乃居陆军学校二年，出为士官，如常武士，惟自谓仅于香宾酒中，加少许诗趣而已。及为禁军骑兵小校，始仿裴伦诗纪东方事，且至慕裴伦为人。其自记有曰，今吾读《世胄裴伦传》，知其生涯有同我者；而此偶然之同，乃大惊我。又曰，裴伦更有同我者一事，即尝在苏格兰，有媪谓裴伦母曰，此儿必成伟人，且当再娶。而在高加索，亦有媪告吾大母，言与此同。纵不幸如裴伦，吾亦愿如其说。顾来尔孟多夫为人，又近修黎。修黎所作《解放之普洛美迢》，感之甚力，于人生善恶竞争诸问，至为不宁，而诗则不之仿。初虽摹裴伦及普式庚，后亦自立。且思想复类德之哲人勖宾赫尔，知习俗之道德大原，悉当改革，因寄其意于二诗，一曰《神摩》（Demon），一曰《谟哜黎》（Mtsyri）。前者托旨于巨灵，以天堂之逐客，又为人间道德之憎者，超越凡情，因生疾恶，与天地斗争，苟见众生动于凡情，则辄施以贱视。后者一少年求自由之呼号也。有孺子焉，生长山寺，长老意已断其情感希望，而孺子魂梦，不离故园，一夜暴风雨，乃乘长老方祷，潜遁出寺，彷徨林中者三日，自由无限，毕生莫伦。后言曰，尔时吾自觉如野兽，力与风雨电光猛虎战也。顾少年迷林中不能返，数日始得之，惟已以斗豹得伤，竟以是殒。尝语侍疾老僧曰，丘墓吾所弗惧，人言毕生忧患，将入睡眠，与之永寂，第忧与吾生别耳。……吾犹少年。……宁汝尚忆少年之梦，抑已忘前此世间憎爱耶？倘然，则此世于汝，失其美矣。汝弱且老，灭诸希望矣。少年又为述林中所见，与所觉自由之感，并及斗豹之事曰，汝欲知吾获自由时，何所为乎？吾生矣。老人，吾生矣。使尽吾生无此三日者，且将惨淡冥暗，逾汝暮年耳。及普式庚斗死，来尔孟多夫又赋诗以寄其悲，末解有曰，汝侪朝人，天才自由之屠伯，今有法律以自庇，士师盖无如汝何，第犹有尊严之帝在天，汝不能以金资为赂。……以汝黑血，不能涤吾诗人之血痕也。诗出，举国传诵，而来尔孟多夫亦由是得罪，定流鲜卑；后遇援，乃戍高加索，见其地之物色，诗益雄美。惟当少时，不满于世者义至博大，故作《神摩》，其物犹撒但，恶人生诸凡陋劣之行，力与之敌。如勇猛者，所遇无不庸懦，则生激怒；以天生崇美之感，而众生扰扰，不能相知，爰起厌倦，憎恨人世也。顾后乃渐即于实，凡所不满，已不在天地人间，退而止于一代；后且更变，而猝死于决斗。决斗之因，即肇于来尔孟多夫所为书曰《并世英雄记》。人初疑书中主人，即著者自序，迨再印，乃辨言曰，英雄不为一人，实吾曹并时众恶之象。盖其书所述，实即当时人士之状尔。于是有友摩尔迭诺夫者，谓来尔孟多夫取其状以入书，因与索斗。来尔孟多夫不欲杀其友，仅举枪射空中；顾摩尔迭诺夫则拟而射之，遂死，年止二十七。

前此二人之于裴伦，同汲其流，而复殊别。普式庚在厌世主义之外形，来尔孟多夫则直在消极之观念。故普式庚终服帝力，入于平和，而来尔孟多夫则奋战力拒，不稍退转。波覃勖迭氏评之曰，来尔孟多夫不能胜来追之运命，而当降伏之际，亦至猛而骄。凡所为诗，无不有强烈弗和与踔厉不平之响者，良以是耳。来尔孟多夫亦甚爱国，顾绝异普式庚，不以武力若何，形其伟大。凡所眷爱，乃在乡村大野，及村人之生活；且推其爱而及高加索土人。此土人者，以自由故，力敌俄国者也；来尔孟多夫虽自从军，两与其役，然终爱之，所作《伊思迈尔培》（Ismail-Bey）一篇，即纪其事。来尔孟多夫之于拿坡仑，亦稍与裴伦异趣。裴伦初尝责拿坡仑对于革命思想之谬，及既败，乃有愤于野犬之食死狮而崇之，来尔孟多夫则专责法人，谓自陷其雄士。至其自信，亦如裴伦，谓吾之良友，仅有一人，即是自己。又负雄心，期所过必留影迹。然裴伦所谓非憎人间，特去之而已，或云吾非爱人少，惟爱自然多耳等意，则不能闻之来尔孟多夫。彼之平生，常以憎人者自命，凡天物之美，足以乐英诗人者，在俄国英雄之目，则长此黯淡，浓云疾雷而不见霁日也。盖二国人之异，亦差可于是见之矣。

八

丹麦人勃阑兑思，于波阑之罗曼派，举密克威支（A.

Mickiewicz)斯洛伐支奇(J.Slowacki)克拉旬斯奇(S.Krasinski)三诗人。密克威支者,俄文家普式庚同时人,以千七百九十八年生于札希亚小村之故家。村在列图尼亚[①],与波阑邻比。十八岁出就维尔那大学,治言语之学,初尝爱邻女马理维来苏萨加,而马理他去,密克威支为之不欢。后渐读裴伦诗,又作诗曰《死人之祭》(Dziady)。中数份叙列图尼亚旧俗,每十一月二日,必置酒果于垅上,用享死者,聚村人牧者术士一人,暨众冥鬼,中有失爱自杀之人,已经冥判,每届是日,必更历苦如前此;而诗止断片未成。尔后居加夫诺(Kowno)为教师;二三年返维尔那。递千八百二十二年,捕于俄吏,居囚室十阅月,窗牖皆木制,莫辨昼夜;乃送圣彼得堡,又徙阿兑塞,而其地无需教师,遂之克利米亚,揽其地风物以助咏吟,后成《克利米亚诗集》一卷。已而返墨斯科,从事总督府中,著诗二种,一曰《格罗苏那》(Grazyna),记有王子烈泰威尔,与其外父域多勒特迕,将乞外兵为援,其妇格罗苏那知之,不能令勿叛,惟命守者,勿容日耳曼使人入诺华格罗迭克。援军遂怒,不攻域多勒特而引军薄烈泰威尔,格罗苏那自擐甲,伪为王子与战,已而王子归,虽幸胜,而格罗苏那中流丸,旋死。及葬,絷发炮者同置之火,烈泰威尔亦殉焉。此篇之意,盖在假有妇人,第以祖国之故,则虽背夫子之命,斥去援兵,欺其军士,濒国于险,且召战争,皆不为过,苟以是至高之目的,则一切事,无不可为者也。一曰《华连洛德》(Wallenrod),其诗取材古代,有英雄以败亡之余,谋复国仇,因伪降敌陈,渐为其长,得一举而复之。此盖以意太利文人摩契阿威黎(Machiavelli)之意,附诸裴伦之英雄,故初视之亦第罗曼派言情之作。检文者不喻其意,听其付梓,密克威支名遂大起。未几得间,因至德国,见其文

① 列图尼亚,现通译为立陶宛。

人瞿提。此他犹有《佗兑支氏》(Pan Tadeusz)一诗，写苏孛烈加暨诃什支珂二族之事，描绘物色，为世所称。其中虽以佗兑支为主人，而其父约舍克易名出家，实其主的。初记二人熊猎，有名华伊斯奇者吹角，起自微声，以至洪响，自榆度榆，自檞至檞，渐乃如千万角声，合于一角；正如密克威支所为诗，有今昔国人之声，寄于是焉。诸凡诗中之声，清澈弘厉，万感悉至，直至波阑一角之天，悉满歌声，虽至今日，而影响于波阑人之心者，力犹无限。令人忆诗中所云，听者当华伊斯奇吹角久已，而尚疑其方吹未已也。密克威支者，盖即生于彼歌声反响之中，至于无尽者夫。

密克威支至崇拿坡仑，谓其实造裴伦，而裴伦之生活暨其光耀，则觉普式庚于俄国，故拿坡仑亦间接起普式庚。拿坡仑使命，盖在解放国民，因及世界，而其一生，则为最高之诗。至于裴伦，亦极崇仰，谓裴伦所作，实出于拿坡仑，英国同代之人，虽被其天才影响，而卒莫能并大。盖自诗人死后，而英国文章，状态又归前纪矣。若在俄国，则善普式庚，二人同为斯拉夫文章首领，亦裴伦分支，逮年渐进，亦均渐趣于国粹；所异者，普式庚少时欲畔帝力，一举不成，遂以铩羽，且感帝意，愿为之臣，失其英年时之主义，而密克威支则长此保持，洎死始已也。当二人相见时，普式庚有《铜马》一诗，密克威支则有《大彼得像》一诗为其记念。盖千八百二十九年顷，二人尝避雨像次，密克威支因赋诗纪所语，假普式庚为言，末解曰，马足已虚，而帝不勒之返。彼曳其枚，行且坠碎。历时百年，今犹未堕，是犹山泉喷水，著寒而冰，临悬崖之侧耳。顾自由日出，熏风西集，寒沍之地，因以昭苏，则喷泉将何如，暴政将何如也？虽然，此实密克威支之言，特托之普式庚者耳。波阑破后，二人遂不相见，普式庚有诗怀之；普式庚伤死，密克威支亦念之至切。顾二人虽甚稔，又同本裴伦，而亦有特异者，如普式庚于晚出诸作，恒自谓少年眷爱自繇之梦，已背之而去，又谓前路已不见仪的之存，而密克威支则仪的如是，决无疑贰也。

斯洛伐支奇以千八百九年生克尔舍密涅克（Krzemieniec），少孤，育于后父；尝入维尔那大学，性情思想如裴伦。二十一岁入华骚户部为书记；越二年，忽以事去国，不能复返。初至伦敦；已而至巴黎，成诗一卷，仿裴伦诗体。时密克威支亦来相见，未几而迕。所作诗歌，多惨苦之音。千八百三十五年去巴黎，作东方之游，经希腊埃及叙利亚；三十七年返意太利，道出曷尔爱列须阻疫，滞留久之，作《大漠中之疫》一诗。记有亚剌伯人，为言目击四子三女，洎其妇相继死于疫，哀情涌于毫素，读之令人忆希腊尼阿孛（Niobe）事，亡国之痛，隐然在焉。且又不止此苦难之诗而已，凶惨之作，恒与俱起，而斯洛伐支奇为尤。凡诗词中，靡不可见身受楚毒之印象或其见闻，最著者或根史实，如《克垒勒度克》（Król Duch）中所述俄帝伊凡四世，以剑钉使者之足于地一节，盖本诸古典者也。

波阑诗人多写狱中戍中刑罚之事，如密克威支作《死人之祭》第三卷中，几尽绘己身所历，倘读其《契珂夫斯奇》（Cichowski）一章，或《娑波卢夫斯奇》（Sobolewski）之什，记见少年二十橇，送赴鲜卑事，不为之生愤激者盖鲜也。而读上述二人吟咏，又往往闻报复之声。如《死人祭》第三篇，有囚人所歌者：其一央珂夫斯奇曰，欲我为信徒，必见耶稣马理，先惩污吾国土之俄帝而后可。俄帝若在，无能令我呼耶稣之名。其二加罗珂夫斯奇曰，设吾当受谪放，劳役缧绁，得为俄帝作工，夫何靳耶？吾在刑中，所当力作，自语曰，愿此苍铁，有日为帝成一斧也。吾若出狱，当迎鞑靼女子，语之曰，为帝生一巴棱[①]（杀保罗一世者）。吾若迁居殖民地，当为其

① 巴棱，沙皇保罗一世的宠臣。他于 1801 年 3 月谋杀了保罗一世。

长，尽吾陇亩，为帝植麻，以之成一苍色巨索，织以银丝，俾阿尔洛夫[1]（杀彼得三世者）得之，可缳俄帝颈也。末为康拉德歌曰，吾神已寂，歌在坟墓中矣。惟吾灵神，已嗅血腥，一噭而起，有如血蝠（Vampire），欲人血也。渴血渴血，复仇复仇！仇吾屠伯！天意如是，固报矣；即不如是，亦报尔！报复诗华，盖萃于是，使神不之直，则彼且自报之耳。

如上所言报复之事，盖皆隐藏，出于不意，其旨在凡窘于天人之民，得用诸术，拯其父国，为圣法也。故格罗苏那虽背其夫而拒敌，义为非谬；华连洛德亦然。苟拒异族之军，虽用诈伪，不云非法，华连洛德伪附于敌，乃歼日耳曼军，故土自由，而自亦忏悔而死。其意盖以为一人苟有所图，得当以报，则虽降敌，不为罪愆。如《阿勒普耶罗斯》（Alpujarras）一诗，益可以见其意。中叙摩亚之王阿勒曼若，以城方大疫，且不得不以格拉那陀地降西班牙，因夜出。西班牙人方聚饮，忽白有人乞见，来者一阿剌伯人，进而呼曰，西班牙人，吾愿奉汝明神，信汝先哲，为汝奴仆！众识之，盖阿勒曼若也。西人长者抱之为吻礼，诸首领皆礼之。而阿勒曼若忽仆地，攫其巾大悦呼曰，吾中疫矣！盖以彼忍辱一行，而疫亦入西班牙之军矣。斯洛伐支奇为诗，亦时责奸人自行诈于国，而以诈术陷敌，则甚美之，如《阑勃罗》（Lambro），《珂尔强》（Kordjan）皆是。《阑勃罗》为希腊人事，其人背教为盗，俾得自由以仇突厥，性至凶酷，为世所无，惟裴伦东方诗中能见之耳。珂尔强者，波阑人谋刺俄帝尼可拉一世者也。凡是二诗，其主旨所在，皆特报复而已矣。

上二士者，以绝望故，遂于凡可祸敌，靡不许可，如格罗苏那之

---

① 阿尔洛夫，俄国贵族首领。他于 1762 年发生的宫廷政变中，指使人暗杀了沙皇彼得三世。

行诈，如华连洛德之伪降，如阿勒曼若之种疫，如珂尔强之谋刺，皆是也。而克拉旬斯奇之见，则与此反。此主力报，彼主爱化。顾其为诗，莫不追怀绝泽，念祖国之忧患。波阑人动于其诗，因有千八百三十年之举；馀忆所及，而六十三年大变[①]，亦因之起矣。即在今兹，精神未忘，难亦未已也。

九

若匈加利当沉默蜷伏之顷，则兴者有裴象飞(A. Petöfi)[②]，沽肉者子也，以千八百二十三年生于吉思珂罗(Kiskörös)。其区为匈之低地，有广漠之普斯多(Puszta 此翻平原)，道周之小旅以及村舍，种种物色，感之至深。盖普斯多之在匈，犹俄之有斯第孛(Steppe 此亦翻平原)，善能起诗人焉。父虽贾人，而殊有学，能解腊丁文。裴象飞十岁出学于科勒多，既而至阿琐特，治文法三年。然生有殊禀，挚爱自繇，愿为俳优；天性又长于吟咏。比至舍勒美支，入高等学校三月，其父闻裴象飞与优人伍，令止读，遂徒步至菩特沛思德，入国民剧场为杂役。后为亲故所得，留养之，乃始为诗咏邻女，时方十六龄。顾亲属谓其无成，仅能为剧，遂任之去。裴象飞忽投军为兵，虽性恶压制而爱自由，顾亦居军中者十八月，以病疟罢。又入巴波大学，时亦为优，生计极艰，译英法小说自度。千八百四十四年访伟罗思摩谛(M. Vörösmarty)，伟为梓其诗，自是遂专力于文，不复为优。此其半生之转点，名亦陡起，众目为匈加利之大诗人矣，次年春，其所爱之女死，因旅行北方自遣，及秋始归。洎四十七年，乃访诗人阿阑尼(J. Arany)于萨伦多，而阿阑尼

① 此指1863年波兰一日起义。这次起义成立了临时民族政府，发布解放农奴的宣言和法令。1865年被沙皇镇压。

② 裴象飞，通译裴多菲。

杰作《约尔提》(Joldi)适竣，读之叹赏，订交焉。四十八年以始，裴象飞诗渐倾于政事，盖知革命将兴，不期而感，犹野禽之识地震也。是年三月，墺大利人革命报至沛思德，裴象飞感之，作《兴矣摩迦人》(Tolpra Magyar)一诗，次日诵以徇众，至解末迭句云，誓将不复为奴！则众皆和，持至检文之局，逐其吏而自印之，立俟其毕，各持之行。文之脱检，实自此始。裴象飞亦尝自言曰，吾琴一音，吾笔一下，不为利役也。居吾心者，爰有天神，使吾歌且吟。天神非他，即自由耳。顾所为文章，时多过情，或与众忤；尝作《致诸帝》一诗，人多责之。裴象飞自记曰，去三月十五数日而后，吾忽为众恶之人矣，褫夺花冠，独研深谷之中，顾吾终幸不屈也。比国事渐急，诗人知战争死亡且近，极思赴之。自曰，天不生我于孤寂，将召赴战场矣。吾今得闻角声召战，吾魂几欲骤前，不及待令矣。遂投国民军(Honvéd)中，四十九年转隶贝谟将军麾下。贝谟者，波阑武人，千八百三十年之役，力战俄人者也。时轲苏士招之来，使当脱阑希勒伐尼亚一面，甚爱裴象飞，如家人父子然。裴象飞三去其地，而不久即返，似或引之。是年七月三十一日舍俱思跋之战，遂殁于军。平日所谓为爱而歌，为国而死者，盖至今日而践矣。裴象飞幼时，尝治裴伦暨修黎之诗，所作率纵言自由，诞放激烈，性情亦仿佛如二人。曾自言曰，吾心如反响之森林，受一呼声，应以百响者也。又善体物色，著之诗歌，妙绝人世，自称为无边自然之野花。所著长诗，有《英雄约诺斯》(János Vitéz)一篇，取材于古传，述其人悲欢畸迹。又小说一卷曰《缢吏之缳》(A Hóhér Kötele)，记以眷爱起争，肇生孽障，提尔尼阿遂终陷安陀罗奇之子于法。安陀罗奇失爱绝欢，庐其子垅上，一日得提尔尼阿，将杀之。而从者止之曰，敢问死与生之忧患孰大？曰，生哉！乃纵之使去；终诱其孙令自经，而其为绳，即昔日缳安陀罗奇子之颈者也。观其首引耶和华言，意盖云厥祖罪愆，亦可报诸其苗裔，受施必复，且不嫌加甚焉。至于诗人一生，亦至殊异，浪游变易，殆无宁时。虽少逸豫者一时，而其静亦非真静，殆犹大海漩洑中心之静点而已。设有孤舟，卷于旋风，当有一瞬间忽尔都寂，如风云已息，水波不兴，水色青如微笑，顾漩洑偏急，舟复入卷，乃至破没矣。彼诗人之暂静，盖尔犹是焉耳。

上述诸人，其为品性言行思惟，虽以种族有殊，外缘多别，因现种种状，而实统于一宗：无不刚健不挠，抱诚守真；不取媚于群，以随顺旧俗；发为雄声，以起其国人之新生，而大其国于天下。求之华土，孰比之哉？夫中国之立于亚洲也，文明先进，四邻莫之与伦，蹇视高步，因益为特别之发达；及今日虽彫苓，而犹与西欧对立，此其幸也。顾使往昔以来，不事闭关，能与世界大势相接，思想为作，日趣于新，则今日方卓立宇内，无所愧逊于他邦，荣光俨然，可无苍黄变革之事，又从可知尔。故一为相度其位置，稽考其邂逅，则震旦为国，得失滋不云微。得者以文化不受影响于异邦，自具特异之光采，近虽中衰，亦世希有。失者则以孤立自是，不遇校雠，终至堕落而之实利；为时既久，精神沦亡，逮蒙新力一击，即砉然冰泮，莫有起而与之抗。加以旧染既深，辄以习惯之目光，观察一切，凡所然否，谬解为多，此所为呼维新既二十年，而新声迄不起于中国也。夫如是，则精神界之战士贵矣。英当十八世纪时，社会习于伪，宗教安于陋，其为文章，亦摹故旧而事涂饰，不能闻真之心声。于是哲人洛克首出，力排政治宗教之积弊，唱思想言议之自由，转轮之兴，此其播种。而在文界，则有农人朋思生苏格阑，举全力以抗社会，宣众生平等之音，不惧权威，不跽金帛，洒其热血，注诸韵言；然精神界之伟人，非遂即人群之骄子，轗轲流落，终以夭亡。而裴伦修黎继起，转战反抗，具如前陈。其力如巨涛，直薄旧社会之柱石。余波流衍，入俄则起国民诗人普式庚，至波阑则作报复诗人密克威支，入匈加利则觉爱国诗人裴象飞；其他宗徒，不胜具道。顾裴伦修黎，虽蒙摩罗之谥，亦第人焉而已。凡其同人，实亦不必曰摩罗宗，苟在人间，必有如是。此盖聆热诚之声而顿觉者也，此盖同怀热诚而互契者也。故其平生，亦甚神肖，大都执兵流血，如角剑之士，转辗于众之目前，使抱战栗与愉快而观其鏖扑。故无流血于众之目前者，其群祸矣；虽有而众不之视，或且进而杀之，斯其为群，乃愈益祸而不可救也！

今索诸中国，为精神界之战士者安在？有作至诚之声，致吾人于善美刚健者乎？有作温煦之声，援吾人出于荒寒者乎？家国荒矣，而赋最末哀歌，以诉天下贻后人之耶利米，且未之有也。非彼不生，即生而贼于众，居其一或兼其二，则中国遂以萧条。劳劳独躯壳之事是图，而精神日就于荒落；新潮来袭，遂以不支。众皆曰维新，此即自白其历来罪恶之声也，犹云改悔焉尔。顾既维新矣，而希望亦与偕始，吾人所待，则有介绍新文化之士人。特十余年来，介绍无已，而究其所携将以来归者；乃又舍治饼饵守囹圄之术[①]而外，无他有也。则中国尔后，且永续其萧条，而第二维新之声，亦将再举，盖可准前事而无疑者矣。俄文人凯罗连珂（V. Korolenko）作《末光》一书，有记老人教童子读书于鲜卑者，曰，书中述樱花黄鸟，而鲜卑沍寒，不有此也。翁则解之曰，此鸟即止于樱木，引吭为好音者耳。少年乃沉思。然夫，少年处萧条之中，即不诚闻其好音，亦当得先觉之诠解；而先觉之声，乃又不来破中国之萧条也。然则吾人，其亦沉思而已夫，其亦惟沉思而已夫！

一九〇七年作。

---

① 治饼饵守囹圄之术，指当时留学生从日文翻译的关于家政和警察学一类的书。

中国小说的历史的变迁[①]

我所讲的是中国小说的历史的变迁。许多历史家说，人类的历史是进化的，那么，中国当然不会在例外。但看中国进化的情形，却有两种很特别的现象：一种是新的来了好久之后而旧的又回复过来，即是反复；一种是新的来了好久之后而旧的并不废去，即是羼杂。然而就并不进化么？那也不然，只是比较的慢，使我们性急的人，有一日三秋之感罢了。文艺，文艺之一的小说，自然也如此。例如虽至今日，而许多作品里面，唐宋的，甚而至于原始人民的思想手段的糟粕都还在。今天所讲，就想不理会这些糟粕——虽然它还很受社会欢迎——而从倒行的杂乱的作品里寻出一条进行的线索来，一共分为六讲。

第一讲　从神话到神仙传

考小说之名，最古是见于庄子所说的"饰小说以干县令"。"县"是高，言高名；"令"是美，言美誉。但这是指他所谓琐屑之言，不关道术的而说，和后来所谓的小说并不同。因为如孔子、杨子、

① 此文系作者1924年7月在西安讲学时的记录稿，经本人修订后，收入西北大学出版部1925年3日印行的《国立西北大学、陕西教育厅合办暑期学校讲演集》(二)。

墨子各家的学说，从庄子看来，都可以谓之小说；反之，别家对庄子，也可称他的著作为小说。至于《汉书·艺文志》上说："小说者，街谈巷语之说也。"这才近似现在的所谓小说了，但也不过古时稗官采集一般小民所谈的小话，借以考察国之民情、风俗而已，并无现在所谓小说之价值。

小说是如何起源的呢？据《汉书·艺文志》上说："小说家者流，盖出于稗官。"稗官采集小说的有无，是另一问题；即使真有，也不过是小说书之起源，不是小说之起源。至于现在一班研究文学史者，却多认小说起源于神话。因为原始民族，穴居野处，见天地万物，变化不常——如风，雨，地震等——有非人力所可捉摸抵抗，很为惊怪，以为必有个主宰万物者在，因之拟名为神；并想像神的生活、动作，如中国有盘古氏开天辟地之说，这便成功了"神话"。从神话演进，故事渐近于人性，出现的大抵是"半神"，如说古来建大功的英雄，其才能在凡人以上，由于天授的就是。例如简狄吞燕卵而生商，尧时"十日并出"，尧使羿射之的话，都是和凡人不同的。这些口传，今人谓之"传说"。由此再演进，则正事归为史；逸史即变为小说了。

我想，在文艺作品发生的次序中，恐怕是诗歌在先，小说在后的。诗歌起于劳动和宗教。其一，因劳动时，一面工作，一面唱歌，可以忘却劳苦，所以从单纯的呼叫发展开去，直到发挥自己的心意和感情，并偕有自然的韵调；其二，是因为原始民族对于神明，渐因畏惧而生敬仰，于是歌颂其威灵，赞叹其功烈，也就成了诗歌的起源。至于小说，我以为倒是起于休息的。人在劳动时，既用歌吟以自娱，借它忘却劳苦了，则到休息时，亦必要寻一种事情以消遣闲暇。这种事情，就是彼此谈论故事，而这谈论故事，正就是小说的起源。——所以诗歌是韵文，从劳动时发生的；小说是散文，从休息时发生的。

但在古代，不问小说或诗歌，其要素总离不开神话。印度，埃及，希腊都如此，中国亦然。只是中国并无含有神话的大著作；其零星的神话，现在也还没有集录为专书的。我们要寻求，只可从古书上得到一点，而这种古书最重要的，便推《山海经》。不过这书也是无系统的，其中最要的，和后来有关系的记述，有西王母的故事，现在举一条出来：

> “玉山，是西王母所居也。西王母其状如人，豹尾虎齿而善啸，蓬发戴胜，是司天之厉及五残。”

如此之类还不少。这个古典，一直流行到唐朝，才被骊山老母夺了位置去。此外还有一种《穆天子传》，讲的是周穆王驾八骏西征的故事，是汲郡古冢中杂书之一篇。——总之中国古代的神话材料很少，所有者，只是些断片的，没有长篇的，而且似乎也并非后来散亡，是本来的少有。我们在此要推求其原因，我以为最要的有两种：

一、太劳苦　因为中华民族先居在黄河流域，自然界底情形并不佳，为谋生起见，生活非常勤苦，因之重实际，轻玄想，故神话就不能发达以及流传下来。劳动虽说是发生文艺的一个源头，但也有条件：就是要不过度。劳逸均适，或者小觉劳苦，才能发生种种的诗歌，略有余暇，就讲小说。假使劳动太多，休息时少，没有恢复疲劳的余裕，则眠食尚且不暇，更不必提什么文艺了。

二、易于忘却　因为中国古时天神，地祇，人，鬼，往往殽杂，则原始的信仰存于传说者，日出不穷，于是旧者僵死，后人无从而知。如神荼，郁垒，为古之大神，传说上是手执一种苇索，以缚虎，且御凶魅的，所以古代将他们当作门神。但到后来又将门神改为秦琼，尉迟敬德，并引说种种事实，以为佐证，于是后人单知道秦琼和尉迟敬德为门神，而不复知神荼，郁垒，更不消说造作他们的故事了。此外这样的还很不少。

中国的神话既没有什么长篇的，现在我们就再来看《汉书·艺文志》上所载的小说：《汉书·艺文志》上所载的许多小说目录，现在一样都没有了，但只有些遗文，还可以看见。如《大戴礼·保傅篇》中所引《青史子》说：

“古者年八岁而出就外舍，学小艺焉，履小节焉；束发而就大学，学大艺焉，履大节焉。居则习礼文，行则鸣佩玉，升车则闻和鸾之声，是以非僻之心无自入也。……”

《青史子》这种话，就是古代的小说；但就我们看去，同《礼记》所说是一样的，不知何以当作小说？或者因其中还有许多思想和儒家的不同之故吧。至于现在所有的所谓汉代小说，却有称东方朔所做的两种：一、《神异经》；二、《十洲记》。班固做的，也有两种：一、《汉武故事》；二、《汉武帝内传》。此外还有郭宪做的《洞冥记》，刘歆做的《西京杂记》。《神异经》的文章，是仿《山海经》的，其中所说的多怪诞之事。现在举一条出来：

“西南荒山中出讹兽，其状若菟，人面能言，常欺人，言东而西，言恶而善。其肉美，食之，言不真矣。”(《西南荒经》)

《十洲记》是记汉武帝闻十洲于西王母之事，也仿《山海经》的，不过比较《神异经》稍微庄重些。《汉武故事》和《汉武帝内传》，都是记武帝初生以至崩葬的事情。《洞冥记》是说神仙道术及远方怪异的事情。《西京杂记》则杂记人间琐事。然而《神异经》《十洲记》，为《汉书·艺文志》上所不载，可知不是东方朔做的，乃是后人假造的。《汉武故事》《汉武帝内传》则与班固别的文章，笔调不类，且中间夹杂佛家语，——彼时佛教尚不盛行，且汉人从来不喜说佛语——可知也是假的。至于《洞冥记》《西京杂记》又已经为人考出是六朝人做的。——所以上举的六种小说，全是假的。惟此外有刘向的《列仙传》是真的。晋的葛洪又作《神仙传》，唐宋更多，于后来的思想及小说，很有影响。但刘向的《列仙传》，在当时并非有意作小说，乃是当作真实事情做的，不过我们以现在的眼光看去，只可作小说观而已。《列仙传》《神仙传》中片断的神话，到现在还多拿它做儿童读物的材料。现在常有一问题发生：即此种神话，可否拿它做儿童的读物？我们顺便也说一说。在反对一方面的人说：以这种神话教儿童，只能养成迷信，是非常有害的；而赞成一方面的人说：以这种神话教儿童，正合儿童的天性，很感趣味，没有什么害处的。在我以为这要看社会上教育的状况怎样，如果儿童能继续更受良好的教育，则将来一学科学，自然会明白，不至迷信，所以当然没有害的；但如果儿童不能继续受稍深的教育，学识不再进步，则在幼小时所教的神话，将永信以为真，所以也许是有害的。

第二讲　六朝时之志怪与志人

上次讲过：一、神话是文艺的萌芽。二、中国的神话很少。三、所有的神话，没有长篇的。四、《汉书·艺文志》上载的小说都不存在了。五、现存汉人的小说，多是假的。现在我们再看六朝时的小说怎样？中国本来信鬼神的，而鬼神与人乃是隔离的，因欲人与鬼神交通，于是乎就有巫出来。巫到后来分为两派：一为方士；一仍为巫。巫多说鬼，方士多谈炼金及求仙，秦汉以来，其风日盛，到六朝并没有息，所以志怪之书特多，像《博物志》上说：

> "燕太子丹质于秦，……欲归，请于秦王。王不听，谬言曰，'令乌头白，马生角，乃可。'丹仰而叹，乌即头白，俯而嗟，马生角。秦王不得已而遣之……"(卷八《史补》)

这全是怪诞之说，是受了方士思想的影响。再如刘敬叔的《异苑》上说：

“义熙中，东海徐氏婢兰忽患羸黄，而拂拭异常，共伺察之，见扫帚从壁角来趋婢床，乃取而焚之，婢即平复。”（卷八）

这可见六朝人视一切东西，都可成妖怪，这正就是巫底思想，即所谓“万有神教”。此种思想，到了现在，依然留存，像：常见在树上挂着“有求必应”的匾，便足以证明社会上还将树木当神，正如六朝人一样的迷信。其实这种思想，本来是无论何国，古时候都有的，不过后来渐渐地没有罢了，但中国还很盛。

六朝志怪的小说，除上举《博物志》《异苑》而外，还有干宝的《搜神记》，陶潜的《搜神后记》。但《搜神记》多已佚失，现在所存的，乃是明人辑各书引用的话，再加别的志怪书而成，是一部半真半假的书籍。至于《搜神后记》，亦记灵异变化之事，但陶潜旷达，未必作此，大约也是别人的托名。

此外还有一种助六朝人志怪思想发达的，便是印度思想之输入。因为晋、宋、齐、梁四朝，佛教大行，当时所译的佛经很多，而同时鬼神奇异之谈也杂出，所以当时合中、印两国底鬼怪到小说里，使它更加发达起来，如阳羡鹅笼的故事，就是：

“阳羡许彦于绥安山行，遇一书生，……卧路侧，云脚痛，求寄鹅笼中。彦以为戏言，书生便入笼，……宛然与双鹅并坐，鹅亦不惊。彦负笼而去，都不觉重。前行息树下，书生乃出笼谓彦曰：‘欲为君薄设。’彦曰：‘善。’乃口中吐出一铜奁子，中具肴馔。……酒数行，谓彦曰：‘向将一妇人自随，今欲暂邀之。’……又于口中吐一女子，……共坐宴。俄而书生醉卧，此女谓彦曰：‘……向亦窃得一男子同行，……暂唤之……'……女子于口中吐出一男子……"

此种思想，不是中国所故有的，乃完全受了印度思想的影响。就此也可知六朝的志怪小说，和印度怎样相关的大概了。但须知六朝人之志怪，却大抵一如今日之记新闻，在当时并非有意做小说。

六朝时志怪的小说，既如上述，现在我们再讲志人的小说。六朝志人的小说，也非常简单，同志怪的差不多，这有宋刘义庆做的《世说新语》，可以做代表。现在待我举出一两条来看：

"阮光禄在剡，曾有好车，借者无不皆给。有人葬母，意欲借而不敢言。阮后闻之，叹曰：'吾有车而使人不敢借，何以车为？'遂焚之。"(卷上《德行篇》)

"刘伶恒纵酒放达，或脱衣裸形在屋中。人见讥之，伶曰：'我以天地为栋宇，屋室为裈衣，诸君何为入我裈中？'"(卷下《任诞篇》)

这就是所谓晋人底风度。以我们现在的眼光看去，阮光禄之烧车，刘伶之放达，是觉得有些奇怪的，但在晋人却并不以为奇怪，因为那时所贵的是奇特的举动和玄妙的清谈。这种清谈，本从汉之清议而来。汉末政治黑暗，一般名士议论政事，其初在社会上很有势力，后来遭执政者之嫉视，渐渐被害，如孔融，祢衡等都被曹操设法害死①，所以到了晋代底名士，就不敢再议论政事，而一变为专谈玄理；清议而不谈政事，这就成了所谓清谈了。但这种清谈的名士，当时在社会上却仍旧很有势力，若不能玄谈的，好似不够名士底资格；而《世说》这部书，差不多就可以看做一部名士底教科书。

前乎《世说》尚有《语林》《郭子》，不过现在都没有了。而《世

---

① 孔融(153—208)字文举，东汉末鲁国人。曾任北海相，后因反对曹操，为曹操所杀。祢衡(173—198)，字正平，东汉末平原般人。因反对曹操被送至刘表处，刘表又将他送至黄祖处，终为黄祖所杀。

说》乃是纂辑自后汉至东晋底旧文而成的。后来有刘孝标给《世说》作注，注中所引的古书多至四百余种，而今又不多存在了；所以后人对于《世说》看得更贵重，到现在还很通行。

此外还有一种魏邯郸淳做的《笑林》，也比《世说》早。它的文章，较《世说》质朴些，现在也没有了，不过在唐宋人的类书上所引的遗文，还可以看见一点，我现在把它也举一条出来：

> "甲父母在，出学三年而归，舅氏问其学何所得，并序别父久。乃答曰：'谓阳之思，过于秦康。'（秦康父母已死）既而父数之，'尔学奚益。'答曰：'少失过庭之训，故学无益。'"（《广记》二百六十二）

就此可知《笑林》中所说，大概不外俳谐之谈。

上举《笑林》《世说》两种书，到后来都没有什么发达，因为只有模仿，没有发展。如社会上最通行的《笑林广记》，当然是《笑林》的支派，但是《笑林》所说的多是知识上的滑稽；而到了《笑林广记》，则落于形体上的滑稽，专以鄙言就形体上谑人，涉于轻薄，所以滑稽的趣味，就降低多了。至于《世说》，后来模仿的更多，从刘孝标的《续世说》——见《唐志》——一直到清之王晫所做的《今世说》，现在易宗夔所做的《新世说》等，都是仿《世说》的书。但是晋朝和现代社会底情状，完全不同，到今日还模仿那时底小说，是很可笑的。因为我们知道从汉末到六朝为篡夺时代，四海骚然，人多抱厌世主义；加以佛道二教盛行一时，皆讲超脱现世，晋人先受其影响，于是有一派人去修仙，想飞升，所以喜服药；有一派人欲永游醉乡，不问世事，所以好饮酒。服药者——晋人所服之药，我们知道的有五石散，是用五种石料做的，其性燥烈——身上常发炎，适于穿旧衣——因新衣容易擦坏皮肤——又常不洗，虱子生得极多，所以说："扪虱而谈。"饮酒者，放浪形骸之外，醉生梦死。——这就是晋时社会底情状。而生在现代底人，生活情形完全不同了，却要去模仿那时社会背景所产生的小说，岂非笑话？

我在上面说过：六朝人并非有意作小说，因为他们看鬼事和人事，是一样的，统当作事实；所以《旧唐书·艺文志》，把那种志怪的书，并不放在小说里，而归入历史的传记一类，一直到了宋欧阳修才把它归到小说里。可是志人底一部，在六朝时看得比志怪底一部更重要，因为这和成名很有关系；像当时乡间学者想要成名，他们必须去找名士，这在晋朝，就得去拜访王导、谢安一流人物，正所谓“一登龙门，则身价十倍”。但要和这流名士谈话，必须要能够合他们的脾胃，而要合他们的脾胃，则非看《世说》《语林》这一类的书不可。例如：当时阮宣子见太尉王夷甫，夷甫问老庄之异同，宣子答说：“将毋同。”夷甫就非常佩服他，给他官做，即世所谓“三语掾”。但“将毋同”三字，究竟怎样讲？有人说是“殆不同”的意思；有人说是“岂不同”的意思——总之是一种两可、飘渺恍惚之谈罢了。要学这一种飘渺之谈，就非看《世说》不可。

第三讲　唐之传奇文

小说到了唐时，却起了一个大变迁。我前次说过：六朝时之志怪与志人底文章，都很简短，而且当作记事实；及到唐时，则为有意识的作小说，这在小说史上可算是一大进步。而且文章很长，并能描写得曲折，和前之简古的文体，大不相同了，这在文体上也算是一大进步。但那时作古文底人，见了很不满意，叫它做“传奇体”。“传奇”二字，当时实是訾贬的意思，并非现代人意中的所谓“传奇”。可是这种传奇小说，现在多没有了，只有宋初底《太平广记》——这书可算是小说的大类书，是搜集六朝以至宋初底小说而成的——我们于其中还可以看见唐时传奇小说底大概：唐之初年，有王度做的《古镜记》，是自述得一神镜底异事，文章虽很长，但仅缀许多异事而成，还不脱六朝志怪底流风。此外又有无名氏做的《白猿传》，说的是梁将欧阳纥至长乐，深入溪洞，其妻为白猿掠去，后来得救回去，生一子，“厥状肖焉”。纥后为陈武帝所杀，他的儿子欧阳询，在唐初很有名望，而貌像猕猴，忌者因作此传；后来假小说以攻击人的风气，可见那时也就流行了。

到了武则天时，有张鷟做的《游仙窟》，是自叙他从长安走河湟去，在路上天晚，投宿一家，这家有两个女人，叫十娘，五嫂，和他饮酒作乐等情。事实不很繁复，而是用骈体文做的。这种以骈体做小说，是从前所没有的，所以也可以算一种特别的作品。到后来清之陈球所做的《燕山外史》，是骈体的，而作者自以为用骈体做小说是由他别开生面的，殊不知实已开端于张鷟了。但《游仙窟》中国久已佚失；惟在日本，现尚留存，因为张鷟在当时很有文名，外国人到中国来，每以重金买他的文章，这或者还是那时带去的一种。其实他的文章很是佻巧，也不见得好，不过笔调活泼些罢了。

唐至开元、天宝以后，作者蔚起，和以前大不同了。从前看不起小说的，此时也来做小说了，这是和当时底环境有关系的，因为唐时考试的时候，甚重所谓“行卷”；就是举子初到京，先把自己得意的诗钞成卷子，拿去拜谒当时的名人，若得称赞，则“声价十倍”，后来便有及第的希望，所以行卷在当时看得很重要。到开元、天宝以后，渐渐对于诗，有些厌气了，于是就有人把小说也放在行卷里去，而且竟也可以得名。所以从前不满意小说的，到此时也多做起小说来，因之传奇小说，就盛极一时了。大历中，先有沈既济做的《枕中记》——这书在社会上很普通，差不多没有人不知道的——内容大略说：有个卢生，行邯郸道中，自叹失意，乃遇吕翁，给他一个枕头，生睡去，就梦娶清河崔氏；——清河崔属大姓，所以得娶清河崔氏，也是极荣耀的。——并由举进士，一直升官到尚书兼御史大夫。后为时宰所忌，害他贬到端州。过数年，又追他为中书令，封燕国公。后来衰老有病，呻吟床次，至气断而死。梦中死去，他便醒来，却尚不到煮熟一锅饭的时候。——这是劝人不要躁进，把功名富贵，看淡些的意思。到后来明人汤显祖做的《邯郸记》，清人蒲松龄所做《聊斋》中的《续黄粱》，都是本这《枕中记》的。

此外还有一个名人叫陈鸿的，他和他的朋友白居易经过安史之乱以后，杨贵妃死了，美人已入黄土，凭吊古事，不胜伤情，于是白居易作了《长恨歌》；而他便做了《长恨歌传》。此传影响到后来，有清人洪昇所做的《长生殿》传奇，是根据它的。当时还有一个著名的，是白居易之弟白行简，做了一篇《李娃传》，说的是：荥阳巨族之子，到长安来，溺于声色，贫病困顿，竟流落为挽郎。——挽郎是人家出殡时，挽棺材者，并须唱挽歌。——后为李娃所救，并勉他读书，遂得擢第，官至参军。行简的文章本好，叙李娃的情节，又很是缠绵可观。此篇对于后来的小说[①]，也很有影响，如元人的《曲江池》，明人薛近兖的《绣襦记》，都是以它为本的。

再唐人底小说，不甚讲鬼怪，间或有之，也不过点缀点缀而已。但也有一部分短篇集，仍多讲鬼怪的事情，这还是受了六朝人底影响，如牛僧孺的《玄怪录》，段成式的《酉阳杂俎》，李复言的《续玄怪录》，张读的《宣室志》，苏鹗的《杜阳杂编》，裴铏的《传奇》等，都是的。然而毕竟是唐人做的，所以较六朝人做的曲折美妙得多了。

唐之传奇作者，除上述以外，于后来影响最大而特可注意者，又有二人：其一著作不多，而影响很大，又很著名者，便是元微之；其一著作多，影响也很大，而后来不甚著名者，便是李公佐。现在

---

① 此处“小说”应为“戏曲”。

我把他两人分开来说一说：

一、元微之的著作　元微之名稹，是诗人，与白居易齐名。他做的小说，只有一篇《莺莺传》，是讲张生与莺莺之事，这大概大家都是知道的，我可不必细说。微之的诗文，本是非常有名的，但这篇传奇，却并不怎样杰出，况且其篇末叙张生之弃绝莺莺，又说什么"……德不足以胜妖，是用忍情"。文过饰非，差不多是一篇辩解文字。可是后来许多曲子，却都由此而出，如金人董解元的《弦索西厢》，——现在的《西厢》，是扮演；而此则弹唱——元人王实甫的《西厢记》，关汉卿的《续西厢记》，明人李日华的《南西厢记》，陆采的《南西厢记》，……等等，非常之多，全导源于这一篇《莺莺传》。但和《莺莺传》原本所叙的事情，又略有不同，就是：叙张生和莺莺到后来终于团圆了。这因为中国人底心理，是很喜欢团圆的，所以必至于如此，大概人生现实底缺陷，中国人也很知道，但不愿意说出来；因为一说出来，就要发生"怎样补救这缺点"的问题，或者免不了要烦闷，要改良，事情就麻烦了。而中国人不大喜欢麻烦和烦闷，现在倘在小说里叙了人生底缺陷，便要使读者感着不快。所以凡是历史上不团圆的，在小说里往往给他团圆；没有报应的，给他报应，互相骗骗。——这实在是关于国民性底问题。

二、李公佐的著作　李公佐向来很少人知道，他做的小说很多，现在只存有四种：（一）《南柯太守传》：此传最有名，是叙东平淳于棼的宅南，有一棵大槐树，有一天棼因醉卧东庑下，梦见两个穿紫色衣服的人，来请他到了大槐安国，招了驸马，出为南柯太守；因有政绩，又累升大官。后领兵与檀萝国战争，被打败，而公主又死了，于是仍送他回来。及醒来则刹那之梦，如度一世；而去看大槐树，则有一蚂蚁洞，蚂蚁正出入乱走着，所谓大槐安国，南柯郡，就在此地。这篇立意，和《枕中记》差不多，但其结穴，余韵悠然，非《枕中记》所能及。

后来明人汤显祖作《南柯记》，也就是从这传演出来的。（二）《谢小娥传》：此篇叙谢小娥的父亲，和她的丈夫，皆往来江湖间，做买卖，为盗所杀。小娥梦父告以仇人为“车中猴东门草”；又梦夫告以仇人为“禾中走一日夫”；人多不能解，后来李公佐乃为之解说：“车中猴，东门草”是“申兰”二字；“禾中走，一日夫”是“申春”二字。后果然因之得盗。这虽是解谜获贼，无大理致，但其思想影响于后来之小说者甚大：如李复言演其文入《续玄怪录》，题曰《妙寂尼》，明人则本之作平话。他若《包公案》中所叙，亦多有类此者。（三）《李汤》：此篇叙的是楚州刺史李汤，闻渔人见龟山下，水中有大铁锁，以人、牛之力拉出，则风涛大作；并有一像猿猴之怪兽，雪牙金爪，闯上岸来，观者奔走，怪兽仍拉铁锁入水，不再出来。李公佐为之解说：怪兽是淮涡水神无支祁。“力逾九象，搏击腾踔疾奔，轻利倏忽。”大禹使庚辰制之，颈锁大索，徙到淮阴的龟山下，使淮水得以安流。这篇影响也很大，我以为《西游记》中的孙悟空正类无支祁。但北大教授胡适之先生则以为是由印度传来的；俄国人钢和泰教授也曾说印度也有这样的故事。可是由我看去：1.作《西游记》的人，并未看过佛经；2.中国所译的印度经论中，没有和这相类的话；3.作者——吴承恩——熟于唐人小说，《西游记》中受唐人小说的影响的地方很不少。所以我还以为孙悟空是袭取无支祁的。但胡适之先生仿佛并以为李公佐就受了印度传说的影响，这是我现在还不能说然否的话。（四）《庐江冯媪》：此篇叙事很简单，文章也不大好，我们现在可以不讲它。

唐人小说中的事情，后来都移到曲子里。如“红线”“红拂”，“虬髯”①……等，皆出于唐之传奇，因此间接传遍了社会，现在的

① “红线”，明梁辰鱼曾作杂剧《红线女》。“红拂”，明张凤翼曾作传奇《红拂记》。“虬髯”，明凌濛初曾作杂剧《虬髯翁》。

人还知道。至于传奇本身，则到唐亡就随之而绝了。

第四讲　宋人之“说话”及其影响

上次讲过：传奇小说，到唐亡时就绝了。至宋朝，虽然也有作传奇的，但就大不相同。因为唐人大抵描写时事；而宋人则极多讲古事。唐人小说少教训；而宋则多教训。大概唐时讲话自由些，虽写时事，不至于得祸；而宋时则讳忌渐多，所以文人便设法回避，去讲古事。加以宋时理学极盛一时，因之把小说也多理学化了，以为小说非含有教训，便不足道。但文艺之所以为文艺，并不贵在教训，若把小说变成修身教科书，还说什么文艺。宋人虽然还作传奇，而我说传奇是绝了，也就是这意思。然宋之士大夫，对于小说之功劳，乃在编《太平广记》一书。此书是搜集自汉至宋初的琐语小说，共五百卷，亦可谓集小说之大成。不过这也并非他们自动的，乃是政府召集他们做的。因为在宋初，天下统一，国内太平，因招海内名士，厚其廪饩，使他们修书，当时成就了《文苑英华》《太平御览》和《太平广记》。此在政府的目的，不过利用这事业，收养名人，以图减其对于政治上之反动而已，固未尝有意于文艺；但在无意中，却替我们留下了古小说的林薮来。至于创作一方面，则宋之士大夫实在并没有什么贡献。但其时社会上却另有一种平民底小说，代之而兴了。这类作品，不但体裁不同，文章上也起了改革，用的是白话，所以实在是小说史上的一大变迁。因为当时一般士大夫，虽然都讲理学，鄙视小说，而一般人民，是仍要娱乐的；平民的小说之起来，正是无足怪讶的事。

宋建都于汴，民物康阜，游乐之事，因之很多，市井间有种杂剧，这种杂剧中包有所谓“说话”。“说话”分四科：一、讲史；二、说经诨经；三、小说；四、合生。“讲史”是讲历史上底事情，及名人传记等；就是后来历史小说之起源。“说经诨经”，是以俗话演说佛经的。“小说”是简短的说话。“合生”，是先念含混的两句诗，随后再念几句，才能懂得意思，大概是讽刺时人的。这四科后来于小说有关系的，只是“讲史”和“小说”。那时操这种职业的人，叫做“说话人”；而且他们也有组织的团体，叫做“雄辩社”。他们也编有一种书，以作说话时之凭依，发挥，这书名叫“话本”。南宋初年，这种话本还流行，到宋亡，而元人入中国时，则杂剧消歇，话本也不通行了。至明朝，虽也还有说话人，——如柳敬亭就是当时很有名的说话人——但已不是宋人底面目；而且他们已不属于杂剧，也没有什么组织了。到现在，我们几乎已经不能知道宋时的话本究竟怎样。——幸而现在翻刻了几种书，可以当作标本看。

一种是《五代史平话》，是可以作讲史看的。讲史的体例，大概是从开天辟地讲起，一直到了要讲的朝代。《五代史平话》也是如此；它的文章，是各以诗起，次入正文，又以诗结，总是一段一段的有诗为证。但其病在于虚事铺排多，而于史事发挥少。至于诗，我以为大约是受了唐人底影响：因为唐时很重诗，能诗者就是清品；而说话人想仰攀他们，所以话本中每多诗词，而且一直到现在许多人所做的小说中也还没有改。再若后来历史小说中每回的结尾上，总有“不知后事如何？且听下回分解”的话，我以为大概也起于说话人，因为说话必希望人们下次再来听，所以必得用一个惊心动魄的未了事拉住他们。至于现在的章回小说还来模仿它，那可只是一个遗迹罢了，正如我们腹中的盲肠一样，毫无用处。一种是《京本通俗小说》，已经不全了，还存十多篇。在“说话”中之所谓小说，并不像现在所谓的广义的小说，乃是讲的很短，而且多用时事的。起首先说一个冒头，或用诗词，或仍用故事，名叫“得胜头回”——“头回”是前回之意；“得胜”是吉利语。——以后才入本文，但也并不冗长，长短和冒头差不多，在短时间内就完结。可见宋代说话中的所谓小说，即是“短篇小说”的意思，《京本通俗小说》虽不全，却足够可以看见那类小说底大概了。

除上述两种之外，还有一种《大宋宣和遗事》，首尾皆有诗，中间杂些俚句，近于“讲史”而非口谈；好似“小说”而不简洁；惟其中已叙及梁山泊的事情，就是《水浒》之先声，是大可注意的事。还有现在新发现的一部书，叫《大唐三藏法师取经诗话》，——此书中国早没有了，是从日本拿回来的——这所谓“诗话”，又不是现在人所说的诗话，乃是有诗，有话；换句话说：也是注重“有诗为证”的一类小说的别名。这《大唐三藏法师取经诗话》，虽然是《西游记》的先声，但又颇不同：例如“盗人参果”一事，在《西游记》上是孙悟空要盗，而唐僧不许；在《取经诗话》里是仙桃，孙悟空不盗，而唐僧使命去盗。——这与其说时代，倒不如说是作者思想之不同处。因为《西游记》之作者是士大夫，而《取经诗话》之作者是市人。士大夫论人极严，以为唐僧岂应盗人参果，所以必须将这事推到猴子身上去；而市人评论人则较为宽恕，以为唐僧盗几个区区仙桃有何要紧，便不再经心作意地替他隐瞒，竟放笔写上去了。

总之，宋人之“说话”的影响是非常之大，后来的小说，十分之九是本于话本的。如一、后之小说如《今古奇观》等片段的叙述，即仿宋之“小说”。二、后之章回小说如《三国志演义》等长篇的叙述，皆本于“讲史”。其中讲史之影响更大，并且从明清到现在，“二十四史”都演完了。作家之中，又出了一个著名人物，就是罗贯中。

罗贯中名本，钱唐人，大约生活在元末明初。他做的小说很多，可惜现在只剩了四种。而此四种又多经后人乱改，已非本来面目了。——因为中国人向来以小说为无足轻重，不似经书，所以多喜欢随便改动它——至于贯中生平之事迹，我们现在也无从而知；有的说他因为做了水浒，他的子孙三代都是哑巴，那可也是一种谣言。贯中的四种小说，就是：一、《三国演义》；二、《水浒传》；三、《隋唐志传》；四、《北宋三遂平妖传》。《北宋三遂平妖传》，是记贝州王则借妖术作乱的事情，平他的有三个人，其名字皆有一"遂"字，所以称"三遂平妖"。《隋唐志传》，是叙自隋禅位，以至唐明皇的事情。——这两种书的构造和文章都不甚好，在社会上也不盛行；最盛行，而且最有势力的，是《三国演义》和《水浒传》。

一、《三国演义》 讲三国底事情的，也并不自罗贯中起始，宋时里巷中说古话者，有"说三分"，就讲的是三国故事。苏东坡也说："王彭尝云：'途巷中小儿，……坐听说古话，至说三国事，闻刘玄德败，频蹙眉，有出涕者；闻曹操败，即喜唱快。以是知君子小人之泽，百世不斩。'"可见在罗贯中以前，就有《三国演义》这一类的书了。因为三国底事情，不像五代那样纷乱；又不像楚汉那样简单；恰是不简不繁，适于作小说。而且三国时底英雄，智术武勇，非常动人，所以人都喜欢取来做小说底材料。再有裴松之注《三国志》，甚为详细，也足以引起人之注意三国的事情。至罗贯中之《三国演义》是否出于创作，还是继承，现在固不敢草草断定；但明嘉靖时本题有"晋平阳侯陈寿史传，明罗本编次"之说，则可见是直接以陈寿的《三国志》为蓝本的。但是现在的《三国演义》却已多经后人改易，不是本来面目了。若论其书之优劣，则论者以为其缺点有三：（一）容易招人误会。因为中间所叙的事情，有七分是实的，三分是虚的；惟其实多虚少，所以人们或不免并信虚者为真。如王渔洋是有名的诗人，也是学者，而他有一个诗的题目叫"落凤坡吊庞士元"，这"落凤坡"只有《三国演义》上有，别无根据，王渔洋却被它闹昏了。（二）描写过实。写好的人，简直一点坏处都没有；而写不好的人，又是一点好处都没有。其实这在事实上是不对的，因为一个人不能事事全好，也不能事事全坏。譬如曹操他在政治上也有他的好处；而刘备，关羽等，也不能说毫无可议，但是作者并不管它，只是任主观方面写去，往往成为出乎情理之外的人。（三）文章和主意不能符合——这就是说作者所表现的和作者所想像的，不能一致。如他要写曹操的奸，而结果倒好像是豪爽多智；要写孔明之智，而结果倒像狡猾。——然而究竟它有很好的地方，像写关云长斩华雄一节，真是有声有色；写华容道上放曹操一节，则义勇之气可掬，如见其人。后来做历史小说的很多，如《开辟演义》《东西汉演义》《东西晋演义》《前后唐演义》《南北宋演义》《清史演义》……都没有一种跟得住《三国演义》。所以人都喜欢看它；将来也仍旧能保持其相当价值的。

二、《水浒传》 《水浒传》是叙宋江等的事情，也不自罗贯中起始；因为宋江是实有其人的，为盗亦是事实，关于他的事情，从南宋以来就成社会上的传说。宋元间有高如、李嵩等，即以水浒故事作小说；宋遗民龚圣与又作《宋江三十六人赞》；又《宣和遗事》上也有讲"宋江擒方腊有功，封节度使"等说话，可见这种故事，早已传播人口，或早有种种简略的书本，也未可知。到后来，罗贯中荟萃诸说或小本《水浒》故事，而取舍之，便成了大部的《水浒传》。但原本之《水浒传》，现在已不可得，所通行的《水浒传》有两类：一类是七十回的；一类是多于七十回的。多于七十回的一类是先叙洪太尉误走妖魔，而次以百八人渐聚梁山泊，打家劫舍，后来受招安，用以破辽，平田虎、王庆，擒方腊，立了大功。最后朝廷疑忌，宋江服毒而死，终成神明。其中招安之说，乃是宋末到元初的思想，因为当时社会扰乱，官兵压制平民，民之和平者忍受之，不和平者便分离而为盗。盗一面与官兵抗，官兵不胜，一面则掳掠人民，民间自然亦时受其骚扰；但一到外寇进来，官兵又不能抵抗的时候，人民因为仇视外族，便想用较胜于官兵的盗来抵抗他，所以盗又为当时所称道了。至于宋江服毒的一层，乃明初加入的，明太祖统一天下之后，疑忌功臣，横行杀戮，善终的很不多，人民为对于被害之功臣表同情起见，就加上宋江服毒成神之事去。——这也就是事实上缺陷者，小说使他团圆的老例。

《水浒传》有许多人以为是施耐庵做的。因为多于七十回的《水浒传》就有繁的和简的两类，其中一类繁本的作者，题着施耐庵。然而这施耐庵恐怕倒是后来演为繁本者的托名，其实生在罗贯中之后。后人看见繁本题耐庵作，以为简本倒是节本，便将耐庵看作更古的人，排在贯中以前去了。到清初，金圣叹又说《水浒传》到"招安"为止是好的，以后便很坏；又自称得着古本，定"招安"为止是耐庵作，以后是罗贯中所续，加以痛骂。于是他把"招安"以后都删了去，只存下前七十回——这便是现在的通行本。他大概并没有什么古本，只是凭了自己的意见删去的，古本云云，无非是一种"托古"的手段罢了。但文章之前后有些参差，却确如圣叹所说，然而我在前边说过：《水浒传》是集合许多口传，或小本《水浒》故事而成的，所以当然有不能一律处。况且描写事业成功以后的文章，要比描写正做强盗时难些，一大部书，结末不振，是多有的事，也不能就此便断定是罗贯中所续作。至于金圣叹为什么要删"招安"以后的文章呢？这大概也就是受了当时社会环境底影响。胡适之先生说："圣叹生于流贼遍天下的时代，眼见张献忠、李自成一般强盗流毒全国，故他觉强盗是不应该提倡的，是应该口诛笔伐的。"这话很是。就是圣叹以为用强盗来平外寇，是靠不住的，所以他不愿听宋江立功的谣言。

但到明亡之后，外族势力全盛了，几个遗民抱亡国之痛，便把流寇之痛苦忘却，又与强盗表起同情来。如明遗民陈忱，就托名雁宕山樵作了一部《后水浒传》。他说：宋江死了以后，余下的同志，尚为宋御金，后无功，李俊率众浮海到暹罗做了国王。——这就是因为国家为外族所据，转而与强盗又表同情的意思。可是到后来事过情迁，连种族之感都又忘掉了，于是道光年间就有俞万春作

《结水浒传》，说山寇宋江等，一个个皆为官兵所杀。他的文章，是漂亮的，描写也不坏，但思想实在未免煞风景。

第五讲　明小说之两大主潮

上次已将宋之小说，讲了个大概。元呢，它的词曲很发达，而小说方面，却没有什么可说。现在我们就讲到明朝的小说去。明之中叶，即嘉靖前后，小说出现的很多，其中有两大主潮：一、讲神魔之争的；二、讲世情的。现在再将它分开来讲：

一、讲神魔之争的　此思潮之起来，也受了当时宗教，方士之影响的。宋宣和时，即非常崇奉道流；元则佛道并奉，方士的势力也不小；至明，本来是衰下去的了，但到成化时，又抬起头来，其时有方士李孜，释家继晓，正德时又有色目人于永，都以方技杂流拜官，因之妖妄之说日盛，而影响及于文章。况且历来三教之争，都无解决，大抵是互相调和，互相容受，终于名为"同源"而后已。凡有新派进来，虽然彼此目为外道，生些纷争，但一到认为同源，即无歧视之意，须俟后来另有别派，它们三家才又自称正道，再来攻击这非同源的异端。当时的思想，是极模糊的，在小说中所写的邪正，并非儒和佛，或道和佛，或儒道释和白莲教，单不过是含胡的彼此之争，我就总括起来给他们一个名目，叫做神魔小说。此种主潮，可作代表者，有三部小说：（一）《西游记》；（二）《封神传》；（三）《三宝太监西洋记》。

（一）《西游记》　《西游记》世人多以为是元朝的道士邱长春做的，其实不然。邱长春自己另有《西游记》三卷，是纪行，今尚存《道藏》中：惟因书名一样，人们遂误以为是一种。加以清初刻《西游记》小说者，又取虞集所作的《长春真人西游记序》冠其首，人更信这《西游记》是邱长春所做的了。——实则做这《西游记》者，乃是江苏山阳人吴承恩。此见于明时所修的《淮安府志》；但到清代修志却又把这记载删去了。《西游记》现在所见的，是一百回，先叙孙悟空成道，次叙唐僧取经的由来，后经八十一难，终于回到东土。这部小说，也不是吴承恩所创作，因为《大唐三藏法师取经诗话》——在前边已经提及过——已说过猴行者，深河神，及诸异境。元朝的杂剧也有用唐三藏西天取经做材料的著作。此外明时也别有一种简短的《西游记传》——由此可知玄奘西天取经一事，自唐末以至宋元已渐渐演成神异故事，且多作成简单的小说，而至明吴承恩，便将它们汇集起来，以成大部的《西游记》。承恩本善于滑稽，他讲妖怪的喜，怒，哀，乐，都近于人情，所以人都喜欢看！这是他的本领。而且叫人看了，无所容心，不像《三国演义》，见刘胜则喜，见曹胜则恨；因为《西游记》上所讲的都是妖怪，我们看了，但觉好玩，所谓忘怀得失，独存赏鉴了——这也是他的本领。至于说到这书的宗旨，则有人说是劝学；有人说是谈禅；有人说是讲道；议论很纷纷。但据我看来，实不过出于作者之游戏，只因为他受了三教同源的影响，所以释迦、老君、观音、真性、元神之类，无所不有，使无论什么教徒，皆可随宜附会而已。如果我们一定要问它的大旨，则我觉得明人谢肇淛所说的"《西游记》……以猿为心之神，以猪为意之驰，其始之放纵，上天下地，莫能禁制，而归于紧箍一咒，能使心猿驯伏，至死靡他，盖亦求放心之喻。"这几句话，已经很足以说尽了。后来有《后西游记》及《续西游记》等，都脱不了前书窠臼。至董说的《西游补》，则成了讽刺小说，与这类没有大关系了。

（二）《封神传》 《封神传》在社会上也很盛行，至为何人所作，我们无从而知。有人说：作者是一穷人，他把这书做成卖了，给他女儿作嫁资，但这不过是没有凭据的传说。它的思想，也就是受了三教同源的模糊的影响；所叙的是受辛进香女娲宫，题诗黩神，神因命三妖惑纣以助周。上边多说战争，神佛杂出，助周者为阐教；助殷者为截教。我以为这“阐”是明的意思，“阐教”就是正教；“截”是断的意思，“截教”或者就是佛教中所谓断见外道。——总之是受了三教同源的影响，以三教为神，以别教为魔罢了。

（三）《三宝太监西洋记》 《三宝太监西洋记》，是明万历间的书，现在少见；这书所叙的是永乐中太监郑和服外夷三十九国，使之朝贡的事情。书中说郑和到西洋去，是碧峰长老助他的，用法术降服外夷，收了全功。在这书中，虽然所说的是国与国之战，但中国近于神，而外夷却居于魔的地位，所以仍然是神魔小说之流。不过此书之作，则也与当时的环境有关系，因为郑和之在明代，名声赫然，为世人所乐道；而嘉靖以后，东南方面，倭寇猖獗，民间伤今之弱，于是便感昔之盛，做了这一部书。但不思将帅，而思太监，不恃兵力，而恃法术者，乃是一则为传统思想所囿；一则明朝的太监的确常做监军，权力非常之大。这种用法术打外国的思想，流传下来一直到清朝，信以为真，就有义和团实验了一次。

二、讲世情的 当神魔小说盛行的时候，讲世情的小说，也就起来了，其原因，当然也离不开那时的社会状态，而且有一类，还与神魔小说一样，和方士是有很大的关系的。这种小说，大概都叙述些风流放纵的事情，间于悲欢离合之中，写炎凉的世态。其最著名的，是《金瓶梅》，书中所叙，是借《水浒传》中之西门庆做主人，写他一家的事迹。西门庆原有一妻三妾，后复爱潘金莲，鸩其夫武大，纳她为妾；又通金莲婢春梅；复私了李瓶儿，也纳为妾了。后来李瓶儿、西门庆皆先死，潘金莲又为武松所杀，春梅也因淫纵暴亡。至金兵到清河时，庆妻携其遗腹子孝哥，欲到济南去，路上遇着普净和尚，引至永福寺，以佛法感化孝哥，终于使他出了家，改名明悟。因为这书中的潘金莲，李瓶儿，春梅，都是重要人物，所以书名就叫《金瓶梅》。明人小说之讲秽行者，人物每有所指，是借文字来报夙仇的，像这部《金瓶梅》中所说的西门庆，是一个绅士，大约也不外作者的仇家，但究属何人，现在无可考了。至于作者是谁，我们现在也还未知道。有人说：这是王世贞为父报仇而做的，因为他的父亲王忬为严嵩所害，而严嵩之子世蕃又势盛一时，凡有不利于严嵩的奏章，无不受其压抑，不使上闻。王世贞探得世蕃爱看小说，便作了这部书，使他得沉湎其中，无暇他顾，而参严嵩的奏章，得以上去了。所以清初的翻刻本上，就有《苦孝说》冠其首。但这不过是一种推测之辞，不足信据。《金瓶梅》的文章做得尚好，而王世贞在当时最有文名，所以世人遂把作者之名嫁给他了。后人之主张此说，并且以《苦孝说》冠其首，也无非是想减轻社会上的攻击的手段，并不是确有什么王世贞所作的凭据。

此外叙放纵之事，更甚于《金瓶梅》者，为《玉娇李》。但此书到清朝已经佚失，偶有见者，也不是原本了。还有一种山东诸城人丁耀亢所做的《续金瓶梅》，和前书颇不同，乃是对于《金瓶梅》的因果报应之说，就是武大后世变成淫夫，潘金莲也变为河间妇，终受极刑；西门庆则变成一个骙憨男子，只坐视着妻妾外遇。——以见轮回是不爽的。从此以后世情小说，就明明白白的，一变而为说报应之书——成为劝善的书了。这样的讲到后世的事情的小说，如果推演开去，三世四世，可以永远做不完工，实在是一种奇怪而有趣的做法。但这在古代的印度却是曾经有过的，如《鸯堀摩罗经》就是一例。

如上所讲，世情小说在一方面既有这样的大讲因果的变迁，在他方面也起了别一种反动。那是讲所谓"温柔敦厚"的，可以用《平山冷燕》《好逑传》《玉娇梨》来做代表。不过这类的书名字，仍多袭用《金瓶梅》式，往往摘取书中人物的姓名来做书名；但内容却不是淫夫荡妇，而变了才子佳人了。所谓才子者，大抵能作些诗，才子和佳人之遇合，就每每以题诗为媒介。这似乎是很有悖于“父母之命，媒妁之言”的婚姻，对于旧习惯是有些反对的意思的，但到团圆的时节，又常是奉旨成婚，我们就知道作者是寻到了更大的帽子了。那些书的文章也没有一部好，而在外国却很有名。一则因为《玉娇梨》《平山冷燕》，有法文译本；《好逑传》有德、法文译本，所以研究中国文学的人们都知道，给中国做文学史就大概提起它；二则因为若在一夫一妻制的国度里，一个以上的佳人共爱一个才子便要发生极大的纠纷，而在这些小说里却毫无问题，一下子便都结了婚了，从他们看起来，实在有些新奇而且有趣。

第六讲　清小说之四派及其末流

清代底小说之种类及其变化，比明朝比较的多，但因为时间关系，我现在只可分作四派来说一个大概。这四派便是：一、拟古派；二、讽刺派；三、人情派；四、侠义派。

一、拟古派　所谓拟古者，是指拟六朝之志怪，或拟唐朝之传奇者而言。唐人底小说单本，到明时什九散亡了，偶有看见模仿的，世间就觉得新异。元末明初，先有钱唐瞿佑仿了唐人传奇，作《剪灯新语》，文章虽没有力，而用些艳语来描画闺情，所以特为时流所喜，仿效者很多，直到被朝廷禁止，这风气才渐渐的衰歇。但到了嘉靖间，唐人底传奇小说盛行起来了，从此模仿者又在在皆是，文人大抵喜欢做几篇传奇体的文章；其专做小说，合为一集的，则《聊斋志异》最有名。《聊斋志异》是山东淄川人蒲松龄做的。有人说他作书以前，天天在门口设备茗烟，请过路底人讲说故事，作为著作的材料；但是多由他的朋友那里听来的，有许多是从古书尤其是从唐人传奇变化而来的——如《凤阳士人》《续黄粱》等就是——所以列他于拟古。书中所叙，多是神仙、狐鬼、精魅等故事，和当时所出同类的书差不多，但其优点在：（一）描写详细而委曲，用笔变幻而熟达。（二）说妖鬼多具人情，通世故，使人觉得可亲，并不觉得很可怕。不过用古典太多，使一般人不容易看下去。

《聊斋志异》出来之后，风行约一百年，这其间模仿和赞颂它的非常之多。但到了乾隆末年，有直隶献县人纪昀出来和他反对了，纪昀说《聊斋志异》之缺点有二：（一）体例太杂。就是说一个人的一个作品中，不当有两代的文章的体例，这是因为《聊斋志异》中有长的文章是仿唐人传奇的，而又有些短的文章却象六朝的志怪。（二）描写太详。这是说他的作品是述他人的事迹的，而每每过于曲尽细微，非自己不能知道，其中有许多事，本人未必肯说，作者何从知之？纪昀为避此两缺点起见，所以他所做的《阅微草堂笔记》就完全模仿六朝，尚质黜华，叙述简古，力避唐人的做法。其材料大抵自造，多借狐鬼的话，以攻击社会。据我看来，他自己是不信狐鬼的，不过他以为对于一般愚民，却不得不以神道设教。但他很有可以佩服的地方：他生在乾隆间法纪最严的时代，竟敢借文章以攻击社会上不通的礼法，荒谬的习俗，以当时的眼光看去，真算得很有魄力的一个人。可是到了末流，不能了解他攻击社会的精神，而只是学他的以神道设教一面的意思，于是这派小说差不多又变成劝善书了。

拟古派的作品，自从以上二书出来以后，大家都学它们；一直到了现在，即如上海就还有一群所谓文人在那里模仿它。可是并没有什么好成绩，学到的大抵是糟粕，所以拟古派也已经被踏死在它的信徒的脚下了。

二、讽刺派　小说中寓讥讽者，晋唐已有，而在明之人情小说为尤多。在清朝，讽刺小说反少有，有名而几乎是唯一的作品，就是《儒林外史》。《儒林外史》是安徽全椒人吴敬梓做的。敬梓多所见闻，又工于表现，故凡所有叙述，皆能在纸上见其声态；而写儒者之奇形怪状，为独多而独详。当时距明亡没有百年，明季底遗风，尚留存于士流中，八股而外，一无所知，也一无所事。敬梓身为士人，熟悉其中情形，故其暴露丑态，就能格外详细。其书虽是断片的叙述，没有线索，但其变化多而趣味浓，在中国历来作讽刺小说者，再没有比他更好的了。一直到了清末，外交失败，社会上的人们觉得自己的国势不振了，极想知其所以然，小说家也想寻出原因的所在；于是就有李宝嘉归罪于官场，用了南亭亭长的假名字，做了一部《官场现形记》。这部书在清末很盛行，但文章比《儒林外史》差得多了；而且作者对于官场的情形也并不很透彻，所以往往有失实的地方。嗣后又有广东南海人吴沃尧归罪于社会上旧道德的消灭，也用了我佛山人的假名字，做了一部《二十年目睹之怪现状》。这部书也很盛行，但他描写社会的黑暗面，常常张大其词，又不能穿入隐微，但照例的慷慨激昂，正和南亭亭长有同样的缺点。这两种书都用断片凑成，没有什么线索和主角，是同《儒林外史》差不多的，但艺术的手段，却差得远了；最容易看出来的就是《儒林外史》是讽刺，而那两种都近于谩骂。

讽刺小说是贵在旨微而语婉的，假如过甚其辞，就失了文艺上底价值，而它的末流都没有顾到这一点，所以讽刺小说从《儒林外史》而后，就可以谓之绝响。

三、人情派　此派小说，即可以著名的《红楼梦》做代表。《红楼梦》其初名《石头记》，共有八十回，在乾隆中年忽出现于北京。最初皆抄本，至乾隆五十七年，才有程伟元刻本，加多四十回，共一百二十回，改名叫《红楼梦》。据伟元说：乃是从旧家及鼓担上收集而成全部的。至其原本，则现在已少见，惟现有一石印本，也不知究是原本与否。《红楼梦》所叙为石头城中——未必是今之南京——贾府的事情。其主要者为荣国府的贾政生子宝玉，聪明过人，而绝爱异性；贾府中实亦多好女子，主从之外，亲戚也多，如黛玉、宝钗等，皆来寄寓，史湘云亦常来。而宝玉与黛玉爱最深；后来政为宝玉娶妇，却迎了宝钗，黛玉知道以后，吐血死了。宝玉亦郁郁不乐，悲叹成病。其后宁国府的贾赦革职查抄，累及荣府，于是家庭衰落。宝玉竟发了疯，后又忽而改行，中了举人。但不多时，忽又不知所往了。后贾政因葬母路过毗陵，见一人光头赤脚，向他下拜，细看就是宝玉；正欲问话，忽来一僧一道，拉之而去。追之无有，但见白茫茫一片荒野而已。

《红楼梦》的作者，大家都知道是曹雪芹，因为这是书上写着的。至于曹雪芹是何等样人，却少有人提起过；现经胡适之先生的考证，我们可以知道大概了。雪芹名霑，一字芹圃，是汉军旗人。他的祖父名寅，康熙中为江宁织造。清世祖南巡时，即以织造局为行宫。其父頫，亦为江宁织造。我们由此就知道作者在幼时实在是一个大世家的公子。他生在南京。十岁时，随父到了北京。此后中间不知因何变故，家道忽落。雪芹中年，竟至穷居北京之西郊，有时还不得饱食。可是他还纵酒赋诗，而《红楼梦》的创作，也就在这时候。可惜后来他因为儿子夭殇，悲恸过度，也竟死掉了——年四十余——《红楼梦》也未得做完，只有八十回。后来程伟元所刻的，增至一百二十回，虽说是从各处搜集的，但实则其友高鹗所续成，并不是原本。

对于书中所叙的意思，推测之说也很多。举其较为重要者而言：（一）是说记纳兰性德的家事，所谓金钗十二，就是性德所奉为上客的人们。这是因为性德是词人，是少年中举，他家后来也被查抄，和宝玉的情形相仿佛，所以猜想出来的。但是查抄一事，宝玉在生前，而性德则在死后，其他不同之点也很多，所以其实并不很相像。（二）是说记顺治与董鄂妃的故事；而又以鄂妃为秦淮旧妓董小宛。清兵南下时，掠小宛到北京，因此有宠于清世祖，封为贵妃；后来小宛夭逝，清世祖非常哀痛，就出家到五台山做了和尚。《红楼梦》中宝玉也做和尚，就是分明影射这一段故事。但是董鄂妃是满洲人，并非就是董小宛，清兵下江南的时候，小宛已经二十八岁了；而顺治方十四岁，决不会有把小宛做妃的道理。所以这一说也不通的。（三）是说叙康熙朝政治底状态的；就是以为石头记是政治小说，书中本事，在吊明之亡，而揭清之失。如以"红"影"朱"字，以"石头"指"金陵"，以"贾"斥伪朝——即斥"清"，以金陵十二钗讥降清之名士。然此说未免近于穿凿，况且现在既知道作者既是汉军旗人，似乎不至于代汉人来抱亡国之痛的。（四）是说自叙；此说出来最早，而信者最少，现在可是多起来了。因为我们已知道雪芹自己的境遇，很和书中所叙相合。雪芹的祖父，父亲，都做过江宁织造，其家庭之豪华，实和贾府略同；雪芹幼时又是一个佳公子，有似于宝玉；而其后突然穷困，假定是被抄家或近于这一类事故所致，情理也可通——由此可知《红楼梦》一书，说是大部分为作者自叙，实是最为可信的一说。

至于说到《红楼梦》的价值，可是在中国底小说中实在是不可多得的。其要点在敢于如实描写，并无讳饰，和从前的小说叙好人完全是好，坏人完全是坏的，大不相同，所以其中所叙的人物，都是真的人物。总之自有《红楼梦》出来以后，传统的思想和写法都打破了。——它那文章的旖旎和缠绵，倒是还在其次的事。但是反对者却很多，以为将给青年以不好的影响。这就因为中国人看小说，不能用赏鉴的态度去欣赏它，却自己钻入书中，硬去充一个其中的脚色。所以青年看《红楼梦》，便以宝玉，黛玉自居；而老年人看去，又多占据了贾政管束宝玉的身分，满心是利害的打算，别的什么也看不见了。

《红楼梦》而后，续作极多：有《后红楼梦》《续红楼梦》《红楼后梦》《红楼复梦》《红楼补梦》《红楼重梦》《红楼幻梦》《红楼圆梦》……大概是补其缺陷，结以团圆。直到道光年中，《红楼梦》才谈厌了。但要叙常人之家，则佳人又少，事故不多，于是便用了《红楼梦》的笔调，去写优伶和妓女之事情，场面又为之一变。这有《品花宝鉴》《青楼梦》可作代表。《品花宝鉴》是专叙乾隆以来北京底优伶的。其中人物虽与《红楼梦》不同，而仍以缠绵为主；所描写的伶人与狎客，也和佳人与才子差不多。《青楼梦》全书都讲妓女，但情形并非写实的，而是作者的理想。他以为只有妓女是才子的知己，经过若干周折，便即团圆，也仍脱不了明末的佳人才子这一派。到光绪中年，又有《海上花列传》出现，虽然也写妓女，但不像《青楼梦》那样的理想，却以为妓女有好，有坏，较近于写实了。一到光绪末年，《九尾龟》[①]之类出，则所写的妓女都是坏人，狎客也像了无赖，与《海上花列传》又不同。这样，作者对于妓家的写法凡三变，先是溢美，中是近真，临末又溢恶，并且故意夸张、谩骂起来；有几种还是诬蔑、讹诈的器具。人情小说底末流至于如此，实在是很可以诧异的。

四、侠义派　侠义派底小说，可以用《三侠五义》做代表。这书的起源，本是茶馆中的说书，后来能文的人，把它写出来，就通行于社会了。当时底小说，有《红楼梦》等专讲柔情，《西游记》一派，又专讲妖怪，人们大概也很觉得厌气了，而《三侠五义》则别开生面，很是新奇，所以流行也就特别快，特别盛。当潘祖荫由北京回吴的时候，以此书示俞曲园，曲园很赞许，但嫌其太背于历史，乃为之改正第一回；又因书中的北侠，南侠，双侠，实已四人，三不能包，遂加上艾虎和沈仲元；索性改名为《七侠五义》。这一种改本，现在盛行于江浙方面。但《三侠五义》，也并非一时创作的书，宋包拯立朝刚正，《宋史》有传；而民间传说，则行事多怪异；元朝就传为故

① 《九尾龟》，清末漱六山房（张春帆）撰。192 回。叙写妓女生活。

事，明代又渐演为小说，就是《龙图公案》。后来这书的组织再加密些，又成为大部的《龙图公案》，也就是《三侠五义》的蓝本了。因为社会上很欢迎，所以又有《小五义》《续小五义》《英雄大八义》《英雄小八义》《七剑十三侠》《七剑十八义》等等都跟着出现。——这等小说，大概是叙侠义之士，除盗平叛的事情，而中间每以名臣大官，总领一切。其先又有《施公案》，同时则有《彭公案》一类的小说，也盛行一时。其中所叙的侠客，大半粗豪，很像《水浒》中底人物，故其事实虽然来自《龙图公案》，而源流则仍出于《水浒》。不过《水浒》中人物在反抗政府；而这一类书中底人物，则帮助政府，这是作者思想的大不同处，大概也因为社会背景不同之故罢。这些书大抵出于光绪初年，其先曾经有过几回国内的战争，如平长毛、平捻匪、平教匪等，许多市井中人、粗人无赖之流，因为从军立功，多得顶戴，人民非常羡慕，愿听“为王前驱”的故事，所以茶馆中发生的小说，自然也受了影响了。现在《七侠五义》已出到二十四集，《施公案》出到十集，《彭公案》十七集，而大抵千篇一律，语多不通，我们对此，无多批评，只是很觉得作者和看者，都能够如此之不惮烦，也算是一件奇迹罢了。

上边所讲的四派小说，到现在还很通行。此外零碎小派的作品也还有，只好都略去了它们。至于民国以来所发生的新派的小说，还很年幼——正在发达创造之中，没有很大的著作，所以也姑且不提起它们了。

我讲的《中国小说的历史的变迁》在今天此刻就算终结了。在此两星期中，匆匆地只讲了一个大概，挂一漏万，固然在所不免，加以我的知识如此之少，讲话如此之拙，而天气又如此之热，而诸位有许多还始终来听完我的讲，这是我所非常之抱歉而且感谢的。

六朝小说和唐代传奇文有怎样的区别?①

——答文学社问

这试题很难解答。

因为唐代传奇,是至今还有标本可见的,但现在之所谓六朝小说,我们所依据的只是从《新唐书·艺文志》以至清《四库书目》的判定,有许多种,在六朝当时,却并不视为小说。例如《汉武故事》《西京杂记》《搜神记》《续齐谐记》等,直至刘昫的《唐书经籍志》,还属于史部起居注和杂传类里的。那时还相信神仙和鬼神,并不以为虚造,所以所记虽有仙凡和幽明之殊,却都是史的一类。

况且从晋到隋的书目,现在一种也不存在了,我们已无从知道那时所视为小说的是什么,有怎样的形式和内容。现存的惟一最早的目录只有《隋书·经籍志》,修者自谓"远览马史班书,近观王阮志录",也许尚存王俭《今书七志》,阮孝绪《七录》的痕迹罢,但所录小说二十五种中,现存的却只有《燕丹子》和刘义庆撰《世说》合刘孝标注两种了。此外,则《郭子》《笑林》,殷芸《小说》《水饰》,及

① 该文最初收入由《文学》月刊社编撰的《文学百题》,1935 年 7 月由生活书店出版。

当时以为隋代已亡的《青史子》《语林》等，还能在唐宋类书里遇见一点遗文。

单从上述这些材料来看，武断的说起来，则六朝人小说，是没有记叙神仙或鬼怪的，所写的几乎都是人事；文笔是简洁的；材料是笑柄，谈资；但好像很排斥虚构，例如《世说新语》说裴启《语林》记谢安语不实，谢安一说，这书即大损声价云云，就是。

唐代传奇文可就大两样了：神仙人鬼妖物，都可以随便驱使；文笔是精细、曲折的，至于被崇尚简古者所诟病；所叙的事，也大抵具有首尾和波澜，不止一点断片的谈柄；而且作者往往故意显示着这事迹的虚构，以见他想象的才能了。

但六朝人也并非不能想象和描写，不过他不用于小说，这类文章，那时也不谓之小说。例如阮籍的《大人先生传》，陶潜的《桃花源记》，其实倒和后来的唐代传奇文相近；就是嵇康的《圣贤高士传赞》(今仅有辑本)，葛洪的《神仙传》，也可以看作唐人传奇文的祖师的。李公佐作《南柯太守传》，李肇为之赞，这就是嵇康的《高士传》法；陈鸿《长恨传》置白居易的长歌之前，元稹的《莺莺传》既录《会真诗》，又举李公垂《莺莺歌》之名作结，也令人不能不想到《桃花源记》。

至于他们之所以著作，那是无论六朝或唐人，都是有所为的。《隋书·经籍志》抄《汉书·艺文志》说，以著录小说，比之“询于刍荛”，就是以为虽然小说，也有所为的明证。不过在实际上，这有所为的范围却缩小了。晋人尚清谈，讲标格，常以寥寥数言，立致通显，所以那时的小说，多是记载畸行隽语的《世说》一类，其实是借口舌取名位的入门书。唐以诗文取士，但也看社会上的名声，所以士子入京应试，也须豫先干谒名公，呈献诗文，冀其称誉，这诗文叫作“行卷”。诗文既滥，人不欲观，有的就用传奇文，来希图一新耳目，获得特效了，于是那时的传奇文，也就和“敲门砖”很有关系。但自然，只被风气所推，无所为而作者，却也并非没有的。

五月三日。

宋民间之所谓小说及其后来①

宋代行于民间的小说，与历来史家所著录者很不同，当时并非文辞，而为属于技艺的“说话”之一种。

说话者，未详始于何时，但据故书，可以知道唐时则已有。段成式（《酉阳杂俎续集》四《贬误》）云：

> “予太和末因弟生日观杂戏，有市人小说，呼扁鹊作褊鹊字，上声。予令任道升字正之。市人言‘二十年前尝于上都斋会设此，有一秀才甚赏某呼扁字与褊同声，云世人皆误。’”

其详细虽难晓，但因此已足以推见数端：一小说为杂戏中之一种，二由于市人之口述，三在庆祝及斋会时用之。而郎瑛（《七修类稿》二十二）所谓“小说起宋仁宗，盖时太平盛久，国家闲暇，日欲进一奇怪之事以娱之，故小说‘得胜头回’之后，即云话说赵宋某年”者，亦即由此分明证实，不过一种无稽之谈罢了。

到宋朝，小说的情形乃始比较的可以知道详细。孟元老在南渡之后，追怀汴梁盛况，作《东京梦华录》，于“京瓦技艺”条下有当时说话的分目，为小说，合生，说诨话，说三分，说《五代史》等。而

---

① 此文最初发表于1923年12月1日北京《晨报五周年纪念增刊》。

操此等职业者则称为“说话人”。

高宗既定都临安，更历孝光两朝，汴梁式的文物渐已遍满都下，伎艺人也一律完备了。关于说话的记载，在故书中也更详尽，端平年间的著作有灌园耐得翁《都城纪胜》，元初的著作有吴自牧《梦粱录》及周密《武林旧事》，都更详细的有说话的分科：

《都城纪胜》	《梦粱录》（二十）
说话有四家：	说话者，谓之舌辩，虽有四家数，各有门庭：
一者小说，谓之银字儿，如烟粉灵怪传奇；说公案，皆是搏刀赶棒及发迹变态之事；说铁骑儿，谓士马金鼓之事。	且小说，名银字儿，如烟粉灵怪传奇；公案，朴刀杆棒发发踪参（案此四字当有误）之事。……谈论古今，如水之流。
说经，谓演说佛书；说参请，谓宾主参禅悟道等事。	谈经者，谓演说佛书；说参请者，谓宾主参禅悟道等事。……又有说诨经者。
讲史书，讲说前代书史文传兴废争战之事。……	讲史书者，谓讲说《通鉴》汉唐历代书史文传兴废争战之事。
合生，与起令随令相似，各占一事。	合生，与起今随今相似，各占一事也。

但周密所记者又小异，为演史，说经诨经，小说，说诨话；而无合生。唐中宗时，武平一上书言“比来妖伎胡人，街童市子，或言妃主情貌，或列王公名质，咏歌蹈舞，号曰合生。”（《新唐书》一百十九）则合生实始于唐，且用诨词戏谑，或者也就是说诨话；惟至宋当

又稍有迁变，今未详。起今随今之“今”，《都城纪胜》作“令”，明抄本《说郛》中之《古杭梦游录》又作起令随合，何者为是，亦未详。

据耐得翁及吴自牧说，是说话之一科的小说，又因内容之不同而分为三子目：

1. 银字儿　所说者为烟粉（烟花粉黛），灵怪（神仙鬼怪），传奇（离合悲欢）等。

2. 说公案　所说者为搏刀赶棒（拳勇），发迹变态（遇合）之事。

3. 说铁骑儿　所说者为士马金鼓（战争）之事。

惟有小说，是说话中最难的一科，所以说话人“最畏小说，盖小说者，能讲一朝一代故事，顷刻间提破”（《都城纪胜》云；《梦粱录》同，惟“提破”作“捏合”①。），非同讲史，易于铺张；而且又须有“谈论古今，如水之流”的口辩。然而在临安也不乏讲小说的高手，吴自牧所记有谭淡子等六人，周密所记有蔡和等五十二人，其中也有女流，如陈郎娘枣儿，史蕙英。

临安的文士佛徒多有集会；瓦舍的技艺人也多有，其主意大约是在于磨炼技术的。小说专家所立的社会，名曰雄辩社。（《武林旧事》三）

元人杂剧虽然早经销歇，但尚有流传的曲本，来示人以大概的情形。宋人的小说也一样，也幸而借了“话本”偶有留遗，使现在还可以约略想见当时瓦舍中说话的模样。

其话本曰《京本通俗小说》，全书不知凡几卷，现在所见的只有残本，经江阴缪氏影刻，是卷十至十六的七卷，先曾单行，后来就收

---

① “提破”，说明故事的结局。“捏合”，史实与虚构结合。

在《烟画东堂小品》之内了。还有一卷是叙金海陵王[①]的秽行的，或者因为文笔过于碍眼了罢，缪氏没有刻，然而仍有郎园的改换名目的排印本；郎园是长沙叶德辉的园名。

刻本七卷中所收小说的篇目以及故事发生的年代如下列：

卷十	碾玉观音	“绍兴年间。”
十一	菩萨蛮	“大宋高宗绍兴年间。”
十二	西山一窟鬼	“绍兴十年间。”
十三	志诚张主管	无年代，但云东京汴州开封事。
十四	拗相公	“先朝。”
十五	错斩崔宁	“高宗时。”
十六	冯玉梅团圆	“建炎四年。”

每题俱是一全篇，自为起讫，并不相联贯。钱曾《也是园书目》（十）著录的“宋人词话”十六种中，有《错斩崔宁》与《冯玉梅团圆》两种，可知旧刻又有单篇本，而《通俗小说》即是若干单篇本的结集，并非一手所成。至于所说故事发生的时代，则多在南宋之初；北宋已少，何况汉唐。又可知小说取材，须在近时；因为演说古事，范围即属讲史，虽说小说家亦复“谈论古今，如水之流”，但其谈古当是引证及装点，而非小说的本文。如《拗相公》开首虽说王莽，但主意却只在引出王安石，即其例。

七篇中开首即入正文者只有《菩萨蛮》；其余六篇则当讲说之前，俱先引诗词或别的事实，就是“先引下一个故事来，权做个‘得胜头回’。”（本书十五）“头回”当即冒头的一回之意，“得胜”是吉语，瓦舍为军民所聚，自然也不免以利市语说之，未必因为进御

① 金海陵王，即金朝皇帝完颜亮。

才如此。

“得胜头回”略有定法，可说者凡四：

1. 以略相关涉的诗词引起本文。如卷十用《春词》十一首引起延安郡王游春；卷十二用士人沈文述的词逐句解释，引起遇鬼的士人皆是。

2. 以相类之事引起本文。如卷十四以王莽引起王安石是。

3. 以较逊之事引起本文。如卷十五以魏生因戏言落职，引起刘贵因戏言遇大祸；卷十六以“交互姻缘”转入“双镜重圆”而“有关风化，到还胜似几倍”皆是。

4. 以相反之事引起本文。如卷十三以王处厚照镜见白发的词有知足之意，引起不伏老的张士廉以晚年娶妻破家是。

而这四种定法，也就牢笼了后来的许多拟作了。

在日本还传有中国旧刻的《大唐三藏取经记》三卷，共十七章，章必有诗；别一小本则题曰《大唐三藏取经诗话》。《也是园书目》将《错斩崔宁》及《冯玉梅团圆》归入“宋人词话”门，或者此类话本，有时亦称词话：就是小说的别名。《通俗小说》每篇引用诗词之多，实远过于讲史（《五代史平话》《三国志传》《水浒传》等），开篇引首，中间铺叙与证明，临末断结咏叹，无不征引诗词，似乎此举也就是小说的一样必要条件。引诗为证，在中国本是起源很古的，汉韩婴的《诗外传》，刘向的《列女传》，皆早经引《诗》以证杂说及故事，但未必与宋小说直接相关；只是“借古语以为重”的精神，则虽说汉之与宋，学士之与市人，时候学问，皆极相违，而实有一致的处所。唐人小说中也多半有诗，即使妖魔鬼怪，也每能互相酬和，或者做几句即兴诗，此等风雅举动，则与宋市人小说不无关涉，但因为宋小说多是市井间事，人物少有物魅及诗人，于是自不得不由吟咏而变为引证，使事状虽殊，而诗气不脱；吴自牧记讲史高手，为“讲得字真不俗，记问渊源甚广”（《梦粱录》二十），即可移来解释小说之所以多用诗词的缘故的。

由上文推断，则宋市人小说的必要条件大约有三：

1. 须讲近世事；
2. 什九须有“得胜头回”；
3. 须引证诗词。

宋民间之所谓小说的话本，除《京本通俗小说》之外，今尚未见有第二种。《大唐三藏取经诗话》是极拙的拟话本，并且应属于讲史。《大宋宣和遗事》钱曾虽列入“宋人词话”中，而其实也是拟作的讲史，惟因其系钞撮十种书籍而成，所以也许含有小说分子在内。

然而在《通俗小说》未经翻刻以前，宋代的市人小说也未尝断绝；他间或改了名目，夹杂着后人拟作而流传。那些拟作，则大抵出于明朝人，似宋人话本当时留存尚多，所以拟作的精神形式虽然也有变更，而大体仍然无异。

以下是所知道的几部书：

1.《喻世明言》。未见。

2.《警世通言》。未见。王士禛云：“《警世通言》有《拗相公》一篇，述王安石罢相归金陵事，极快人意，乃因卢多逊谪岭南事而稍附益之。”（《香祖笔记》十）《拗相公》见《通俗小说》卷十四，是《通言》必含有宋市人小说。

3.《醒世恒言》。四十卷，共三十九事；不题作者姓名。前有天启丁卯（1627）陇西可一居士序云，“六经国史而外，凡著述皆小说也，而尚理或病于艰深，修词或伤于藻绘，则不足以触里耳而振恒心，此《醒世恒言》所以继《明言》《通言》而作也。……”因知三言之内，最后出的是《恒言》。所说者汉二事，隋三事，唐八事，宋十一事，明十五事。其中隋唐故事，多采自唐人小说，故唐人小说在元既已侵入杂剧及传奇，至明又侵入了话本；然而悬想古事，不易了然，所以逊于叙述明朝故事的十余篇远甚了。宋事有三篇象拟作，七篇（《卖油郎独占花魁》《灌园叟晚逢仙女》《乔太守乱点鸳鸯谱》《勘皮靴单证二郎神》《闹樊楼多情周胜仙》《吴衙内邻舟赴约》《郑节使立功神臂弓》）疑出自宋人话本，而一篇（《十五贯戏言成巧祸》）则即是《通俗小说》卷十五的《错斩崔宁》。

松禅老人序《今古奇观》云，“墨憨斋增补《平妖》，穷工极变，不失本来。……至所纂《喻世》《醒世》《警世》三言，极摹人情世态之岐，备写悲欢离合之致。……”是纂三言与补《平妖》者为一人。明本《三遂平妖传》有张无咎序，云“兹刻回数倍前，盖吾友龙子犹所补也。”而首叶则题“冯犹龙先生增定”。可知三言亦冯犹龙作，而龙子犹乃其游戏笔墨时的隐名。

冯犹龙名梦龙，长洲人（《曲品》作吴县人），由贡生拔授寿宁知县，有《七乐斋稿》；然而朱彝尊以为“善为启颜之辞，时入打油之调，不得为诗家。”（《明诗综》七十一）盖冯犹龙所擅长的是词曲，既作《双雄记传奇》，又刻《墨憨斋传奇定本十种》，多取时人名曲，再加删订，颇为当时所称；而其中的《万事足》《风流梦》《新灌园》是自作。他又极有意于稗说，所以在小说则纂《喻世》《警世》《醒世》三言，在讲史则增补《三遂平妖传》。

4.《拍案惊奇》。三十六卷；每卷一事，唐六，宋六，元四，明二十。前有即空观主人序云，“龙子犹氏所辑《喻世》等书，颇存雅道，时著良规，复取古今来杂碎事，可新听睹，佐谈谐者，演而畅之，得若干卷。……”则仿佛此书也是冯犹龙作。然而叙述平板，引证贫辛，“头回”与正文“捏合”不灵，有时如两大段；冯犹龙是“文苑之滑稽”，似乎不至于此。同时的松禅老人也不信，故其序《今古奇观》，于叙墨憨斋编纂三言之下，则云“即空观主人壶矢代兴，爰有《拍案惊奇》之刻，颇费搜获，足供谈麈”了。

5.《今古奇观》。四十卷；每卷一事。这是一部选本，有姑苏松禅老人序，云是抱瓮老人由《喻世》《醒世》《警世》三言及《拍案惊奇》中选刻而成。所选的出于《醒世恒言》者十一篇（第一，二，七，八，十五，十六，十七，二十五，二十六，二十七，二十八回），疑为宋人旧话本之《卖油郎》《灌园叟》《乔太守》在内；而《十五贯》落了选。出于《拍案惊奇》者七篇（第九，十，十八，二十九，三十七，三十九，四十回）。其余二十二篇，当然是出于《喻世明言》及《警世通言》的了，所以现在借了易得的《今古奇观》，还可以推见那希觏的《明言》《通言》的大概。其中还有比汉更古的故事，如俞伯牙，庄子休及羊角哀皆是。但所选并不定佳，大约因为两篇的题目须字字相对，所以去取之间，也就很受了束缚了。

6.《今古奇闻》。二十二卷；每卷一事。前署东壁山房主人编次，也不知是何人。书中提及“发逆”，则当是清咸丰或同治初年的著作。日本有翻刻，王寅（字冶梅）到日本去卖画，又翻回中国来，有光绪十七年序，现在印行的都出于此本。这也是一部选集，其中取《醒世恒言》者四篇（卷一，二，六，十八），《十五贯》也在内，可惜删落了“得胜头回”；取《西湖佳话》者一篇（卷十）；余未详，篇末多有自怡轩主人评语，大约是别一种小说的话本，然而笔墨拙涩，尚且及不到《拍案惊奇》。

7.《续今古奇观》。三十卷；每卷一回。无编者名，亦无印行年月，然大约当在同治末或光绪初。同治七年，江苏巡抚丁日昌严禁淫词小说，《拍案惊奇》也在内，想来其时市上遂难得，于是《拍案惊奇》即小加删改，化为《续今古奇观》而出，依然流行世间。但除去了《今古奇观》所已采的七篇，而加上《今古奇闻》中的一篇（《康友仁轻财重义得科名》），改立题目，以足三十卷的整数。

此外，明人拟作的小说也还有，如杭人周楫的《西湖二集》三十四卷，东鲁古狂生的《醉醒石》十五卷皆是。但都与几经选刻，辗转流传的本子无关，故不复论。

一九二三年十一月。

选　本[①]

今年秋天，在上海的日报上有一点可以算是关于文学的小小的辩论，就是为了一般的青年，应否去看《庄子》与《文选》以作文学上的修养之助。不过这类的辩论，照例是不会有结果的，往复几回之后，有一面一定拉出“动机论”来，不是说反对者“别有用心”，便是“哗众取宠”；客气一点，也就“彼亦一是非，此亦一是非”，而问题于是呜呼哀哉了。

但我因此又想到“选本”的势力。孔子究竟删过《诗》没有，我不能确说，但看它先“风”后“雅”而末“颂”，排得这么整齐，恐怕至少总也费过乐师的手脚，是中国现存的最古的诗选。由周至汉，社会情形太不同了，中间又受了《楚辞》的打击，晋宋文人如二陆束皙陶潜之流，虽然也做四言诗以支持场面，其实都不过是每句省去一字的五言诗，“王者之迹熄而《诗》亡”了。不过选者总是层出不穷的，至今尚存，影响也最广大者，我以为一部是《世说新语》，一部就是《文选》。

《世说新语》并没有说明是选的，好像刘义庆或他的门客所搜集，但检唐宋类书中所存裴启《语林》的遗文，往往和《世说新语》相

① 此文最初发表于 1934 年 1 月北平《文学季刊》创刊号上，署名唐俟。

同，可见它也是一部钞撮故书之作，正和《幽明录》一样。它的被清代学者所宝重，自然因为注中多有现今的逸书，但在一般读者，却还是为了本文，自唐迄今，拟作者不绝，甚至于自己兼加注解。袁宏道在野时要做官，做了官又大叫苦，便是中了这书的毒，误明为晋的缘故。有些清朝人却较为聪明，虽然辫发胡服，厚禄高官，他也一声不响，只在倩人写照的时候，在纸上改作斜领方巾，或芒鞋竹笠，聊过"世说"式瘾罢了。

《文选》的影响却更大。从曹宪至李善加五臣，音训注释书类之多，远非拟《世说新语》可比。那些烦难字面，如草头诸字，水旁山旁诸字，不断的被摘进历代的文章里面去，五四运动时虽受奚落，得"妖孽"之称，现在却又很有复辟的趋势了。而《古文观止》也一同渐渐的露了脸。

以《古文观止》和《文选》并称，初看好像是可笑的，但是，在文学上的影响，两者却一样的不可轻视。凡选本，往往能比所选各家的全集或选家自己的文集更流行，更有作用。册数不多，而包罗诸作，固然也是一种原因，但还在近则由选者的名位，远则凭古人之威灵，读者想从一个有名的选家，窥见许多有名作家的作品。所以自汉至梁的作家的文集，并残本也仅存十余家，《昭明太子集》只剩一点辑本了，而《文选》却在的。读《古文辞类纂》者多，读《惜抱轩全集》的却少。凡是对于文术，自有主张的作家，他所赖以发表和流布自己的主张的手段，倒并不在作文心，文则，诗品，诗话，而在出选本。

选本可以借古人的文章，寓自己的意见。博览群籍，采其合于自己意见的为一集，一法也，如《文选》是。择取一书，删其不合于自己意见的为一新书，又一法也，如《唐人万首绝句选》是。如此，则读者虽读古人书，却得了选者之意，意见也就逐渐和选者接近，终于“就范”了。

读者的读选本，自以为是由此得了古人文笔的精华的，殊不知却被选者缩小了眼界，即以《文选》为例罢，没有嵇康《家诫》，使读者只觉得他是一个愤世嫉俗，好像无端活得不快活的怪人；不收陶潜《闲情赋》，掩去了他也是一个既取民间《子夜歌》意，而又拒以圣道的迂士。选本既经选者所滤过，就总只能吃他所给与的糟或醨。况且有时还加以批评，提醒了他之以为然，而默杀了他之以为不然处。纵使选者非常胡涂，如《儒林外史》所写的马二先生，游西湖漫无准备，须问路人，吃点心又不知选择，要每样都买一点，由此可见其衡文之毫无把握罢，然而他是处州人，一定要吃“处片”①，又可见虽是马二先生，也自有其“处片”式的标准了。

评选的本子，影响于后来的文章的力量是不小的，恐怕还远在名家的专集之上，我想，这许是研究中国文学史的人们也该留意的罢。

十一月二十四日记。

① “处片”，即浙南一带所产的酱笋干片。

魏晋风度及文章与药及酒之关系[1]

——九月间在广州夏期学术演讲会讲

我今天所讲的，就是黑板上写着的这样一个题目。

中国文学史，研究起来，可真不容易，研究古的，恨材料太少，研究今的，材料又太多，所以到现在，中国较完全的文学史尚未出现。今天讲的题目是文学史上的一部分，也是材料太少，研究起来很有困难的地方。因为我们想研究某一时代的文学，至少要知道作者的环境、经历和著作。

汉末魏初这个时代是很重要的时代，在文学方面起一个重大的变化，因当时正在黄巾和董卓大乱之后，而且又是党锢的纠纷之后，这时曹操出来了。——不过我们讲到曹操，很容易就联想起《三国志演义》，更而想起戏台上那一位花面的奸臣，但这不是观察曹操的真正方法。现在我们再看历史，在历史上的记载和论断有时也是极靠不住的，不能相信的地方很多，因为通常我们晓得，某朝的年代长一点，其中必定好人多；某朝的年代短一点，其中差不多没有好人。为什么呢？因为年代长了，做史的是本朝人，当然恭

---

① 此文记录稿最初发表于 1927 年 8 月 11、12、13、15、16、17 日广州《民国日报》副刊《现代青年》上。改定稿发表于 1927 年 11 月 16 日《北新》半月刊第 2 卷第 2 号。

维本朝的人物，年代短了，做史的是别朝人，便很自由地贬斥其异朝的人物，所以在秦朝，差不多在史的记载上半个好人也没有。曹操在史上年代也是颇短的，自然也逃不了被后一朝人说坏话的公例。其实，曹操是一个很有本事的人，至少是一个英雄，我虽不是曹操一党，但无论如何，总是非常佩服他。

研究那时的文学，现在较为容易了，因为已经有人做过工作：在文集一方面有清严可均辑的《全上古三代秦汉三国晋南北朝文》。其中于此有用的，是《全汉文》《全三国文》《全晋文》。

在诗一方面有丁福保辑的《全汉三国晋南北朝诗》。——丁福保是做医生的，现在还在。

辑录关于这时代的文学评论有刘师培编的《中国中古文学史》。这本书是北大的讲义，刘先生已死，此书由北大出版。

上面三种书对于我们的研究有很大的帮助。能使我们看出这时代的文学的确有点异彩。

我今天所讲，倘若刘先生的书里已详的，我就略一点；反之，刘先生所略的，我就较详一点。

董卓之后，曹操专权。在他的统治之下，第一个特色便是尚刑名。他的立法是很严的，因为当大乱之后，大家都想做皇帝，大家都想叛乱，故曹操不能不如此。曹操曾自己说过："倘无我，不知有多少人称王称帝！"这句话他倒并没有说谎。因此之故，影响到文章方面，成了清峻的风格。——就是文章要简约严明的意思。

此外还有一个特点，就是尚通脱。他为什么要尚通脱呢？自然也与当时的风气有莫大的关系。因为在党锢之祸以前，凡党中人都自命清流，不过讲"清"讲得太过，便成固执，所以在汉末，清流的举动有时便非常可笑了。

比方有一个有名的人，普通的人去拜访他，先要说几句话，倘这几句话说得不对，往往会遭倨傲的待遇，叫他坐到屋外去，甚而至于拒绝不见。

又如有一个人，他和他的姊夫是不对的，有一回他到姊姊那里去吃饭之后，便要将饭钱算回给姊姊。她不肯要，他就于出门之后，把那些钱扔在街上，算是付过了。

个人这样闹闹脾气还不要紧，若治国平天下也这样闹起执拗的脾气来，那还成甚么话？所以深知此弊的曹操要起来反对这种习气，力倡通脱。通脱即随便之意。此种提倡影响到文坛，便产生多量想说甚么便说甚么的文章。

更因思想通脱之后，废除固执，遂能充分容纳异端和外来的思想，故孔教以外的思想源源引入。

总括起来，我们可以说汉末魏初的文章是清峻，通脱。在曹操本身，也是一个改造文章的祖师，可惜他的文章传的很少。他胆子很大，文章从通脱得力不少，做文章时又没有顾忌，想写的便写出来。

所以曹操征求人才时也是这样说，不忠不孝不要紧，只要有才便可以。这又是别人所不敢说的。曹操做诗，竟说是"郑康成行酒伏地气绝"，他引出离当时不久的事实，这也是别人所不敢用的。还有一样，比方人死时，常常写点遗令，这是名人的一件极时髦的事。当时的遗令本有一定的格式，且多言身后当葬于何处何处，或葬于某某名人的墓旁；操独不然，他的遗令不但没有依着格式，内容竟讲到遗下的衣服和伎女怎样处置等问题。

陆机虽然评曰"贻尘谤于后王"，然而我想他无论如何是一个精明人，他自己能做文章，又有手段，把天下的方士文士统统搜罗起来，省得他们跑在外面给他捣乱。所以他帷幄里面，方士文士就特别地多。

孝文帝曹丕，以长子而承父业，篡汉而即帝位。他也是喜欢文章的。其弟曹植，还有明帝曹睿，都是喜欢文章的。不过到那个时候，于通脱之外，更加上华丽。丕著有《典论》，现已失散无全本，那里面说："诗赋欲丽"，"文以气为主"。《典论》的零零碎碎，在唐宋类书中；一篇整的《论文》，在《文选》中可以看见。

后来有一般人很不以他的见解为然。他说诗赋不必寓教训，反对当时那些寓训勉于诗赋的见解，用近代的文学眼光看来，曹丕的一个时代可说是"文学的自觉时代"，或如近代所说是为艺术而艺术（Art for Art's Sake）的一派。所以曹丕做的诗赋很好，更因他以"气"为主，故于华丽以外，加上壮大。归纳起来，汉末、魏初的文章，可说是："清峻，通脱，华丽，壮大。"在文学的意见上，曹丕和曹植表面上似乎是不同的。曹丕说文章事可以留名声于千载；但子建却说文章小道，不足论的。据我的意见，子建大概是违心之论。这里有两个原因，第一，子建的文章做得好，一个人大概总是不满意自己所做而羡慕他人所为的，他的文章已经做得好，于是他便敢说文章是小道；第二，子建活动的目标在于政治方面，政治方面不甚得志，遂说文章是无用了。

曹操曹丕以外，还有下面的七个人：孔融，陈琳，王粲，徐幹，阮瑀，应瑒，刘桢，都很能做文章，后来称为"建安七子"。七人的文章很少流传，现在我们很难判断；但，大概都不外是"慷慨""华丽"罢。华丽即曹丕所主张，慷慨就因当天下大乱之际，亲戚朋友死于乱者特多，于是为文就不免带着悲凉、激昂和"慷慨"了。

七子之中，特别的是孔融，他专喜和曹操捣乱。曹丕《典论》里有论孔融的，因此他也被拉进"建安七子"一块儿去。其实不对，很两样的。不过在当时，他的名声可非常之大。孔融作文，喜用讥嘲的笔调，曹丕很不满意他。孔融的文章现在传的也很少，就他所有的看起来，我们可以瞧出他并不大对别人讥讽，只对曹操。比方操破袁氏兄弟，曹丕把袁熙的妻甄氏拿来，归了自己，孔融就写信给曹操，说当初武王伐纣，将妲己给了周公了。操问他的出典，他说，以今例古，大概那时也是这样的。又比方曹操要禁酒，说酒可以亡国，非禁不可，孔融又反对他，说也有以女人亡国的，何以不禁婚姻？

其实曹操也是喝酒的。我们看他的“何以解忧？惟有杜康”的诗句，就可以知道。为什么他的行为会和议论矛盾呢？此无他，因曹操是个办事人，所以不得不这样做；孔融是旁观的人，所以容易说些自由话。曹操见他屡屡反对自己，后来借故把他杀了。他杀孔融的罪状大概是不孝。因为孔融有下列的两个主张：

第一，孔融主张母亲和儿子的关系是如瓶之盛物一样，只要在瓶内把东西倒了出来，母亲和儿子的关系便算完了。第二，假使有天下饥荒的一个时候，有点食物，给父亲不给呢？孔融的答案是：倘若父亲是不好的，宁可给别人。——曹操想杀他，便不惜以这种主张为他不忠不孝的根据，把他杀了。倘若曹操在世，我们可以问他，当初求才时就说不忠不孝也不要紧，为何又以不孝之名杀人呢？然而事实上纵使曹操再生，也没人敢问他，我们倘若去问他，恐怕他把我们也杀了！

与孔融一同反对曹操的尚有一个祢衡，后来给黄祖杀掉的。祢衡的文章也不错，而且他和孔融早是“以气为主”来写文章的了。故在此我们又可知道，汉文慢慢壮大起来，是时代使然，非专靠曹操父子之功的。但华丽好看，却是曹丕提倡的功劳。

这样下去一直到明帝的时候，文章上起了个重大的变化，因为出了一个何晏。

何晏的名声很大，位置也很高，他喜欢研究《老子》和《易经》。

至于他是怎样的一个人呢？那真相现在可很难知道，很难调查。因为他是曹氏一派的人，司马氏很讨厌他，所以他们的记载对何晏大不满。因此产生许多传说，有人说何晏的脸上是搽粉的，又有人说他本来生得白，不是搽粉的。但究竟何晏搽粉不搽粉呢？我也不知道。

但何晏有两件事我们是知道的。第一，他喜欢空谈，是空谈的祖师；第二，他喜欢吃药，是吃药的祖师。

此外，他也喜欢谈名理。他身子不好，因此不能不服药。他吃的不是寻常的药，是一种名叫“五石散”的药。

“五石散”是一种毒药，是何晏吃开头的。汉时，大家还不敢吃，何晏或者将药方略加改变，便吃开头了。五石散的基本，大概是五样药：石钟乳，石硫黄，白石英，紫石英，赤石脂；另外怕还配点别样的药。但现在也不必细细研究它，我想各位都是不想吃它的。

从书上看起来，这种药是很好的，人吃了能转弱为强。因此之故，何晏有钱，他吃起来了；大家也跟着吃。那时五石散的流毒就同清末的鸦片的流毒差不多，看吃药与否以分阔气与否的。现在由隋巢元方做的《诸病源候论》的里面可以看到一些。据此书，可知吃这药是非常麻烦的，穷人不能吃，假使吃了之后，一不小心，就会毒死。先吃下去的时候，倒不怎样的，后来药的效验既显，名曰“散发”。倘若没有“散发”，就有弊而无利。因此吃了之后不能休息，非走路不可，因走路才能“散发”，所以走路名曰“行散”。比方我们看六朝人的诗，有云：“至城东行散”，就是此意。后来做诗的人不知其故，以为“行散”即步行之意，所以不服药也以“行散”二字入诗，这是很笑话的。

走了之后，全身发烧，发烧之后又发冷。普通发冷宜多穿衣，吃热的东西。但吃药后的发冷刚刚要相反：衣少，冷食，以冷水浇身。倘穿衣多而食热物，那就非死不可。因此五石散一名寒食散。只有一样不必冷吃的，就是酒。

吃了散之后，衣服要脱掉，用冷水浇身；吃冷东西；饮热酒。这样看起来，五石散吃的人多，穿厚衣的人就少；比方在广东提倡，一年以后，穿西装的人就没有了。因为皮肉发烧之故，不能穿窄衣。为豫防皮肤被衣服擦伤，就非穿宽大的衣服不可。现在有许多人以为晋人轻裘缓带，宽衣，在当时是人们高逸的表现，其实不知他们是吃药的缘故。一班名人都吃药，穿的衣服宽大，于是不吃药的也跟着名人，把衣服宽大起来了！

还有，吃药之后，因皮肤易于磨破，穿鞋也不方便，故不穿鞋袜而穿屐。所以我们看晋人的画像或那时的文章，见他衣服宽大，不鞋而屐，以为他一定是很舒服，很飘逸的了，其实他心里都是很苦的。

更因皮肤易破，不能穿新的而宜于穿旧的，衣服便不能常洗。因不洗，便多虱。所以在文章上，虱子的地位很高，“扪虱而谈”，当时竟传为美事。比方我今天在这里演讲的时候，扪起虱来，那是不大好的。但在那时不要紧，因为习惯不同之故。这正如清朝是提倡抽大烟的，我们看见两肩高耸的人，不觉得奇怪。现在就不行了，倘若多数学生，他的肩成为一字样，我们就觉得很奇怪了。

此外可见服散的情形及其他种种的书，还有葛洪的《抱朴子》。

到东晋以后，作假的人就很多，在街旁睡倒，说是“散发”以示阔气。就像清时尊读书，就有人以墨涂唇，表示他是刚才写了许多字的样子。故我想，衣大、穿屐、散发等等，后来效之，不吃也学起来，与理论的提倡实在是无关的。

又因“散发”之时，不能肚饿，所以吃冷物，而且要赶快吃，不论时候，一日数次也不可定。因此影响到晋时“居丧无礼”。——本来魏晋时，对于父母之礼是很繁多的。比方想去访一个人，那么，在未访之前，必先打听他父母及其祖父母的名字，以便避讳。否则，嘴上一说出这个字音，假如他的父母是死了的，主人便会大哭起来——他记得父母了——给你一个大大的没趣。晋礼居丧之时，也要瘦，不多吃饭，不准喝酒。但在吃药之后，为生命计，不能管得许多，只好大嚼，所以就变成“居丧无礼”了。

居丧之际，饮酒食肉，由阔人名流倡之，万民皆从之，因为这个缘故，社会上遂尊称这样的人叫作名士派。

吃散发源于何晏，和他同志的，有王弼和夏侯玄两个人，与晏同为服药的祖师。有他三人提倡，有多人跟着走。他们三人多是会做文章，除了夏侯玄的作品流传不多外，王何二人现在我们尚能看到他们的文章。他们都是生于正始的，所以又名曰“正始名士”。但这种习惯的末流，是只会吃药，或竟假装吃药，而不会做文章。

东晋以后，不做文章而流为清谈，由《世说新语》一书里可以看到。此中空论多而文章少，比较他们三个差得远了。三人中王弼二十余岁便死了，夏侯何二人皆为司马懿所杀。因为他二人同曹操有关系，非死不可，犹曹操之杀孔融，也是借不孝做罪名的。

二人死后，论者多因其与魏有关而骂他，其实何晏值得骂的就是因为他是吃药的发起人。这种服散的风气，魏，晋，直到隋，唐，还存在着，因为唐时还有“解散方”，即解五石散的药方，可以证明还有人吃，不过少点罢了。唐以后就没有人吃，其原因尚未详，大概因其弊多利少，和鸦片一样罢？

晋名人皇甫谧作一书曰《高士传》，我们以为他很高超。但他是服散的，曾有一篇文章，自说吃散之苦。因为药性一发，稍不留心，即会丧命，至少也会受非常的苦痛，或要发狂；本来聪明的人，因此也会变成痴呆。所以非深知药性，会解救，而且家里的人多深知药性不可。晋朝人多是脾气很坏，高傲，发狂，性暴如火的，大约便是服药的缘故。比方有苍蝇扰他，竟至拔剑追赶；就是说话，也要胡胡涂涂地才好，有时简直是近于发疯。但在晋朝更有以痴为好的，这大概也是服药的缘故。

魏末，何晏他们以外，又有一个团体新起，叫做“竹林名士”，也是七个，所以又称“竹林七贤”。正始名士服药，竹林名士饮酒。竹林的代表是嵇康和阮籍。但究竟竹林名士不纯粹是喝酒的，嵇康也兼服药，而阮籍则是专喝酒的代表。但嵇康也饮酒，刘伶也是这里面的一个。他们七人中差不多都是反抗旧礼教的。

这七人中，脾气各有不同。嵇阮二人的脾气都很大；阮籍老年时改得很好，嵇康就始终都是极坏的。

阮年青时，对于访他的人有加以青眼和白眼的分别。白眼大概是全然看不见眸子的，恐怕要练习很久才能够。青眼我会装，白眼我却装不好。

后来阮籍竟做到“口不臧否人物”的地步，嵇康却全不改变。结果阮得终其天年，而嵇竟丧于司马氏之手，与孔融何晏等一样，遭了不幸的杀害。这大概是因为吃药和吃酒之分的缘故：吃药可以成仙，仙是可以骄视俗人的；饮酒不会成仙，所以敷衍了事。

他们的态度，大抵是饮酒时衣服不穿，帽也不带。若在平时，有这种状态，我们就说无礼，但他们就不同。居丧时不一定按例哭泣；子之于父，是不能提父的名，但在竹林名士一流人中，子都会叫父的名号。旧传下来的礼教，竹林名士是不承认的。即如刘伶——他曾做过一篇《酒德颂》，谁都知道——他是不承认世界上从前规定的道理的，曾经有这样的事，有一次有客见他，他不穿衣服。人责问他；他答人说，天地是我的房屋，房屋就是我的衣服，你们为什么进我的裤子中来？至于阮籍，就更甚了，他连上下古今也不承认，在《大人先生传》里有说："天地解兮六合开，星辰陨兮日月颓，我腾而上将何怀？"他的意思是天地神仙，都是无意义，一切都不要，所以他觉得世上的道理不必争，神仙也不足信，既然一切都是虚无，所以他便沉湎于酒了。然而他还有一个原因，就是他的饮酒不独由于他的思想，大半倒在环境。其时司马氏已想篡位，而阮籍名声很大，所以他讲话就极难，只好多饮酒，少讲话，而且即使讲话讲错了，也可以借醉得到人的原谅。只要看有一次司马懿求和阮籍结亲，而阮籍一醉就是两个月，没有提出的机会，就可以知道了。

阮籍作文章和诗都很好，他的诗文虽然也慷慨激昂，但许多意思都是隐而不显的。宋的颜延之已经说不大能懂，我们现在自然更很难看得懂他的诗了。他诗里也说神仙，但他其实是不相信的。嵇康的论文，比阮籍更好，思想新颖，往往与古时旧说反对。孔子说："学而时习之，不亦说乎？"嵇康做的《难自然好学论》，却道，人是并不好学的，假如一个人可以不做事而又有饭吃，就随便闲游不喜欢读书了，所以现在人之好学，是由于习惯和不得已。还有管叔蔡叔，是疑心周公，率殷民叛，因而被诛，一向公认为坏人的。而嵇康做的《管蔡论》，就也反对历代传下来的意思，说这两个人是忠臣，他们的怀疑周公，是因为地方相距太远，消息不灵通。

但最引起许多人的注意，而且于生命有危险的，是《与山巨源绝交书》中的"非汤武而薄周孔"。司马懿因这篇文章，就将嵇康杀了。非薄了汤武周孔，在现时代是不要紧的，但在当时却关系非小。汤武是以武定天下的；周公是辅成王的；孔子是祖述尧舜，而尧舜是禅让天下的。嵇康都说不好，那么，教司马懿篡位的时候，怎么办才是好呢？没有办法。在这一点上，嵇康于司马氏的办事上有了直接的影响，因此就非死不可了。嵇康的见杀，是因为他的朋友吕安不孝，连及嵇康，罪案和曹操的杀孔融差不多。魏晋，是以孝治天下的，不孝，故不能不杀。为什么要以孝治天下呢？因为天位从禅让，即巧取豪夺而来，若主张以忠治天下，他们的立脚点便不稳，办事便棘手，立论也难了，所以一定要以孝治天下。但倘只是实行不孝，其实那时倒不很要紧的，嵇康的害处是在发议论；阮籍不同，不大说关于伦理上的话，所以结局也不同。

但魏晋也不全是这样的情形，宽袍大袖，大家饮酒。反对的也很多。在文章上我们还可以看见裴頠的《崇有论》，孙盛的《老子非大贤论》，这些都是反对王何们的。在史实上，则何曾劝司马懿杀阮籍有好几回，司马懿不听他的话，这是因为阮籍的饮酒，与时局的关系少些的缘故。

然而后人就将嵇康阮籍骂起来，人云亦云，一直到现在，一千六百多年。季札说："中国之君子，明于礼义而陋于知人心。"这是确的，大凡明于礼义，就一定要陋于知人心的，所以古代有许多人受了很大的冤枉。例如嵇阮的罪名，一向说他们毁坏礼教。但据我个人的意见，这判断是错的。魏晋时代，崇奉礼教的看来似乎很不错，而实在是毁坏礼教，不信礼教的。表面上毁坏礼教者，实则倒是承认礼教，太相信礼教。因为魏晋时所谓崇奉礼教，是用以自利，那崇奉也不过偶然崇奉，如曹操杀孔融，司马懿杀嵇康，都是因为他们和不孝有关，但实在曹操司马懿何尝是著名的孝子，不过将这个名义，加罪于反对自己的人罢了。于是老实人以为如此利用，亵黩了礼教，不平之极，无计可施，激而变成不谈礼教，不信礼教，甚至于反对礼教。——但其实不过是态度，至于他们的本心，恐怕倒是相信礼教，当作宝贝，比曹操司马懿们要迂执得多。现在说一个容易明白的比喻罢，譬如有一个军阀，在北方——在广东的人所谓北方和我常说的北方的界限有些不同，我常称山东山西直隶河南之类为北方——那军阀从前是压迫民党的，后来北伐军势力一大，他便挂起了青天白日旗，说自己已经信仰三民主义了，是总理的信徒。这样还不够，他还要做总理的纪念周。这时候，真的三民主义的信徒，去呢，不去呢？不去，他那里就可以说你反对三民主义，定罪，杀人。但既然在他的势力之下，没有别法，真的总理的信徒，倒会不谈三民主义，或者听人假惺惺的谈起来就皱眉，好像反对三民主义模样。所以我想，魏晋时所谓反对礼教的人，有许多大约也如此。他们倒是迂夫子，将礼教当作宝贝看待的。

还有一个实证，凡人们的言论，思想，行为，倘若自己以为不错的，就愿意天下的别人、自己的朋友都这样做。但嵇康阮籍不这样，不愿意别人来模仿他。竹林七贤中有阮咸，是阮籍的侄子，一样的饮酒。阮籍的儿子阮浑也愿加入时，阮籍却道不必加入，吾家已有阿咸在，够了。假若阮籍自以为行为是对的，就不当拒绝他的儿子，而阮籍却拒绝自己的儿子，可知阮籍并不以他自己的办法为然。至于嵇康，一看他的《绝交书》，就知道他的态度很骄傲的；有一次，他在家打铁——他的性情是很喜欢打铁的——钟会来看他了，他只打铁，不理钟会。钟会没有意味，只得走了。其时嵇康就问他："何所闻而来，何所见而去？"钟会答道："闻所闻而来，见所见而去。"这也是嵇康杀身的一条祸根。但我看他做给他的儿子看的《家诫》——当嵇康被杀时，其子方十岁，算来当他做这篇文章的时候，他的儿子是未满十岁的——就觉得宛然是两个人。他在《家诫》中教他的儿子做人要小心，还有一条一条的教训。有一条是说长官处不可常去，亦不可住宿；官长送人们出来时，你不要在后面，因为恐怕将来官长惩办坏人时，你有暗中密告的嫌疑。又有一条是说宴饮时候有人争论，你可立刻走开，免得在旁批评，因为两者之间必有对与不对，不批评则不像样，一批评就总要是甲非乙，不免受一方见怪。还有人要你饮酒，即使不愿饮也不要坚决地推辞，必须和和气气的拿着杯子。我们就此看来，实在觉得很希奇：嵇康是那样高傲的人，而他教子就要他这样庸碌。因此我们知道，嵇康自己对于他自己的举动也是不满足的。所以批评一个人的言行实在难，社会上对于儿子不像父亲，称为“不肖”，以为是坏事，殊不知世上正有不愿意他的儿子像自己的父亲哩。试看阮籍嵇康，就是如此。这是，因为他们生于乱世，不得已，才有这样的行为，并非他们的本态。但又于此可见魏晋的破坏礼教者，实在是相信礼教到固执之极的。

不过何晏王弼阮籍嵇康之流，因为他们的名位大，一般的人们就学起来，而所学的无非是表面，他们实在的内心，却不知道。因为只学他们的皮毛，于是社会上便很多了没意思的空谈和饮酒。许多人只会无端的空谈和饮酒，无力办事，也就影响到政治上，弄得玩“空城计”，毫无实际了。在文学上也这样，嵇康阮籍的纵酒，是也能做文章的，后来到东晋，空谈和饮酒的遗风还在，而万言的大文如嵇阮之作，却没有了。刘勰说：“嵇康师心以遣论，阮籍使气以命诗。”这“师心”和“使气”，便是魏末晋初的文章的特色。正始名士和竹林名士的精神灭后，敢于师心使气的作家也没有了。

到东晋，风气变了。社会思想平静得多，各处都夹入了佛教的思想。再至晋末，乱也看惯了，篡也看惯了，文章便更和平。代表平和的文章的人有陶潜。他的态度是随便饮酒，乞食，高兴的时候就谈论和作文章，无尤无怨。所以现在有人称他为“田园诗人”，是个非常和平的田园诗人。他的态度是不容易学的，他非常之穷，而心里很平静。家常无米，就去向人家门口求乞。他穷到有客来见，连鞋也没有，那客人从家丁取鞋给他，他便伸了足穿上了。虽然如此，他却毫不为意，还是“采菊东篱下，悠然见南山”。这样的自然状态，实在不易模仿。他穷到衣服也破烂不堪，而还在东篱下采菊，偶然抬起头来，悠然的见了南山，这是何等自然。现在有钱的人住在租界里，雇花匠种数十盆菊花，便做诗，叫作“秋日赏菊效陶彭泽体”，自以为合于渊明的高致，我觉得不大像。

陶潜之在晋末，是和孔融于汉末与嵇康于魏末略同，又是将近易代的时候。但他没有什么慷慨激昂的表示，于是便博得“田园诗人”的名称。但《陶集》里有《述酒》一篇，是说当时政治的。这样看来，可见他于世事也并没有遗忘和冷淡，不过他的态度比嵇康阮籍自然得多，不至于招人注意罢了。还有一个原因，先已说过，是习惯。因为当时饮酒的风气相沿下来，人见了也不觉得奇怪，而且汉魏晋相沿，时代不远，变迁极多，既经见惯，就没有大感触，陶潜之比孔融嵇康和平，是当然的。例如看北朝的墓志，官位升进，往往详细写着，再仔细一看，他是已经经历过两三个朝代了，但当时似乎并不为奇。

据我的意思，即使是从前的人，那诗文完全超于政治的所谓“田园诗人”“山林诗人”，是没有的。完全超出于人间世的，也是没有的。既然是超出于世，则当然连诗文也没有。诗文也是人事，既有诗，就可以知道于世事未能忘情。譬如墨子兼爱，杨子为我。墨子当然要著书；杨子就一定不著，这才是“为我”。因为若做出书来给别人看，便变成“为人”了。

由此可知陶潜总不能超于尘世，而且，于朝政还是留心，也不能忘掉“死”，这是他诗文中时时提起的。用别一种看法研究起来，恐怕也会成一个和旧说不同的人物罢。

自汉末至晋末文章的一部分的变化与药及酒之关系，据我所知的大概是这样。但我学识太少，没有详细的研究，在这样的热天和雨天费去了诸位这许多时光，是很抱歉的。现在这个题目总算是讲完了。

谈金圣叹[①]

讲起清朝的文字狱来，也有人拉上金圣叹，其实是很不合适的。他的“哭庙”，用近事来比例，和前年《新月》上的引据三民主义以自辩，并无不同，但不特捞不到教授而且至于杀头，则是因为他早被官绅们认为坏货了的缘故。就事论事，倒是冤枉的。

清中叶以后的他的名声，也有些冤枉。他抬起小说传奇来，和《左传》《杜诗》并列，实不过拾了袁宏道辈的唾余；而且经他一批，原作的诚实之处，往往化为笑谈，布局行文，也都被硬拖到八股的作法上。这余荫，就使有一批人，堕入了对于《红楼梦》之类，总在寻求伏线，挑剔破绽的泥塘。

自称得到古本，乱改《西厢》字句的案子且不说罢，单是截去《水浒》的后小半，梦想有一个“嵇叔夜”来杀尽宋江们，也就昏庸得可以。虽说因为痛恨流寇的缘故，但他是究竟近于官绅的，他到底想不到小百姓的对于流寇，只痛恨着一半：不在于“寇”，而在于“流”。

百姓固然怕流寇，也很怕“流官”。记得民元革命以后，我在故乡，不知怎地县知事常常掉换了。每一掉换，农民们便愁苦着相告

① 此文最初发表于1933年7月1日上海《文学》第1卷第1号。

道："怎么好呢？又换了一只空肚鸭来了！"他们虽然至今不知道"欲壑难填"的古训，却很明白"成则为王，败则为贼"的成语，贼者，流着之王，王者，不流之贼也，要说得简单一点，那就是"坐寇"。中国百姓一向自称"蚁民"，现在为便于譬喻起见，姑升为牛罢，铁骑一过，茹毛饮血，蹄骨狼藉，倘可避免，他们自然是总想避免的，但如果肯放任他们自啮野草，苟延残喘，挤出乳来将这些"坐寇"喂得饱饱的，后来能够比较的不复狼吞虎咽，则他们就以为如天之福。所区别的只在"流"与"坐"，却并不在"寇"与"王"。试翻明末的野史，就知道北京民心的不安，在李自成入京的时候，是不及他出京之际的利害的。

宋江据有山寨，虽打家劫舍，而劫富济贫，金圣叹却道应该在童贯高俅辈的爪牙之前，一个个俯首受缚，他们想不懂。所以《水浒传》纵然成了断尾巴蜻蜓，乡下人却还要看《武松独手擒方腊》这些戏。

不过这还是先前的事，现在似乎又有了新的经验了。听说四川有一只民谣，大略是"贼来如梳，兵来如篦，官来如剃"的意思。汽车飞艇[①]，价值既远过于大轿马车，租界和外国银行，也是海通以来新添的物事，不但剃尽毛发，就是刮尽筋肉，也永远填不满的。正无怪小百姓将"坐寇"之可怕，放在"流寇"之上了。

事实既然教给了这些，仅存的路，就当然使他们想到了自己的力量。

五月三十一日。

---

① 飞艇，当时对飞机的一种称呼。

关于中国的两三件事[①]

一、关于中国的火

希腊人所用的火，听说是在一直先前，普洛美修斯从天上偷来的，但中国的却和它不同，是燧人氏自家所发见——或者该说是发明罢。因为并非偷儿，所以拴在山上，给老雕去啄的灾难是免掉了，然而也没有普洛美修斯那样的被传扬，被崇拜。

中国也有火神的。但那可不是燧人氏，而是随意放火的莫名其妙的东西。

自从燧人氏发见，或者发明了火以来，能够很有味的吃火锅，点起灯来，夜里也可以工作了，但是，真如先哲之所谓"有一利必有一弊"罢，同时也开始了火灾，故意点上火，烧掉那有巢氏所发明的巢的了不起的人物也出现了。

和善的燧人氏是该被忘却的。即使伤了食，这回是属于神农氏的领域了，所以那神农氏，至今还被人们所记得。至于火灾，虽然不知道那发明家究竟是什么人，但祖师总归是有的，于是没有法，只好漫称之曰火神，而献以敬畏。看他的画像，是红面孔，红胡须，不过祭祀的时候，却须避去一切红色的东西，而代之以绿色。

① 此文最初发表于1934年3月号日本《改造》月刊。

他大约像西班牙的牛一样，一看见红色，便会亢奋起来，做出一种可怕的行动的。

他因此受着崇祀。在中国，这样的恶神还很多。

然而，在人世间，倒似乎因了他们而热闹。赛会①也只有火神的，燧人氏的却没有。倘有火灾，则被灾的和邻近的没有被灾的人们，都要祭火神，以表感谢之意。被了灾还要来表感谢之意，虽然未免有些出于意外，但若不祭，据说是第二回还会烧，所以还是感谢了的安全。而且也不但对于火神，就是对于人，有时也一样的这么办，我想，大约也是礼仪的一种罢。

其实，放火，是很可怕的，然而比起烧饭来，却也许更有趣。外国的事情我不知道，若在中国，则无论查检怎样的历史，总寻不出烧饭和点灯的人们的列传来。在社会上，即使怎样的善于烧饭，善于点灯，也毫没有成为名人的希望。然而秦始皇一烧书，至今还俨然做着名人，至于引为希特拉烧书事件的先例。假使希特拉太太善于开电灯，烤面包罢，那么，要在历史上寻一点先例，恐怕可就难了。但是，幸而那样的事，是不会哄动一世的。

烧掉房子的事，据宋人的笔记说，是开始于蒙古人的。因为他们住着帐篷，不知道住房子，所以就一路的放火。然而，这是诳话。蒙古人中，懂得汉文的很少，所以不来更正的。其实，秦的末年就有着放火的名人项羽在，一烧阿房宫，便天下闻名，至今还会在戏台上出现，连在日本也很有名。然而，在未烧以前的阿房宫里每天点灯的人们，又有谁知道他们的名姓呢？

现在是爆裂弹呀，烧夷弹呀之类的东西已经做出，加以飞机也

---

① 赛会，也称赛神，旧时的一种迷信习俗。用仪仗、鼓乐和杂戏等迎神出庙，周游街巷，以酬神祈福。

很进步，如果要做名人，就更加容易了。而且如果放火比先前放得大，那么，那人就也更加受尊敬，从远处看去，恰如救世主一样，而那火光，便令人以为是光明。

二、关于中国的王道

（本篇略）

三、关于中国的监狱

我想，人们是的确由事实而从新省悟，而事情又由此发生变化的。从宋朝到清朝的末年，许多年间，专以代圣贤立言的“制艺”①这一种烦难的文章取士，到得和法国打了败仗，这才省悟了这方法的错误。于是派留学生到西洋，开设兵器制造局，作为那改正的手段。省悟到这还不够，是在和日本打了败仗之后，这回是竭力开起学校来。于是学生们年年大闹了。从清朝倒掉，国民党掌握政权的时候起，才又省悟了这错误，作为那改正的手段的，是除了大造监狱之外，什么也没有了。

在中国，国粹式的监狱，是早已各处都有的，到清末，就也造了一点西洋式，即所谓文明式的监狱。那是为了示给旅行到此的外国人而建造，应该与为了和外国人好互相应酬，特地派出去，学些文明人的礼节的留学生，属于同一种类的。托了这福，犯人的待遇也还好，给洗澡，也给一定分量的饭吃，所以倒是颇为幸福的地方。但是，就在两三礼拜前，政府因为要行仁政了，还发过一个不准克扣囚粮的命令。从此以后，可更加幸福了。

---

① “制艺”，也称制义。科举考试时规定的文体。在明清两代指摘取“四书”“五经”中文句命题、立论的八股文。

至于旧式的监狱，则因为好像是取法于佛教的地狱的，所以不但禁锢犯人，此外还有给他吃苦的职掌。挤取金钱，使犯人的家属穷到透顶的职掌，有时也会兼带的。但大家都以为应该。如果有谁反对罢，那就等于替犯人说话，便要受恶党的嫌疑。然而文明是出奇的进步了，所以去年也有了提倡每年该放犯人回家一趟，给以解决性欲的机会的，颇是人道主义气味之说的官吏。其实，他也并非对于犯人的性欲，特别表着同情，不过因为总不愁竟会实行的，所以也就高声嚷一下，以见自己的作为官吏的存在。然而舆论颇为沸腾了。有一位批评家，还以为这么一来，大家便要不怕牢监，高高兴兴的进去了，很为世道人心愤慨了一下。受了所谓圣贤之教那么久，竟还没有那位官吏的圆滑，固然也令人觉得诚实可靠，然而他的意见，是以为对于犯人，非加虐待不可，却也因此可见了。

从别一条路想，监狱确也并非没有不像以“安全第一”为标语的人们的理想乡的地方。火灾极少，偷儿不来，土匪也一定不来抢。即使打仗，也决没有以监狱为目标，施行轰炸的傻子；即使革命，有释放囚犯的例，而加以屠戮的是没有的。当福建独立之初，虽有说是释放犯人，而一到外面，和他们自己意见不同的人们倒反而失踪了的谣言，然而这样的例子，以前是未曾有过的。总而言之，似乎也并非很坏的处所。只要准带家眷，则即使不是现在似的大水、饥荒、战争、恐怖的时候，请求搬进去住的人们，也未必一定没有的。于是虐待就成为必不可少了。

牛兰夫妇，作为赤化宣传者而关在南京的监狱里，也绝食了三四回了，可是什么效力也没有。这是因为他不知道中国的监狱的精神的缘故。有一位官员诧异的说过：他自己不吃，和别人有什么关系呢？岂但和仁政并无关系而已呢，省些食料，倒是于监狱有益的。甘地的把戏，倘不挑选兴行场[①]，就毫无成效了。

然而，在这样的近于完美的监狱里，却还剩着一种缺点。至今为止，对于思想上的事，都没有很留心。为要弥补这缺点，是在近来新发明的叫作“反省院”的特种监狱里，施着教育。我还没有到那里面去反省过，所以并不知道详情，但要而言之，好像是将三民主义时时讲给犯人听，使他反省着自己的错误。听人说，此外还得做排击共产主义的论文。如果不肯做，或者不能做，那自然，非终身反省不可了，而做得不够格，也还是非反省到死则不可。现在是进去的也有，出来的也有，因为听说还得添造反省院，可见还是进去的多了。考完放出的良民，偶尔也可以遇见，但仿佛大抵是萎靡不振，恐怕是在反省和毕业论文上，将力气使尽了罢。那前途，是在没有希望这一面的。

① 兴行场，日语，戏场的意思。

略论中国人的脸[①]

大约人们一遇到不大看惯的东西，总不免以为他古怪。我还记得初看见西洋人的时候，就觉得他脸太白，头发太黄，眼珠太淡，鼻梁太高。虽然不能明明白白地说出理由来，但总而言之：相貌不应该如此。至于对于中国人的脸，是毫无异议；即使有好丑之别，然而都不错的。

我们的古人，倒似乎并不放松自己中国人的相貌。周的孟轲就用眸子来判胸中的正不正，汉朝还有《相人》二十四卷。后来闹这玩艺儿的尤其多；分起来，可以说有两派罢：一是从脸上看出他的智愚贤不肖；一是从脸上看出他过去、现在和将来的荣枯。于是天下纷纷，从此多事，许多人就都战战兢兢地研究自己的脸。我想，镜子的发明，恐怕这些人和小姐们是大有功劳的。不过近来前一派已经不大有人讲究，在北京上海这些地方捣鬼的都只是后一派了。

我一向只留心西洋人。留心的结果，又觉得他们的皮肤未免太粗；毫毛有白色的，也不好。皮上常有红点，即因为颜色太白之故，倒不如我们之黄。尤其不好的是红鼻子，有时简直像是将要熔

---

① 此文最初发表于1927年11月25日北京《莽原》半月刊第2卷21、22期合刊。

化的蜡烛油，仿佛就要滴下来，使人看得栗栗危惧，也不及黄色人种的较为隐晦，也见得较为安全。总而言之：相貌还是不应该如此的。

后来，我看见西洋人所画的中国人，才知道他们对于我们的相貌也很不敬。那似乎是《天方夜谈》或者《安兑生童话》中的插画，现在不很记得清楚了。头上戴着拖花翎的红缨帽，一条辫子在空中飞扬，朝靴的粉底非常之厚。但这些都是满洲人连累我们的。独有两眼歪斜，张嘴露齿，却是我们自己本来的相貌。不过我那时想，其实并不尽然，外国人特地要奚落我们，所以格外形容得过度了。

但此后对于中国一部分人们的相貌，我也逐渐感到一种不满，就是他们每看见不常见的事件或华丽的女人，听到有些醉心的说话的时候，下巴总要慢慢挂下，将嘴张了开来。这实在不大雅观；仿佛精神上缺少着一样什么机件。据研究人体的学者们说，一头附着在上颚骨上，那一头附着在下颚骨上的"咬筋"，力量是非常之大的。我们幼小时候想吃核桃，必须放在门缝里将它的壳夹碎。但在成人，只要牙齿好，那咬筋一收缩，便能咬碎一个核桃。有着这么大的力量的筋，有时竟不能收住一个并不沉重的自己的下巴，虽然正在看得出神的时候，倒也情有可原，但我总以为究竟不是十分体面的事。

日本的长谷川如是闲①是善于做讽刺文字的。去年我见过他的一本随笔集，叫作《猫・狗・人》；其中有一篇就说到中国人的脸。大意是初见中国人，即令人感到较之日本人或西洋人，脸上总欠缺着一点什么。久而久之，看惯了，便觉得这样已经尽够，并不

① 长谷川如是闲(1875—1969)，日本评论家。

缺少东西；倒是看得西洋人之流的脸上，多余着一点什么。这多余着的东西，他就给它一个不大高妙的名目：兽性。中国人的脸上没有这个，是人，则加上多余的东西，即成了下列的算式：

人＋兽性＝西洋人

他借了称赞中国人，贬斥西洋人，来讥刺日本人的目的，这样就达到了，自然不必再说这兽性的不见于中国人的脸上，是本来没有的呢，还是现在已经消除。如果是后来消除的，那么，是渐渐净尽而只剩了人性的呢，还是不过渐渐成了驯顺。野牛成为家牛，野猪成为猪，狼成为狗，野性是消失了，但只足使牧人喜欢，于本身并无好处。人不过是人，不再夹杂着别的东西，当然再好没有了。倘不得已，我以为还不如带些兽性，如果合于下列的算式倒是不很有趣的：

人＋家畜性＝某一种人

中国人的脸上真可有兽性的记号的疑案，暂且中止讨论罢。我只要说近来却在中国人所理想的古今人的脸上，看见了两种多余。一到广州，我觉得比我所从来的厦门丰富得多的，是电影，而且大半是“国片”，有古装的，有时装的。因为电影是“艺术”，所以电影艺术家便将这两种多余加上去了。

古装的电影也可以说是好看，那好看不下于看戏；至少，决不至于有大锣大鼓将人的耳朵震聋。在“银幕”上，则有身穿不知何时何代的衣服的人物，缓慢地动作；脸正如古人一般死，因为要显得活，便只好加上些旧式戏子的昏庸。

时装人物的脸，只要见过清朝光绪年间上海的吴友如的《画报》的，便会觉得神态非常相像。《画报》所画的大抵不是流氓拆梢，便是妓女吃醋，所以脸相都狡猾。这精神似乎至今不变，国产影片中的人物，虽是作者以为善人杰士者，眉宇间也总带些上海洋场式的狡猾。可见不如此，是连善人杰士也做不成的。

听说，国产影片之所以多，是因为华侨欢迎，能够获利，每一新片到，老的便带了孩子去指点给他们看道："看哪，我们的祖国的人们是这样的。"在广州似乎也受欢迎，日夜四场，我常见看客坐得满满。

广州现在也如上海一样，正在这样地修养他们的趣味。可惜电影一开演，电灯一定熄灭，我不能看见人们的下巴。

四月六日。

这个与那个[1]

一、读经与读史

一个阔人[2]说要读经，嗡的一阵一群狭人也说要读经。岂但"读"而已矣哉，据说还可以"救国"哩。"学而时习之，不亦说乎？"那也许是确凿的罢，然而甲午战败了，——为什么独独要说"甲午"呢，是因为其时还在开学校，废读经以前。

我以为伏案还未功深的朋友，现在正不必埋头来哼线装书。倘其咿唔日久，对于旧书有些上瘾了，那么，倒不如去读史，尤其是宋朝明朝史，而且尤须是野史；或者看杂说。

现在中西的学者们，几乎一听到"钦定四库全书"这名目就魂不附体，膝弯总要软下来似的。其实呢，书的原式是改变了，错字是加添了，甚至于连文章都删改了，最便当的是《琳琅秘室丛书》中的两种《茅亭客话》，一是宋本，一是四库本，一比较就知道。"官修"而加以"钦定"的正史也一样，不但本纪咧，列传咧，要摆"史架子"；里面也不敢说什么。据说，字里行间是也含着什么褒贬的，但谁有这么多的心眼儿来猜闷壶卢。至今还道"将平生事迹宣付国

① 此文最初发表于1925年12月10日、12日、22日北京《国民新报副刊》。
② 一个阔人，指章士钊。

史馆立传”，还是算了罢。

野史和杂说自然也免不了有讹传，挟恩怨，但看往事却可以较分明，因为它究竟不像正史那样地装腔作势。看宋事，《三朝北盟汇编》已经变成古董，太贵了，新排印的《宋人说部丛书》却还便宜。明事呢，《野获编》原也好，但也化为古董了，每部数十元；易于入手的是《明季南北略》《明季稗史汇编》，以及新近集印的《痛史》。

史书本来是过去的陈帐簿，和急进的猛士不相干。但先前说过，倘若还不能忘情于咿唔，倒也可以翻翻，知道我们现在的情形，和那时的何其神似，而现在的昏妄举动，胡涂思想，那时也早已有过，并且都闹糟了。

试到中央公园去，大概总可以遇见祖母带着她孙女儿在玩的。这位祖母的模样，就预示着那娃儿的将来。所以倘有谁要预知令夫人后日的丰姿，也只要看丈母。不同是当然要有些不同的，但总归相去不远。我们查帐的用处就在此。

但我并不说古来如此，现在遂无可为，劝人们对于“过去”生敬畏心，以为它已经铸定了我们的运命。Le Bon 先生说，死人之力比生人大，诚然也有一理的，然而人类究竟进化着。又据章士钊总长说，则美国的什么地方已在禁讲进化论了，这实在是吓死我也，然而禁只管禁，进却总要进的。

总之：读史，就愈可以觉悟中国改革之不可缓了。虽是国民性，要改革也得改革，否则，杂史杂说上所写的就是前车。一改革，就无须怕孙女儿总要像点祖母那些事，譬如祖母的脚是三角形，步履维艰的，小姑娘的却是天足，能飞跑；丈母老太太出过天花，脸上有些缺点的，令夫人却种的是牛痘，所以细皮白肉，这也就大差其远了。

十二月八日。

二、捧与挖

中国的人们，遇见带有会使自己不安的朕兆的人物，向来就用两样法：将他压下去，或者将他捧起来。

压下去就用旧习惯和旧道德，或者凭官力，所以孤独的精神的战士，虽然为民众战斗，却往往反为这"所为"而灭亡。到这样，他们这才安心了。压不下时，则于是乎捧，以为抬之使高，餍之使足，便可以于己稍稍无害，得以安心。

伶俐的人们，自然也有谋利而捧的，如捧阔老，捧戏子，捧总长之类：但在一般粗人，——就是未尝"读经"的，则凡有捧的行为的"动机"，大概是不过想免害。即以所奉祀的神道而论，也大抵是凶恶的，火神瘟神不待言，连财神也是蛇呀刺蝟呀似的骇人的畜类；观音菩萨倒还可爱，然而那是从印度输入的，并非我们的"国粹"。要而言之：凡有被捧者，十之九不是好东西。

既然十之九不是好东西，则被捧而后，那结果便自然和捧者的希望适得其反了。不但能使不安，还能使他们很不安，因为人心本来不易餍足。然而人们终于至今没有悟，还以捧为苟安之一道。

记得有一部讲笑话的书，名目忘记了，也许是《笑林广记》罢，说，当一个知县的寿辰，因为他是子年生，属鼠的，属员们便集资铸了一个金老鼠去作贺礼。知县收受之后，另寻了机会对大众说道：明年又恰巧是贱内的整寿；她比我小一岁，是属牛的。其实，如果大家先不送金老鼠，他决不敢想金牛。一送开手，可就难于收拾了，无论金牛无力致送，即使送了，怕他的姨太太也会属象。象不在十二生肖之内，似乎不近情理罢，但这是我替他设想的法子罢了，知县当然别有我们所莫测高深的妙法在。

民元革命时候，我在S城，来了一个都督。他虽然也出身绿林大学，未尝“读经”（？），但倒是还算顾大局，听舆论的，可是自绅士以至于庶民，又用了祖传的捧法群起而捧之了。这个拜会，那个恭维，今天送衣料，明天送翅席，捧得他连自己也忘其所以，结果是渐渐变成老官僚一样，动手刮地皮。

最奇怪的是北几省的河道，竟捧得河身比屋顶高得多了。当初自然是防其溃决，所以壅上一点土；殊不料愈壅愈高，一旦溃决，那祸害就更大。于是就“抢堤”咧，“护堤”咧，“严防决堤”咧，花色繁多，大家吃苦。如果当初见河水泛滥，不去增堤，却去挖底，我以为决不至于这样。

有贪图金牛者，不但金老鼠，便是死老鼠也不给。那么，此辈也就连生日都未必做了。单是省却拜寿，已经是一件大快事。

中国人的自讨苦吃的根苗在于捧，“自求多福”之道却在于挖。其实，劳力之量是差不多的，但从惰性太多的人们看来，却以为还是捧省力。

十二月十日。

三、最先与最后

《韩非子》说赛马的妙法，在于“不为最先，不耻最后”。这虽是从我们这样外行的人看起来，也觉得很有理。因为假若一开首便拼命奔驰，则马力易竭。但那第一句是只适用于赛马的，不幸中国人却奉为人的处世金针了。

中国人不但“不为戎首”“不为祸始”，甚至于“不为福先”。所以凡事都不容易有改革；前驱和闯将，大抵是谁也怕得做。然而人性岂真能如道家所说的那样恬淡；欲得的却多。既然不敢径取，就只好用阴谋和手段。以此，人们也就日见其卑怯了，既是“不为最先”，自然也不敢“不耻最后”，所以，虽是一大堆群众，略见危机，便“纷纷作鸟兽散”了。如果偶有几个不肯退转，因而受害的，公论家便异口同声，称之曰傻子。对于“锲而不舍”的人们也一样。

我有时也偶尔去看看学校的运动会。这种竞争，本来不像两敌国的开战，挟有仇隙的，然而也会因了竞争而骂，或者竟打起来。但这些事又作别论。竞走的时候，大抵是最快的三四个人一到决胜点，其余的便松懈了，有几个还至于失了跑完豫定的圈数的勇气，中途挤入看客的群集中；或者佯为跌倒，使红十字队用担架将他抬走。假若偶有虽然落后，却尽跑，尽跑的人，大家就嗤笑他。大概是因为他太不聪明，“不耻最后”的缘故罢。

所以中国一向就少有失败的英雄，少有韧性的反抗，少有敢单身鏖战的武人，少有敢抚哭叛徒的吊客；见胜兆则纷纷聚集，见败兆则纷纷逃亡。战具比我们精利的欧美人，战具未必比我们精利的匈奴蒙古满洲人，都如入无人之境。“土崩瓦解”这四个字，真是形容得有自知之明。

多有“不耻最后”的人的民族，无论什么事，怕总不会一下子就“土崩瓦解”的，我每看运动会时，常常这样想：优胜者固然可敬，但那虽然落后而仍非跑至终点不止的竞技者，和见了这样竞技者而肃然不笑的看客，乃正是中国将来的脊梁。

四、流产与断种

近来对于青年的创作，忽然降下一个“流产”的恶谥，哄然应和的就有一大群。我现在相信，发明这话的是没有什么恶意的，不过偶尔说一说；应和的也是情有可原的，因为世事本来大概就这样。

我独不解中国人何以于旧状况那么心平气和，于较新的机运就这么疾首蹙额；于已成之局那么委曲求全，于初兴之事就这么求全责备？

智识高超而眼光远大的先生们开导我们：生下来的倘不是圣贤，豪杰，天才，就不要生；写出来的倘不是不朽之作，就不要写；改革的事倘不是一下子就变成极乐世界，或者，至少能给我（!）有更多的好处，就万万不要动！……

那么，他是保守派么？据说：并不然的。他正是革命家。惟独他有公平，正当，稳健，圆满，平和，毫无流弊的改革法；现下正在研究室里研究着哩，——只是还没有研究好。

什么时候研究好呢？答曰：没有准儿。

孩子初学步的第一步，在成人看来，的确是幼稚，危险，不成样子，或者简直是可笑的。但无论怎样的愚妇人，却总以恳切的希望的心，看他跨出这第一步去，决不会因为他的走法幼稚，怕要阻碍阔人的路线而"逼死"他；也决不至于将他禁在床上，使他躺着研究到能够飞跑时再下地。因为她知道：假如这么办，即使长到一百岁也还是不会走路的。

古来就这样，所谓读书人，对于后起者却反而专用彰明较著的或改头换面的禁锢。近来自然客气些，有谁出来，大抵会遇见学士文人们挡驾：且住，请坐。接着是谈道理了：调查，研究，推敲，修养，……结果是老死在原地方。否则，便得到"捣乱"的称号。我也曾有如现在的青年一样，向已死和未死的导师们问过应走的路。他们都说：不可向东，或西，或南，或北。但不说应该向东，或西，或南，或北。我终于发见他们心底里的蕴蓄了：不过是一个"不走"而已。

坐着而等待平安，等待前进，倘能，那自然是很好的，但可虑的是老死而所等待的却终于不至；不生育，不流产而等待一个英伟的宁馨儿[1],那自然也很可喜的,但可虑的是终于什么也没有。

倘以为与其所得的不是出类拔萃的婴儿,不如断种,那就无话可说。但如果我们永远要听见人类的足音,则我以为流产究竟比不生产还有望,因为这已经明明白白地证明着能够生产的了。

十二月二十日。

① 宁馨儿,晋宋时代俗语。意即“这样的孩子”。

聪明人和傻子和奴才[①]

奴才总不过是寻人诉苦。只要这样，也只能这样。有一日，他遇到一个聪明人。

“先生！”他悲哀地说，眼泪联成一线，就从眼角上直流下来。“你知道的。我所过的简直不是人的生活。吃的是一天未必有一餐，这一餐又不过是高粱皮，连猪狗都不要吃的，尚且只有一小碗……。”

“这实在令人同情。”聪明人也惨然说。

“可不是么！”他高兴了。“可是做工是昼夜无休息的：清早担水晚烧饭，上午跑街夜磨面，晴洗衣裳雨张伞，冬烧汽炉夏打扇。半夜要煨银耳，侍候主人耍钱；头钱[②]从来没分，有时还挨皮鞭……。”

“唉唉……。”聪明的人叹息着，眼圈有些发红似乎下泪。

“先生！我这样是敷衍不下去的。我总得另外想法子。可是什么法子呢？……”

“我想，你总会好起来……。”

“是么？但愿如此。可是我对先生诉了冤苦，又得你的同情和安慰，已经舒坦得不少了。可见天理没有灭绝……。”

但是，不几日，他又不平起来了，仍然寻人去诉苦。

---

① 此文最初发表于1926年1月4日《语丝》周刊第60期。

② 头钱，又称“抽头”，即提供赌博场所的人向赌客抽取一定数额的钱。侍候赌博的人有时可分得若干。

"先生!"他流着眼泪说,"你知道的。我住的简直比猪窠还不如。主人并不将我当人;他对他的叭儿狗还要好到几万倍……。"

"混帐!"那人大叫起来,使他吃惊了。那人是一个傻子。

"先生,我住的只是一间破小屋,又湿,又阴,满是臭虫,睡下去就咬得真可以。秽气冲着鼻子,四面又没有一个窗……。"

"你不会要你的主人开一个窗的么?"

"这怎么行? ……"

"那么,你带我去看去!"

傻子跟奴才到他屋外,动手就砸那泥墙。

"先生! 你干什么?"他大惊地说。

"我给你打开一个窗洞来。"

"这不行! 主人要骂的!"

"管他呢!"他仍然砸。

"人来呀! 强盗在毁咱们的屋子了! 快来呀! 迟一点可要打出窟窿来了! ……"他哭嚷着,在地上团团地打滚。

一群奴才都出来了,将傻子赶走。

听到了喊声,慢慢地最后出来的是主人。

"有强盗要来毁咱们的屋子,我首先叫喊起来,大家一同把他赶走了。"他恭敬而得胜地说。

"你不错。"主人这样夸奖他。

这一天就来了许多慰问的人,聪明人也在内。

"先生。这回因为我有功,主人夸奖了我了。你先前说我总会好起来,实在是有先见之明……。"他大有希望似的高兴地说。

"可不是么……。"聪明人也代为高兴似的回答他。

一九二五年十二月二十六日。

论雷峰塔的倒掉①

听说，杭州西湖上的雷峰塔倒掉了，听说而已，我没有亲见。但我却见过未倒的雷峰塔，破破烂烂的映掩于湖光山色之间，落山的太阳照着这些四近的地方，就是“雷峰夕照”，西湖十景之一。“雷峰夕照”的真景我也见过，并不见佳，我以为。

然而一切西湖胜迹的名目之中，我知道得最早的却是这雷峰塔。我的祖母曾经常常对我说，白蛇娘娘就被压在这塔底下。有个叫作许仙的人救了两条蛇，一青一白，后来白蛇便化作女人来报恩，嫁给许仙了；青蛇化作丫鬟，也跟着。一个和尚，法海禅师，得道的禅师，看见许仙脸上有妖气，——凡讨妖怪做老婆的人，脸上就有妖气的，但只有非凡的人才看得出，——便将他藏在金山寺的法座后，白蛇娘娘来寻夫，于是就“水满金山”。我的祖母讲起来还要有趣得多，大约是出于一部弹词叫作《义妖传》里的，但我没有看过这部书，所以也不知道“许仙”“法海”究竟是否这样写。总而言之，白蛇娘娘终于中了法海的计策，被装在一个小小的钵盂里了。钵盂埋在地里，上面还造起一座镇压的塔来，这就是雷峰塔。此后似乎事情还很多，如“白状元祭塔”之

① 此文最初发表于1924年11月17日北京《语丝》周刊第1期。

类，但我现在都忘记了。

那时我唯一的希望，就是这雷峰塔的倒掉。后来我长大了，到杭州，看见这破破烂烂的塔，心里就不舒服。后来我看看书，说杭州人又叫这塔作保叔塔，其实应该写作“保俶塔”，是钱王的儿子造的。那么，里面当然没有白蛇娘娘了，然而我心里仍然不舒服，仍然希望他倒掉。

现在，他居然倒掉了，则普天之下的人民，其欣喜为何如？

这是有事实可证的。试到吴越的山间海滨，探听民意去。凡有田夫野老，蚕妇村氓，除了几个脑髓里有点贵恙的之外，可有谁不为白娘娘抱不平，不怪法海太多事的？

和尚本应该只管自己念经。白蛇自迷许仙，许仙自娶妖怪，和别人有什么相干呢？他偏要放下经卷，横来招是搬非，大约是怀着嫉妒罢，——那简直是一定的。

听说，后来玉皇大帝也就怪法海多事，以至荼毒生灵，想要拿办他了。他逃来逃去，终于逃在蟹壳里避祸，不敢再出来，到现在还如此。我对于玉皇大帝所做的事，腹诽的非常多，独于这一件却很满意，因为“水满金山”一案，的确应该由法海负责；他实在办得很不错的。只可惜我那时没有打听这话的出处，或者不在《义妖传》中，却是民间的传说罢。

秋高稻熟时节，吴越间所多的是螃蟹，煮到通红之后，无论取那一只，揭开背壳来，里面就有黄，有膏；倘是雌的，就有石榴子一般鲜红的子。先将这些吃完，即一定露出一个圆锥形的薄膜，再用小刀小心地沿着锥底切下，取出，翻转，使里面向外，只要不破，便变成一个罗汉模样的东西，有头脸，身子，是坐着的，我们那里的小孩子都称他“蟹和尚”，就是躲在里面避难的法海。

当初，白蛇娘娘压在塔底下，法海禅师躲在蟹壳里。现在却只有这位老禅师独自静坐了，非到螃蟹断种的那一天为止出不来。莫非他造塔的时候，竟没有想到塔是终究要倒的么？

活该。

一九二四年十月二十八日。

古人并不纯厚[①]

老辈往往说：古人比今人纯厚，心好，寿长。我先前也有些相信，现在这信仰可是动摇了。达赖啦嘛总该比平常人心好，虽然“不幸短命死矣”，但广州开的耆英会，却明明收集过一大批寿翁寿媪，活了一百零六岁的老太太还能穿针，有照片为证。

古今的心的好坏，较为难以比较，只好求教于诗文。古之诗人，是有名的“温柔敦厚”的，而有的竟说：“时日曷丧，予及汝偕亡！”你看够多么恶毒？更奇怪的是孔子“校阅”之后，竟没有删，还说什么“诗三百，一言以蔽之，曰：思无邪”哩，好像圣人也并不以为可恶。

还有现存的最通行的《文选》，听说如果青年作家要丰富语汇，或描写建筑，是总得看它的，但我们倘一调查里面的作家，却至少有一半不得好死，当然，就因为心不好。经昭明太子一挑选，固然好像变成语汇祖师了，但在那时，恐怕还有个人的主张，偏激的文字。否则，这人是不传的，试翻唐以前的史上的文苑传，大抵是禀承意旨，草檄作颂的人，然而那些作者的文章，流传至今者偏偏少得很。

---

① 此文最初发表于 1934 年 4 月 26 日上海《中华日报·动向》，署名翁隼。

由此看来，翻印整部的古书，也就不无危险了。近来偶尔看见一部石印的《平斋文集》，作者，宋人也，不可谓之不古，但其诗就不可为训。如咏《狐鼠》云："狐鼠擅一窟，虎蛇行九逵，不论天有眼，但管地无皮……"。又咏《荆公》云："养就祸胎身始去，依然钟阜向人青。"那指斥当路的口气，就为今人所看不惯。"八大家"中的欧阳修，是不能算作偏激的文学家的罢，然而那《读李翱文》中却有云："呜呼，在位而不肯自忧，又禁它人使皆不得忧，可叹也夫！"也就悻悻得很。

但是，经后人一番选择，却就纯厚起来了。后人能使古人纯厚，则比古人更为纯厚也可见。清朝曾有钦定的《唐宋文醇》和《唐宋诗醇》，便是由皇帝将古人做得纯厚的好标本，不久也许会有人翻印，以"挽狂澜于既倒"的。

四月十五日。

中国人失掉自信力了吗[①]

从公开的文字上看起来：两年以前，我们总自夸着“地大物博”，是事实；不久就不再自夸了，只希望着国联[②]，也是事实；现在是既不夸自己，也不信国联，改为一味求神拜佛[③]，怀古伤今了——却也是事实。

于是有人慨叹曰：中国人失掉自信力了[④]。

如果单据这一点现象而论，自信其实是早就失掉了的。先前信“地”，信“物”，后来信“国联”，都没有相信过“自己”。假使这也算一种“信”，那也只能说中国人曾经有过“他信力”，自从对国联失望之后，便把这他信力都失掉了。

失掉了他信力，就会疑，一个转身，也许能够只相信了自己，倒是一条新生路，但不幸的是逐渐玄虚起来了。信“地”和“物”，还是

---

① 此文最初发表于1934年10月20日《太白》半月刊第1卷第3期，署名公汗。

② 国联，“国际联盟”的简称，第一次世界大战后于1920年成立的国际政府间组织。

③ 求神拜佛，当时一些国民党官僚和“社会名流”，以祈祷“解救国难”为名，多次在一些大城市举办“时轮金刚法会”“仁王护国法会”。

④ 中国人失掉自信力了，当时舆论界曾有过这类论调，如1934年8月27日《大公报》社评《孔子诞辰纪念》中说：“民族的自尊心与自信力，既已荡焉无存，不待外侮之来，国家固早已濒于精神幻灭之域。”

切实的东西，国联就渺茫，不过这还可以令人不久就省悟到依赖它的不可靠。一到求神拜佛，可就玄虚之至了，有益或是有害，一时就找不出分明的结果来，它可以令人更长久的麻醉着自己。

中国人现在是在发展着“自欺力”。

“自欺”也并非现在的新东西，现在只不过日见其明显，笼罩了一切罢了。然而，在这笼罩之下，我们有并不失掉自信力的中国人在。

我们从古以来，就有埋头苦干的人，有拼命硬干的人，有为民请命的人，有舍身求法的人，……虽是等于为帝王将相作家谱的所谓“正史”，也往往掩不住他们的光耀，这就是中国的脊梁。

这一类的人们，就是现在也何尝少呢？他们有确信，不自欺；他们在前仆后继的战斗，不过一面总在被摧残，被抹杀，消灭于黑暗中，不能为大家所知道罢了。说中国人失掉了自信力，用以指一部分人则可，倘若加于全体，那简直是诬蔑。

要论中国人，必须不被搽在表面的自欺欺人的脂粉所诓骗，却看看他的筋骨和脊梁。自信力的有无，状元宰相的文章是不足为据的，要自己去看地底下。

九月二十五日。

说“面子”[①]

“面子”，是我们在谈话里常常听到的，因为好像一听就懂，所以细想的人大约不很多。

但近来从外国人的嘴里，有时也听到这两个音，他们似乎在研究。他们以为这一件事情，很不容易懂，然而是中国精神的纲领，只要抓住这个，就像二十四年前的拔住了辫子一样，全身都跟着走动了。相传前清时候，洋人到总理衙门去要求利益，一通威吓，吓得大官们满口答应，但临走时，却被从边门送出去。不给他走正门，就是他没有面子；他既然没有了面子，自然就是中国有了面子，也就是占了上风了。这是不是事实，我断不定，但这故事，“中外人士”中是颇有些人知道的。

因此，我颇疑心他们想专将“面子”给我们。

但“面子”究竟是怎么一回事呢？不想还好，一想可就觉得胡涂。它像是很有好几种的，每一种身份，就有一种“面子”，也就是所谓“脸”。这“脸”有一条界线，如果落到这线的下面去了，即失了面子，也叫作“丢脸”。不怕“丢脸”，便是“不要脸”。但倘使做了超出这线以上的事，就“有面子”，或曰“露脸”。而“丢脸”之道，则因

① 此文最初发表于 1934 年 10 月上海《漫画生活》月刊第 2 期。

人而不同，例如车夫坐在路边赤膊捉虱子，并不算什么，富家姑爷坐在路边赤膊捉虱子，才成为“丢脸”。但车夫也并非没有“脸”，不过这时不算“丢”，要给老婆踢了一脚，就躺倒哭起来，这才成为他的“丢脸”。这一条“丢脸”律，是也适用于上等人的。这样看来，“丢脸”的机会，似乎上等人比较的多，但也不一定，例如车夫偷一个钱袋，被人发见，是失了面子的，而上等人大捞一批金珠珍玩，却仿佛也不见得怎样“丢脸”，况且还有“出洋考察”，是改头换面的良方。

谁都要“面子”，当然也可以说是好事情，但“面子”这东西，却实在有些怪。九月三十日的《申报》就告诉我们一条新闻：沪西有业木匠大包作头之罗立鸿，为其母出殡，邀开“贳器店之王树宝夫妇帮忙，因来宾众多，所备白衣，不敷分配，其时适有名王道才，绰号三喜子，亦到来送殡，争穿白衣不遂，以为有失体面，心中怀恨……邀集徒党数十人，各执铁棍，据说尚有持手枪者多人，将王树宝家人乱打，一时双方有剧烈之战争，头破血流，多人受有重伤。……”白衣是亲族有服者所穿的，现在必须“争穿”而又“不遂”，足见并非亲族，但竟以为“有失体面”，演成这样的大战了。这时候，好像只要和普通有些不同便是“有面子”，而自己成了什么，却可以完全不管。这类脾气，是“绅商”也不免发露的：袁世凯将要称帝的时候，有人以列名于劝进表中为“有面子”；有一国从青岛撤兵①的时候，有人以列名于万民伞上为“有面子”。

所以，要“面子”也可以说并不一定是好事情——但我并非说，人应该“不要脸”。现在说话难，如果主张“非孝”，就有人会说你在煽动打父母，主张男女平等，就有人会说你在提倡乱交——这声明

① 有一国从青岛撤兵，指 1922 年 12 月日本撤走侵占青岛的军队。

是万不可少的。

况且，“要面子”和“不要脸”实在也可以有很难分辨的时候。不是有一个笑话么？一个绅士有钱有势，我假定他叫四大人罢，人们都以能够和他扳谈为荣。有一个专爱夸耀的小瘪三，一天高兴的告诉别人道：“四大人和我讲过话了！”人问他：“说什么呢？”答道：“我站在他门口，四大人出来了，对我说：滚开去！”当然，这是笑话，是形容这人的“不要脸”，但在他本人，是以为“有面子”的，如此的人一多，也就真成为“有面子”了。别的许多人，不是四大人连“滚开去”也不对他说么？

在上海，“吃外国火腿”①虽然还不是“有面子”，却也不算怎么“丢脸”了，然而比起被一个本国的下等人所踢来，又仿佛近于“有面子”。

中国人要“面子”，是好的，可惜的是这“面子”是“圆机活法”，善于变化，于是就和“不要脸”混起来了。长谷川如是闲说“盗泉”②云：“古之君子，恶其名而不饮，今之君子，改其名而饮之。”也说穿了“今之君子”的“面子”的秘密。

十月四日。

---

① “吃外国火腿”，旧时上海俗语，意指被外国人所踢。

② 不饮盗泉，原是中国的故事，见《尸子》（清代章宗源辑本）卷下：“孔子……过于盗泉，渴矣而不饮，恶其名也。”据《水经注》：盗泉出卞城（今山东泗水县东）东北卞山之阴。

论睁了眼看[①]

虚生[②]先生所做的时事短评中，曾有一个这样的题目：《我们应该有正眼看各方面的勇气》(《猛进》十九期)。诚然，必须敢于正视，这才可望敢想，敢说，敢作，敢当。倘使并正视而不敢，此外还能成什么气候。然而，不幸这一种勇气，是我们中国人最所缺乏的。

但现在我所想到的是别一方面——

中国的文人，对于人生，——至少是对于社会现象，向来就多没有正视的勇气。我们的圣贤，本来早已教人"非礼勿视"的了；而这"礼"又非常之严，不但"正视"，连"平视""斜视"也不许。现在青年的精神未可知，在体质，却大半还是弯腰曲背，低眉顺眼，表示着老牌的老成的子弟，驯良的百姓，——至于说对外却有大力量，乃是近一月来的新说，还不知道究竟是如何。

再回到"正视"问题去：先既不敢，后便不能，再后，就自然不视，不见了。一辆汽车坏了，停在马路上，一群人围着呆看，所得的结果是一团乌油油的东西。然而由本身的矛盾或社会的缺陷所生

① 此文最初发表于1925年8月3日《语丝》周刊第38期。

② 虚生，《猛进》周刊主编徐炳昶的笔名。

的苦痛，虽不正视，却要身受的。文人究竟是敏感人物，从他们的作品上看来，有些人确也早已感到不满，可是一到快要显露缺陷的危机一发之际，他们总即刻连说“并无其事”，同时便闭上了眼睛。这闭着的眼睛便看见一切圆满，当前的苦痛不过是“天之将降大任于是人也，必先苦其心志，劳其筋骨，饿其体肤，空乏其身，行拂乱其所为”。于是无问题，无缺陷，无不平，也就无解决，无改革，无反抗。因为凡事总要“团圆”，正无须我们焦躁；放心喝茶，睡觉大吉。再说废话，就有“不合时宜”之咎，免不了要受大学教授的纠正了。呸！

我并未实验过，但有时候想：倘将一位久蛰洞房的老太爷抛在夏天正午的烈日底下，或将不出闺门的千金小姐拖到旷野的黑夜里，大概只好闭了眼睛，暂续他们残存的旧梦，总算并没有遇到暗或光，虽然已经是绝不相同的现实。中国的文人也一样，万事闭眼睛，聊以自欺，而且欺人，那方法是：瞒和骗。

中国婚姻方法的缺陷，才子佳人小说作家早就感到了，他于是使一个才子在壁上题诗，一个佳人便来和，由倾慕——现在就得称恋爱——而至于有“终身之约”。但约定之后，也就有了难关。我们都知道，“私订终身”在诗和戏曲或小说上尚不失为美谈（自然只以与终于中状元的男人私订为限），实际却不容于天下的，仍然免不了要离异。明末的作家便闭上眼睛，并这一层也加以补救了，说是：才子及第，奉旨成婚。“父母之命媒妁之言”经这大帽子来一压，便成了半个铅钱也不值，问题也一点没有了。假使有之，也只在才子的能否中状元，而决不在婚姻制度的良否。

（近来有人以为新诗人的做诗发表，是在出风头，引异性；且迁怒于报章杂志之滥登。殊不知即使无报，墙壁实“古已有之”，早做过发表机关了；据《封神演义》，纣王已曾在女娲庙壁上题诗，那起源实在非常之早。报章可以不取白话，或排斥小诗，墙壁却拆不完，管不及的；倘一律刷成黑色，也还有破磁可划，粉笔可书，真是穷于应付。做诗不刻木板，去藏之名山，却要随时发表，虽然很有流弊，但大概是难以杜绝的罢。）

《红楼梦》中的小悲剧，是社会上常有的事，作者又是比较的敢于实写的，而那结果也并不坏。无论贾氏家业再振，兰桂齐芳，即宝玉自己，也成了个披大红猩猩毡斗篷的和尚。和尚多矣，但披这样阔斗篷的能有几个，已经是“入圣超凡”无疑了。至于别的人们，则早在册子里一一注定，末路不过是一个归结：是问题的结束，不是问题的开头。读者即小有不安，也终于奈何不得。然而后来或续或改，非借尸还魂，即冥中另配，必令“生旦当场团圆”，才肯放手者，乃是自欺欺人的瘾太大，所以看了小小骗局，还不甘心，定须闭眼胡说一通而后快。赫克尔（E. Haeckel）说过：人和人之差，有时比类人猿和原人之差还远。我们将《红楼梦》的续作者和原作者一比较，就会承认这话大概是确实的。

“作善降祥”的古训，六朝人本已有些怀疑了，他们作墓志，竟会说“积善不报，终自欺人”的话。但后来的昏人，却又瞒起来。元刘信将三岁痴儿抛入醮纸火盆，妄希福祐，是见于《元典章》的；剧本《小张屠焚儿救母》却道是为母延命，命得延，儿亦不死了。一女愿侍痼疾之夫，《醒世恒言》中还说终于一同自杀的；后来改作的却道是有蛇坠入药罐里，丈夫服后便全愈了。凡有缺陷，一经作者粉饰，后半便大抵改观，使读者落诬妄中，以为世间委实尽够光明，谁有不幸，便是自作，自受。

有时遇到彰明的史实，瞒不下，如关羽岳飞的被杀，便只好别设骗局了。一是前世已造夙因，如岳飞；一是死后使他成神，如关羽。定命不可逃，成神的善报更满人意，所以杀人者不足责，被杀者也不足悲，冥冥中自有安排，使他们各得其所，正不必别人来费力了。

中国人的不敢正视各方面，用瞒和骗，造出奇妙的逃路来，而自以为正路。在这路上，就证明着国民性的怯弱，懒惰，而又巧滑。一天一天的满足着，即一天一天的堕落着，但却又觉得日见其光荣。在事实上，亡国一次，即添加几个殉难的忠臣，后来每不想光复旧物，而只去赞美那几个忠臣；遭劫一次，即造成一群不辱的烈女，事过之后，也每每不思惩凶，自卫，却只顾歌咏那一群烈女。仿佛亡国遭劫的事，反而给中国人发挥"两间正气"的机会，增高价值，即在此一举，应该一任其至，不足忧悲似的。自然，此上也无可为，因为我们已经借死人获得最上的光荣了。沪汉烈士的追悼会[①]中，活的人们在一块很可景仰的高大的木主下互相打骂，也就是和我们的先辈走着同一的路。

文艺是国民精神所发的火光，同时也是引导国民精神的前途的灯火。这是互为因果的，正如麻油从芝麻榨出，但以浸芝麻，就使它更油。倘以油为上，就不必说；否则，当参入别的东西，或水或碱去。中国人向来因为不敢正视人生，只好瞒和骗，由此也生出瞒和骗的文艺来，由这文艺，更令中国人更深地陷入瞒和骗的大泽中，甚而至于已经自己不觉得。世界日日改变，我们的作家取下假面，真诚地，深入地，大胆地看取人生并且写出他的血和肉来的时候早到了；早就应该有一片崭新的文场，早就应该有几个凶猛

---

① 沪汉烈士的追悼会，1925 年上海五卅惨案发生后，6 月 11 日汉口群众的反帝斗争也遭到英帝国主义及湖北督军萧耀南的镇压。6 月 25 日，北京各界数十万人游行示威，并在天安门召开沪汉烈士追悼会。有人在会场设立一座两丈四尺高的木质灵位，悬挂着 3 丈 6 尺长的挽联，上写"在孔曰成仁在孟曰正命""于礼为国殇于义为鬼雄"；指挥台正中的白布横额上，写有"天地正气"4 个大字。

的闯将！

现在，气象似乎一变，到处听不见歌吟花月的声音了，代之而起的是铁和血的赞颂。然而倘以欺瞒的心，用欺瞒的嘴，则无论说A和O，或Y和Z，一样是虚假的；只可以吓哑了先前鄙薄花月的所谓批评家的嘴，满足地以为中国就要中兴。可怜他在“爱国”的大帽子底下又闭上了眼睛了——或者本来就闭着。

没有冲破一切传统思想和手法的闯将，中国是不会有真的新文艺的。

一九二五年七月二十二日。

我之节烈观[①]

"世道浇漓,人心日下,国将不国"这一类话,本是中国历来的叹声。不过时代不同,则所谓"日下"的事情,也有迁变:从前指的是甲事,现在叹的或是乙事。除了"进呈御览"的东西不敢妄说外,其余的文章议论里,一向就带这口吻。因为如此叹息,不但针砭世人,还可以从"日下"之中,除去自己。所以君子固然相对慨叹,连杀人放火嫖妓骗钱以及一切鬼混的人,也都乘作恶余暇,摇着头说道,"他们人心日下了"。

世风人心这件事,不但鼓吹坏事,可以"日下";即使未曾鼓吹,只是旁观,只是赏玩,只是叹息,也可以叫他"日下"。所以近一年来,居然也有几个不肯徒托空言的人,叹息一番之后,还要想法子来挽救。第一个是康有为,指手画脚的说"虚君共和"才好,陈独秀便斥他不兴;其次是一班灵学派[②]的人,不知何以起了极古奥的思想,要请"孟圣矣乎"的鬼来画策;陈百年钱玄同刘半农又道他胡说。

---

① 此文最初发表于1918年8月北京《新青年》月刊第5卷第2号,署名唐俟。

② 灵学派,1917年10月,俞复、陆费逵等人在上海设盛德坛扶乩,组织灵学会,提倡迷信与复古。

这几篇驳论，都是《新青年》里最可寒心的文章。时候已是二十世纪了；人类眼前，早已闪出曙光。假如《新青年》里，有一篇和别人辩地球方圆的文字，读者见了，怕一定要发怔。然而现今所辩，正和说地体不方相差无几。将时代和事实，对照起来，怎能不教人寒心而且害怕？

近来虚君共和是不提了，灵学似乎还在那里捣鬼，此时却又有一群人，不能满足；仍然摇头说道，“人心日下”了。于是又想出一种挽救的方法；他们叫作“表彰节烈”！

这类妙法，自从君政复古时代①以来，上上下下，已经提倡多年；此刻不过是竖起旗帜的时候。文章议论里，也照例时常出现，都嚷道“表彰节烈”！要不说这件事，也不能将自己提拔，出于“人心日下”之中。

节烈这两个字，从前也算是男子的美德，所以有过“节士”“烈士”的名称。然而现在的“表彰节烈”，却是专指女子，并无男子在内。据时下道德家的意见，来定界说，大约节是丈夫死了，决不再嫁，也不私奔，丈夫死得愈早，家里愈穷，他便节得愈好。烈可是有两种：一种是无论已嫁未嫁，只要丈夫死了，他也跟着自尽；一种是有强暴来污辱他的时候，设法自戕，或者抗拒被杀，都无不可。这也是死得愈惨愈苦，他便烈得愈好，倘若不及抵御，竟受了污辱，然后自戕，便免不了议论。万一幸而遇着宽厚的道德家，有时也可以略迹原情，许他一个烈字。可是文人学士，已经不甚愿意替他作传；就令勉强动笔，临了也不免加上几个“惜夫惜夫”了。

总而言之：女子死了丈夫，便守着，或者死掉；遇了强暴，便死掉；将这类人物，称赞一通，世道人心便好，中国便得救了。大意只

① 君政复古时代，暗指袁世凯阴谋称帝时期。

是如此。

康有为借重皇帝的虚名，灵学家全靠着鬼话。这表彰节烈，却是全权都在人民，大有渐进自力之意了。然而我仍有几个疑问，须得提出。还要据我的意见，给他解答。我又认定这节烈救世说，是多数国民的意思；主张的人，只是喉舌。虽然是他发声，却和四支五官神经内脏，都有关系。所以我这疑问和解答，便是提出于这群多数国民之前。

首先的疑问是：不节烈（中国称不守节作“失节”，不烈却并无成语，所以只能合称他“不节烈”）的女子如何害了国家？照现在的情形，“国将不国”，自不消说：丧尽良心的事故，层出不穷；刀兵盗贼水旱饥荒，又接连而起。但此等现象，只是不讲新道德新学问的缘故，行为思想，全钞旧帐；所以种种黑暗，竟和古代的乱世仿佛，况且政界军界学界商界等等里面，全是男人，并无不节烈的女子夹杂在内。也未必是有权力的男子，因为受了他们蛊惑，这才丧了良心，放手作恶。至于水旱饥荒，便是专拜龙神，迎大王，滥伐森林，不修水利的祸祟，没有新知识的结果；更与女子无关。只有刀兵盗贼，往往造出许多不节烈的妇女。但也是兵盗在先，不节烈在后，并非因为他们不节烈了，才将刀兵盗贼招来。

其次的疑问是：何以救世的责任，全在女子？照着旧派说起来，女子是“阴类”，是主内的，是男子的附属品。然则治世救国，正须责成阳类，全仗外子，偏劳主体。决不能将一个绝大题目，都阁在阴类肩上。倘依新说，则男女平等，义务略同。纵令该担责任，也只得分担。其余的一半男子，都该各尽义务。不特须除去强暴，还应发挥他自己的美德。不能专靠惩劝女子，便算尽了天职。

其次的疑问是：表彰之后，有何效果？据节烈为本，将所有活着的女子，分类起来，大约不外三种：一种是已经守节，应该表彰的人(烈者非死不可,所以除出);一种是不节烈的人;一种是尚未出嫁,或丈夫还在,又未遇见强暴,节烈与否未可知的人。第一种已经很好,正蒙表彰,不必说了。第二种已经不好,中国从来不许忏悔,女子做事一错,补过无及,只好任其羞杀,也不值得说了。最要紧的,只在第三种,现在一经感化,他们便都打定主意道:“倘若将来丈夫死了,决不再嫁;遇着强暴,赶紧自裁!”试问如此立意,与中国男子做主的世道人心,有何关系?这个缘故,已在上文说明。更有附带的疑问是:节烈的人,既经表彰,自是品格最高。但圣贤虽人人可学,此事却有所不能。假如第三种的人,虽然立志极高,万一丈夫长寿,天下太平,他便只好饮恨吞声,做一世次等的人物。

以上是单依旧日的常识,略加研究,便已发见了许多矛盾。若略带二十世纪气息,便又有两层:

一问节烈是否道德?道德这事,必须普遍,人人应做,人人能行,又于自他两利,才有存在的价值。现在所谓节烈,不特除开男子,绝不相干;就是女子,也不能全体都遇着这名誉的机会。所以决不能认为道德,当作法式。上回《新青年》登出的《贞操论》里,已经说过理由。不过贞是丈夫还在,节是男子已死的区别,道理却可类推。只有烈的一件事,尤为奇怪,还须略加研究。

照上文的节烈分类法看来,烈的第一种,其实也只是守节,不过生死不同。因为道德家分类,根据全在死活,所以归入烈类。性质全异的,便是第二种。这类人不过一个弱者(现在的情形,女子还是弱者),突然遇着男性的暴徒,父兄丈夫力不能救,左邻右舍也不帮忙,于是他就死了;或者竟受了辱,仍然死了;或者终于没有死。久而久之,父兄丈夫邻舍,夹着文人学士以及道德家,便渐渐聚集,既不羞自己怯弱无能,也不提暴徒如何惩办,只是七口八嘴,议论他死了没有?受污没有?死了如何好,活着如何不好。于是造出了许多光荣的烈女，和许多被人口诛笔伐的不烈女。只要平心一想，便觉不像人间应有的事情，何况说是道德。

二问多妻主义的男子，有无表彰节烈的资格？替以前的道德家说话，一定是理应表彰。因为凡是男子，便有点与众不同，社会上只配有他的意思。一面又靠着阴阳内外的古典，在女子面前逞能。然而一到现在，人类的眼里，不免见到光明，晓得阴阳内外之说，荒谬绝伦；就令如此，也证不出阳比阴尊贵，外比内崇高的道理。况且社会国家，又非单是男子造成。所以只好相信真理，说是一律平等。既然平等，男女便都有一律应守的契约。男子决不能将自己不守的事，向女子特别要求。若是买卖欺骗贡献的婚姻，则要求生时的贞操，尚且毫无理由。何况多妻主义的男子，来表彰女子的节烈。

以上，疑问和解答都完了。理由如此支离，何以直到现今，居然还能存在？要对付这问题，须先看节烈这事，何以发生，何以通行，何以不生改革的缘故。

古代的社会，女子多当作男人的物品。或杀或吃，都无不可；男人死后，和他喜欢的宝贝，日用的兵器，一同殉葬，更无不可。后来殉葬的风气，渐渐改了，守节便也渐渐发生。但大抵因为寡妇是鬼妻，亡魂跟着，所以无人敢娶，并非要他不事二夫。这样风俗，现在的蛮人社会里还有。中国太古的情形，现在已无从详考。但看周末虽有殉葬，并非专用女人，嫁否也任便，并无什么裁制，便可知道脱离了这宗习俗，为日已久。由汉至唐也并没有鼓吹节烈。直到宋朝，那一班"业儒"的才说出"饿死事小失节事大"的话，看见历史上"重适"①两个字，便大惊小怪起来。出于真心，还是故意，现

① "重适"，即再嫁。

在却无从推测。其时也正是“人心日下，国将不国”的时候，全国士民，多不像样。或者“业儒”的人，想借女人守节的话，来鞭策男子，也不一定。但旁敲侧击，方法本嫌鬼祟，其意也太难分明，后来因此多了几个节妇，虽未可知，然而吏民将卒，却仍然无所感动。于是“开化最早，道德第一”的中国终于归了“长生天气力里大福荫护助里”的什么“薛禅皇帝，完泽笃皇帝，曲律皇帝”了。此后皇帝换过了几家，守节思想倒反发达。皇帝要臣子尽忠，男人便愈要女人守节。到了清朝，儒者真是愈加利害。看见唐人文章里有公主改嫁的话，也不免勃然大怒道，“这是什么事！你竟不为尊者讳，这还了得！”假使这唐人还活着，一定要斥革功名①，“以正人心而端风俗”了。

国民将到被征服的地位，守节盛了；烈女也从此着重。因为女子既是男子所有，自己死了，不该嫁人，自己活着，自然更不许被夺。然而自己是被征服的国民，没有力量保护，没有勇气反抗了，只好别出心裁，鼓吹女人自杀。或者妻女极多的阔人，婢妾成行的富翁，乱离时候，照顾不到，一遇“逆兵”（或是“天兵”），就无法可想。只得救了自己，请别人都做烈女；变成烈女，“逆兵”便不要了。他便待事定以后，慢慢回来，称赞几句。好在男子再娶，又是天经地义，别讨女人，便都完事。因此世上遂有了“双烈合传”，“七姬墓志”，甚而至于钱谦益的集中，也布满了“赵节妇”“钱烈女”的传记和歌颂。

只有自己不顾别人的民情，又是女应守节男子却可多妻的社会，造出如此畸形道德，而且日见精密苛酷，本也毫不足怪。但主

---

① 斥革功名，科举时代应试考中称为得功名，有功名者如犯罪，必先革去功名，才能审判处刑。

张的是男子，上当的是女子。女子本身，何以毫无异言呢？原来“妇者服也”，理应服事于人。教育固可不必，连开口也都犯法。他的精神，也同他体质一样，成了畸形。所以对于这畸形道德，实在无甚意见。就令有了异议，也没有发表的机会。做几首“闺中望月”“园里看花”的诗，尚且怕男子骂他怀春，何况竟敢破坏这“天地间的正气”？只有说部书上，记载过几个女人，因为境遇上不愿守节，据做书的人说：可是他再嫁以后，便被前夫的鬼捉去，落了地狱；或者世人个个唾骂，做了乞丐，也竟求乞无门，终于惨苦不堪而死了！

如此情形，女子便非“服也”不可。然而男子一面，何以也不主张真理，只是一味敷衍呢？汉朝以后，言论的机关，都被“业儒”的垄断了。宋元以来，尤其利害。我们几乎看不见一部非业儒的书，听不到一句非士人的话。除了和尚道士，奉旨可以说话的以外，其余“异端”的声音，决不能出他卧房一步。况且世人大抵受了“儒者柔也”的影响；不述而作，最为犯忌。即使有人见到，也不肯用性命来换真理。即如失节一事，岂不知道必须男女两性，才能实现。他却专责女性；至于破人节操的男子，以及造成不烈的暴徒，便都含糊过去。男子究竟较女性难惹，惩罚也比表彰为难。其间虽有过几个男人，实觉于心不安，说些室女[①]不应守志殉死的平和话，可是社会不听；再说下去，便要不容，与失节的女人一样看待。他便也只好变了“柔也”，不再开口了。所以节烈这事，到现在不生变革。

（此时，我应声明：现在鼓吹节烈派的里面，我颇有知道的人。敢说确有好人在内，居心也好。可是救世的方法是不对，要向西走

① 室女，即未嫁的女子。

了北了。但也不能因为他是好人，便竟能从正西直走到北。所以我又愿他回转身来。）

其次还有疑问：

节烈难么？答道，很难。男子都知道极难，所以要表彰他。社会的公意，向来以为贞淫与否，全在女性。男子虽然诱惑了女人，却不负责任。譬如甲男引诱乙女，乙女不允，便是贞节，死了，便是烈；甲男并无恶名，社会可算淳古。倘若乙女允了，便是失节；甲男也无恶名，可是世风被乙女败坏了！别的事情，也是如此。所以历史上亡国败家的原因，每每归咎女子。糊糊涂涂的代担全体的罪恶，已经三千多年了。男子既然不负责任，又不能自己反省，自然放心诱惑；文人著作，反将他传为美谈。所以女子身旁，几乎布满了危险。除却他自己的父兄丈夫以外，便都带点诱惑的鬼气。所以我说很难。

节烈苦么？答道，很苦。男子都知道很苦，所以要表彰他。凡人都想活；烈是必死，不必说了。节妇还要活着。精神上的惨苦，也姑且弗论。单是生活一层，已是大宗的痛楚。假使女子生计已能独立，社会也知道互助，一人还可勉强生存。不幸中国情形，却正相反。所以有钱尚可，贫人便只能饿死。直到饿死以后，间或得了旌表，还要写入志书。所以各府各县志书传记类的末尾，也总有几卷"烈女"。一行一人，或是一行两人，赵钱孙李，可是从来无人翻读。就是一生崇拜节烈的道德大家，若问他贵县志书里烈女门的前十名是谁？也怕不能说出。其实他是生前死后，竟与社会漠不相关的。所以我说很苦。

照这样说，不节烈便不苦么？答道，也很苦。社会公意，不节烈的女人，既然是下品；他在这社会里，是容不住的。社会上多数古人模模糊糊传下来的道理，实在无理可讲；能用历史和数目的力量，挤死不合意的人。这一类无主名无意识的杀人团里，古来不晓得死了多少人物；节烈的女子，也就死在这里。不过他死后间有一回表彰，写入志书。不节烈的人，便生前也要受随便什么人的唾骂，无主名的虐待。所以我说也很苦。

女子自己愿意节烈么？答道，不愿。人类总有一种理想，一种希望。虽然高下不同，必须有个意义。自他两利固好，至少也得有益本身。节烈很难很苦，既不利人，又不利己。说是本人愿意，实在不合人情。所以假如遇着少年女人，诚心祝赞他将来节烈，一定发怒；或者还要受他父兄丈夫的尊拳。然而仍旧牢不可破，便是被这历史和数目的力量挤着。可是无论何人，都怕这节烈。怕他竟钉到自己和亲骨肉的身上。所以我说不愿。

我依据以上的事实和理由，要断定节烈这事是：极难，极苦，不愿身受，然而不利自他，无益社会国家，于人生将来又毫无意义的行为，现在已经失了存在的生命和价值。

临了还有一层疑问：

节烈这事，现代既然失了存在的生命和价值；节烈的女人，岂非白苦一番么？可以答他说：还有哀悼的价值。他们是可怜人；不幸上了历史和数目的无意识的圈套，做了无主名的牺牲。可以开一个追悼大会。

我们追悼了过去的人，还要发愿：要自己和别人，都纯洁聪明勇猛向上。要除去虚伪的脸谱。要除去世上害己害人的昏迷和强暴。

我们追悼了过去的人，还要发愿：要除去于人生毫无意义的苦痛。要除去制造并赏玩别人苦痛的昏迷和强暴。

我们还要发愿：要人类都受正当的幸福。

一九一八年七月。

在现代中国的孔夫子[①]

新近的上海的报纸，报告着因为日本的汤岛[②]，孔子的圣庙落成了，湖南省主席何键将军就寄赠了一幅向来珍藏的孔子的画像。老实说，中国的一般的人民，关于孔子是怎样的相貌，倒几乎是毫无所知的。自古以来，虽然每一县一定有圣庙，即文庙，但那里面大抵并没有圣像。凡是绘画，或者雕塑应该崇敬的人物时，一般是以大于常人为原则的，但一到最应崇敬的人物，例如孔夫子那样的圣人，却好像连形象也成为亵渎，反不如没有的好。这也不是没有道理的。孔夫子没有留下照相来，自然不能明白真正的相貌，文献中虽然偶有记载，但是胡说白道也说不定。若是从新雕塑的话，则除了任凭雕塑者的空想而外，毫无办法，更加放心不下。于是儒者们也终于只好采取"全部，或全无"的勃兰特式的态度了。

然而倘是画像，却也会间或遇见的。我曾经见过三次：一次是《孔子家语》里的插画；一次是梁启超氏亡命日本时，作为横滨出版的《清议报》上的卷头画，从日本倒输入中国来的；还有一次是刻在汉朝墓石上的孔子见老子的画像。说起从这些图画上所得的孔

① 此文最初发表于1935年6月日本《改造》周刊。
② 汤岛，东京的街名，建有日本最大的孔庙"汤岛圣堂"。

夫子的模样的印象来，则这位先生是一位很瘦的老头子，身穿大袖口的长袍子，腰带上插着一把剑，或者腋下挟着一枝杖，然而从来不笑，非常威风凛凛的。假使在他的旁边侍坐，那就一定得把腰骨挺的笔直，经过两三点钟，就骨节酸痛，倘是平常人，大约总不免急于逃走的了。

后来我曾到山东旅行。在为道路的不平所苦的时候，忽然想到了我们的孔夫子。一想起那具有俨然道貌的圣人，先前便是坐着简陋的车子，颠颠簸簸，在这些地方奔忙的事来，颇有滑稽之感。这种感想，自然是不好的，要而言之，颇近于不敬，倘是孔子之徒，恐怕是决不应该发生的。但在那时候，怀着我似的不规矩的心情的青年，可是多得很。

我出世的时候是清朝的末年，孔夫子已经有了“大成至圣文宣王”这一个阔得可怕的头衔，不消说，正是圣道支配了全国的时代。政府对于读书的人们，使读一定的书，即四书和五经；使遵守一定的注释；使写一定的文章，即所谓“八股文”；并且使发一定的议论。然而这些千篇一律的儒者们，倘是四方的大地，那是很知道的，但一到圆形的地球，却什么也不知道，于是和四书上并无记载的法兰西和英吉利打仗而失败了。不知道为了觉得与其拜着孔夫子而死，倒不如保存自己们之为得计呢，还是为了什么，总而言之，这回是拚命尊孔的政府和官僚先就动摇起来，用官帑大翻起洋鬼子的书籍来了。属于科学上的古典之作的，则有侯失勒的《谈天》，雷侠儿的《地学浅释》，代那的《金石识别》，到现在也还作为那时的遗物，间或躺在旧书铺子里。

然而一定有反动。清末之所谓儒者的结晶，也是代表的大学士徐桐[①]氏出现了。他不但连算学也斥为洋鬼子的学问；他虽然

① 徐桐(1819—1900)，汉军正蓝旗人，清末顽固派官僚。

承认世界上有法兰西和英吉利这些国度，但西班牙和葡萄牙的存在，是决不相信的，他主张这是法国和英国常常来讨利益，连自己也不好意思了，所以随便胡诌出来的国名。他又是一九〇〇年的有名的义和团的幕后的发动者，也是指挥者。但是义和团完全失败，徐桐氏也自杀了。政府就又以为外国的政治法律和学问技术颇有可取之处了。我的渴望到日本去留学，也就在那时候。达了目的，入学的地方，是嘉纳先生所设立的东京的弘文学院；在这里，三泽力太郎先生教我水是氧气和氢气所合成，山内繁雄先生教我贝壳里的什么地方其名为“外套”。这是有一天的事情。学监大久保先生集合起大家来，说：因为你们都是孔子之徒，今天到御茶之水[①]的孔庙里去行礼罢！我大吃了一惊。现在还记得那时心里想，正因为绝望于孔夫子和他的之徒，所以到日本来的，然而又是拜么？一时觉得很奇怪。而且发生这样感觉的，我想决不止我一个人。

但是，孔夫子在本国的不遇，也并不是始于二十世纪的。孟子批评他为“圣之时者也”，倘翻成现代语，除了“摩登圣人”实在也没有别的法。为他自己计，这固然是没有危险的尊号，但也不是十分值得欢迎的头衔。不过在实际上，却也许并不这样子。孔夫子的做定了“摩登圣人”是死了以后的事，活着的时候却是颇吃苦头的。跑来跑去，虽然曾经贵为鲁国的警视总监，而又立刻下野，失业了；并且为权臣所轻蔑，为野人所嘲弄，甚至于为暴民所包围，饿扁了肚子。弟子虽然收了三千名，中用的却只有七十二，然而真可以相信的又只有一个人。有一天，孔夫子愤慨道：“道不行，乘桴浮于海，从我者，其由与？”从这消极的打算上，就可以窥见那消息。然

① 御茶之水，日本东京的地名。汤岛圣堂即在御茶之水车站附近。

而连这一位由，后来也因为和敌人战斗，被击断了冠缨，但真不愧为由呀，到这时候也还不忘记从夫子听来的教训，说道“君子死，冠不免”，一面系着冠缨，一面被人砍成肉酱了。连唯一可信的弟子也已经失掉，孔子自然是非常悲痛的，据说他一听到这信息，就吩咐去倒掉厨房里的肉酱云。

孔夫子到死了以后，我以为可以说是运气比较的好一点。因为他不会噜苏了，种种的权势者便用种种的白粉给他来化妆，一直抬到吓人的高度。但比起后来输入的释迦牟尼来，却实在可怜得很。诚然，每一县固然都有圣庙即文庙，可是一副寂寞的冷落的样子，一般的庶民，是决不去参拜的，要去，则是佛寺，或者是神庙。若向老百姓们问孔夫子是什么人，他们自然回答是圣人，然而这不过是权势者的留声机。他们也敬惜字纸，然而这是因为倘不敬惜字纸，会遭雷殛的迷信的缘故；南京的夫子庙固然是热闹的地方，然而这是因为另有各种玩耍和茶店的缘故。虽说孔子作《春秋》而乱臣贼子惧，然而现在的人们，却几乎谁也不知道一个笔伐了的乱臣贼子的名字。说到乱臣贼子，大概以为是曹操，但那并非圣人所教，却是写了小说和剧本的无名作家所教的。

总而言之，孔夫子之在中国，是权势者们捧起来的，是那些权势者或想做权势者们的圣人，和一般的民众并无什么关系。然而对于圣庙，那些权势者也不过一时的热心。因为尊孔的时候已经怀着别样的目的，所以目的一达，这器具就无用，如果不达呢，那可更加无用了。在三四十年以前，凡有企图获得权势的人，就是希望做官的人，都是读“四书”和“五经”，做“八股”，别一些人就将这些书籍和文章，统名之为“敲门砖”。这就是说，文官考试一及第，这些东西也就同时被忘却，恰如敲门时所用的砖头一样，门一开，这砖头也就被抛掉了。孔子这人，其实是自从死了以后，也总是当着

"敲门砖"的差使的。

一看最近的例子,就更加明白。从二十世纪的开始以来,孔夫子的运气是很坏的,但到袁世凯时代,却又被从新记得,不但恢复了祭典,还新做了古怪的祭服,使奉祀的人们穿起来。跟着这事而出现的便是帝制。然而那一道门终于没有敲开,袁氏在门外死掉了。余剩的是北洋军阀,当觉得渐近末路时,也用它来敲过另外的幸福之门。盘据着江苏和浙江,在路上随便砍杀百姓的孙传芳将军,一面复兴了投壶之礼;钻进山东,连自己也数不清金钱和兵丁和姨太太的数目了的张宗昌将军,则重刻了《十三经》,而且把圣道看作可以由肉体关系来传染的花柳病一样的东西,拿一个孔子后裔的谁来做了自己的女婿。然而幸福之门,却仍然对谁也没有开。

这三个人,都把孔夫子当作砖头用,但是时代不同了,所以都明明白白的失败了。岂但自己失败而已呢,还带累孔子也更加陷入了悲境。他们都是连字也不大认识的人物,然而偏要大谈什么《十三经》之类,所以使人们觉得滑稽;言行也太不一致了,就更加令人讨厌。既已厌恶和尚,恨及袈裟,而孔夫子之被利用为或一目的的器具,也从新看得格外清楚起来,于是要打倒他的欲望,也就越加旺盛。所以把孔子装饰得十分尊严时,就一定有找他缺点的论文和作品出现。即使是孔夫子,缺点总也有的,在平时谁也不理会,因为圣人也是人,本是可以原谅的。然而如果圣人之徒出来胡说一通,以为圣人是这样,是那样,所以你也非这样不可的话,人们可就禁不住要笑起来了。五六年前,曾经因为公演了《子见南子》[1]这剧本,引起过问题,在那个剧本里,有孔夫子登场,以圣人

① 《子见南子》,林语堂作的独幕剧,发表于 1928 年 11 月《奔流》第 1 卷第 6 期。

而论，固然不免略有欠稳重和呆头呆脑的地方，然而作为一个人，倒是可爱的好人物。但是圣裔们非常愤慨，把问题一直闹到官厅里去了。因为公演的地点，恰巧是孔夫子的故乡，在那地方，圣裔们繁殖得非常多，成着使释迦牟尼和苏格拉第都自愧弗如的特权阶级。然而，那也许又正是使那里的非圣裔的青年们，不禁特地要演《子见南子》的原因罢。

中国的一般的民众，尤其是所谓愚民，虽称孔子为圣人，却不觉得他是圣人；对于他，是恭谨的，却不亲密。但我想，能像中国的愚民那样，懂得孔夫子的，恐怕世界上是再也没有的了。不错，孔夫子曾经计划过出色的治国的方法，但那都是为了治民众者，即权势者设想的方法，为民众本身的，却一点也没有。这就是"礼不下庶人"。成为权势者们的圣人，终于变了"敲门砖"，实在也叫不得冤枉。和民众并无关系，是不能说的，但倘说毫无亲密之处，我以为怕要算是非常客气的说法了。不去亲近那毫不亲密的圣人，正是当然的事，什么时候都可以，试去穿了破衣，赤着脚，走上大成殿去看看罢，恐怕会像误进上海的上等影戏院或者头等电车一样，立刻要受斥逐的。谁都知道这是大人老爷们的物事，虽是"愚民"，却还没有愚到这步田地的。

四月二十九日。

我们现在怎样做父亲[①]

我作这一篇文的本意，其实是想研究怎样改革家庭；又因为中国亲权重，父权更重，所以尤想对于从来认为神圣不可侵犯的父子问题，发表一点意见。总而言之：只是革命要革到老子身上罢了。但何以大模大样，用了这九个字的题目呢？这有两个理由：

第一，中国的"圣人之徒"[②]，最恨人动摇他的两样东西。一样不必说，也与我辈绝不相干；一样便是他的伦常，我辈却不免偶然发几句议论，所以株连牵扯，很得了许多"铲伦常""禽兽行"之类的恶名。他们以为父对于子，有绝对的权力和威严；若是老子说话，当然无所不可，儿子有话，却在未说之前早已错了。但祖父子孙，本来各各都只是生命的桥梁的一级，决不是固定不易的。现在的子，便是将来的父，也便是将来的祖。我知道我辈和读者，若不是现任之父，也一定是候补之父，而且也都有做祖宗的希望，所差只在一个时间。为想省却许多麻烦起见，我们便该无须客气，尽可先行占住了上风，摆出父亲的尊严，谈谈我们和我们子女的事；不但将来着手实行，可以减少困难，在中国也顺理成章，免得"圣人之

---

① 此文最初发表于 1919 年 11 月《新青年》第 6 卷第 6 号，署名唐俟。
② "圣人之徒"，这里指当时竭力维护旧道德和旧文学的林琴南等人。

徒”听了害怕，总算是一举两得之至的事了。所以说，“我们怎样做父亲。”

第二，对于家庭问题，我在《新青年》的《随感录》（二五，四十，四九）中，曾经略略说及，总括大意，便只是从我们起，解放了后来的人。论到解放子女，本是极平常的事，当然不必有什么讨论。但中国的老年，中了旧习惯旧思想的毒太深了，决定悟不过来。譬如早晨听到乌鸦叫，少年毫不介意，迷信的老人，却总须颓唐半天。虽然很可怜，然而也无法可救。没有法，便只能先从觉醒的人开手，各自解放了自己的孩子。自己背着因袭的重担，肩住了黑暗的闸门，放他们到宽阔光明的地方去；此后幸福的度日，合理的做人。

还有，我曾经说，自己并非创作者，便在上海报纸的《新教训》里，挨了一顿骂。但我辈评论事情，总须先评论了自己，不要冒充，才能像一篇说话，对得起自己和别人。我自己知道，不特并非创作者，并且也不是真理的发见者。凡有所说所写，只是就平日见闻的事理里面，取了一点心以为然的道理；至于终极究竟的事，却不能知。便是对于数年以后的学说的进步和变迁，也说不出会到如何地步，单相信比现在总该还有进步还有变迁罢了。所以说，“我们现在怎样做父亲。”

我现在心以为然的道理，极其简单。便是依据生物界的现象，一，要保存生命；二，要延续这生命；三，要发展这生命（就是进化）。生物都这样做，父亲也就是这样做。

生命的价值和生命价值的高下，现在可以不论。单照常识判断，便知道既是生物，第一要紧的自然是生命。因为生物之所以为生物，全在有这生命，否则失了生物的意义。生物为保存生命起见，具有种种本能，最显著的是食欲。因有食欲才摄取食品，因有食品才发生温热，保存了生命。但生物的个体，总免不了老衰和死亡，为继续生命起见，又有一种本能，便是性欲。因性欲才有性交，因有性交才发生苗裔，继续了生命。所以食欲是保存自己，保存现在生命的事；性欲是保存后裔，保存永久生命的事。饮食并非罪恶，并非不净；性交也就并非罪恶，并非不净。饮食的结果，养活了自己，对于自己没有恩；性交的结果，生出子女，对于子女当然也算不了恩。——前前后后，都向生命的长途走去，仅有先后的不同，分不出谁受谁的恩典。

可惜的是中国的旧见解，竟与这道理完全相反。夫妇是"人伦之中"，却说是"人伦之始"；性交是常事，却以为不净；生育也是常事，却以为天大的大功。人人对于婚姻，大抵先夹带着不净的思想。亲戚朋友有许多戏谑，自己也有许多羞涩，直到生了孩子，还是躲躲闪闪，怕敢声明；独有对于孩子，却威严十足。这种行径，简直可以说是和偷了钱发迹的财主，不相上下了。我并不是说，——如他们攻击者所意想的，——人类的性交也应如别种动物，随便举行；或如无耻流氓，专做些下流举动，自鸣得意。是说，此后觉醒的人，应该先洗净了东方固有的不净思想，再纯洁明白一些，了解夫妇是伴侣，是共同劳动者，又是新生命创造者的意义。所生的子女，固然是受领新生命的人，但他也不永久占领，将来还要交付子女，像他们的父母一般。只是前前后后，都做一个过付的经手人罢了。

生命何以必需继续呢？就是因为要发展，要进化。个体既然免不了死亡，进化又毫无止境，所以只能延续着，在这进化的路上走。走这路须有一种内的努力，有如单细胞动物有内的努力，积久才会繁复，无脊椎动物有内的努力，积久才会发生脊椎。所以后起的生命，总比以前的更有意义，更近完全，因此也更有价值，更可宝贵；前者的生命，应该牺牲于他。

但可惜的是中国的旧见解，又恰恰与这道理完全相反。本位应在幼者，却反在长者；置重应在将来，却反在过去。前者做了更前者的牺牲，自己无力生存，却苛责后者又来专做他的牺牲，毁灭了一切发展本身的能力。我也不是说，——如他们攻击者所意想的，——孙子理应终日痛打他的祖父，女儿必须时时咒骂他的亲娘。是说，此后觉醒的人，应该先洗净了东方古传的谬误思想，对于子女，义务思想须加多，而权利思想却大可切实核减，以准备改作幼者本位的道德。况且幼者受了权利，也并非永久占有，将来还要对于他们的幼者，仍尽义务。只是前前后后，都做一切过付的经手人罢了。

"父子间没有什么恩"这一个断语，实是招致"圣人之徒"面红耳赤的一大原因。他们的误点，便在长者本位与利己思想，权利思想很重，义务思想和责任心却很轻。以为父子关系，只须"父兮生我"一件事，幼者的全部，便应为长者所有。尤其堕落的，是因此责望报偿，以为幼者的全部，理该做长者的牺牲。殊不知自然界的安排，却件件与这要求反对，我们从古以来，逆天行事，于是人的能力，十分萎缩，社会的进步，也就跟着停顿。我们虽不能说停顿便要灭亡，但较之进步，总是停顿与灭亡的路相近。

自然界的安排，虽不免也有缺点，但结合长幼的方法，却并无错误。他并不用"恩"，却给与生物以一种天性，我们称他为"爱"。动物界中除了生子数目太多——爱不周到的如鱼类之外，总是挚爱他的幼子，不但绝无利益心情，甚或至于牺牲了自己，让他的将来的生命，去上那发展的长途。

人类也不外此，欧美家庭，大抵以幼者弱者为本位，便是最合于这生物学的真理的办法。便在中国，只要心思纯白，未曾经过"圣人之徒"作践的人，也都自然而然的能发现这一种天性。例如一个村妇哺乳婴儿的时候，决不想到自己正在施恩；一个农夫娶妻的时候，也决不以为将要放债。只是有了子女，即天然相爱，愿他生存；更进一步的，便还要愿他比自己更好，就是进化。这离绝了交换关系利害关系的爱，便是人伦的索子，便是所谓“纲”。倘如旧说，抹煞了“爱”，一味说“恩”，又因此责望报偿，那便不但败坏了父子间的道德，而且也大反于做父母的实际的真情，播下乖剌的种子。有人做了乐府，说是“劝孝”，大意是什么“儿子上学堂，母亲在家磨杏仁，预备回来给他喝，你还不孝么”之类，[1]自以为“拚命卫道”。殊不知富翁的杏酪和穷人的豆浆，在爱情上价值同等，而其价值却正在父母当时并无求报的心思；否则变成买卖行为，虽然喝了杏酪，也不异“人乳喂猪”，无非要猪肉肥美，在人伦道德上，丝毫没有价值了。

所以我现在心以为然的，便只是“爱”。

无论何国何人，大都承认“爱己”是一件应当的事。这便是保存生命的要义，也就是继续生命的根基。因为将来的运命，早在现在决定，故父母的缺点，便是子孙灭亡的伏线，生命的危机。易卜生做的《群鬼》（有潘家洵君译本，载在《新潮》一卷五号）虽然重在男女问题，但我们也可以看出遗传的可怕。欧士华本是要生活，能创作的人，因为父亲的不检，先天得了病毒，中途不能做人了。他又很爱母亲，不忍劳他服侍，便藏着吗啡，想待发作时候，由使女瑞琴帮他吃下，毒杀了自己；可是瑞琴走了。他于是只好托他母亲了。

欧　“母亲，现在应该你帮我的忙了。”

---

① 此言即指 1919 年 3 月 24 日《公言报》所载林琴南作《劝世白话新乐府》的《母送儿》篇。

阿夫人　“我吗?”

欧　“谁能及得上你。”

阿夫人　“我！你的母亲!”

欧　“正为那个。”

阿夫人　“我,生你的人!”

欧　“我不曾教你生我。并且给我的是一种什么日子?我不要他！你拿回去罢!”

这一段描写,实在是我们做父亲的人应该震惊戒惧佩服的;决不能昧了良心,说儿子理应受罪。这种事情,中国也很多,只要在医院做事,便能时时看见先天梅毒性病儿的惨状;而且傲然的送来的,又大抵是他的父母。但可怕的遗传,并不只是梅毒;另外许多精神上体质上的缺点,也可以传之子孙,而且久而久之,连社会都蒙着影响。我们且不高谈人群,单为子女说,便可以说凡是不爱己的人,实在欠缺做父亲的资格。就令硬做了父亲,也不过如古代的草寇称王一般,万万算不了正统。将来学问发达,社会改造时,他们侥幸留下的苗裔,恐怕总不免要受善种学(Eugenics)者的处置。

倘若现在父母并没有将什么精神上体质上的缺点交给子女,又不遇意外的事,子女便当然健康,总算已经达到了继续生命的目的。但父母的责任还没有完,因为生命虽然继续了,却是停顿不得,所以还须教这新生命去发展。凡动物较高等的,对于幼雏,除了养育保护以外,往往还教他们生存上必需的本领。例如飞禽便教飞翔,鸷兽便教搏击。人类更高几等,便也有愿意子孙更进一层的天性。这也是爱,上文所说的是对于现在,这是对于将来。只要思想未遭锢蔽的人,谁也喜欢子女比自己更强,更健康,更聪明高尚,——更幸福;就是超越了自己,超越了过去。超越便须改变,所以子孙对于祖先的事，应该改变，“三年无改于父之道可谓孝矣”，当然是曲说，是退婴的病根。假使古代的单细胞动物，也遵着这教训，那便永远不敢分裂繁复，世界上再也不会有人类了。

幸而这一类教训，虽然害过许多人，却还未能完全扫尽了一切人的天性。没有读过“圣贤书”的人，还能将这天性在名教的斧钺底下，时时流露，时时萌蘖；这便是中国人虽然凋落萎缩，却未灭绝的原因。

所以觉醒的人，此后应将这天性的爱，更加扩张，更加醇化；用无我的爱，自己牺牲于后起新人。开宗第一，便是理解。往昔的欧人对于孩子的误解，是以为成人的预备；中国人的误解，是以为缩小的成人。直到近来，经过许多学者的研究，才知道孩子的世界，与成人截然不同；倘不先行理解，一味蛮做，便大碍于孩子的发达。所以一切设施，都应该以孩子为本位，日本近来，觉悟的也很不少；对于儿童的设施，研究儿童的事业，都非常兴盛了。第二，便是指导。时势既有改变，生活也必须进化；所以后起的人物，一定尤异于前，决不能用同一模型，无理嵌定。长者须是指导者协商者，却不该是命令者。不但不该责幼者供奉自己；而且还须用全副精神，专为他们自己，养成他们有耐劳作的体力，纯洁高尚的道德，广博自由能容纳新潮流的精神，也就是能在世界新潮流中游泳，不被淹没的力量。第三，便是解放。子女是即我非我的人，但既已分立，也便是人类中的人。因为即我，所以更应该尽教育的义务，交给他们自立的能力；因为非我，所以也应同时解放，全部为他们自己所有，成一个独立的人。

这样，便是父母对于子女，应该健全的产生，尽力的教育，完全的解放。

但有人会怕，仿佛父母从此以后，一无所有，无聊之极了。这种空虚的恐怖和无聊的感想，也即从谬误的旧思想发生；倘明白了生物学的真理，自然便会消灭。但要做解放子女的父母，也应预备一种能力。便是自己虽然已经带着过去的色采，却不失独立的本领和精神，有广博的趣味，高尚的娱乐。要幸福么？连你的将来的生命都幸福了。要“返老还童”，要“老复丁”①么？子女便是“复丁”，都已独立而且更好了。这才是完了长者的任务，得了人生的慰安。倘若思想本领，样样照旧，专以“勃谿”②为业，行辈自豪，那便自然免不了空虚无聊的苦痛。

或者又怕，解放之后，父子间要疏隔了。欧美的家庭，专制不及中国，早已大家知道；往者虽有人比之禽兽，现在却连“卫道”的圣徒，也曾替他们辩护，说并无“逆子叛弟”了。因此可知：惟其解放，所以相亲；惟其没有“拘挛”子弟的父兄，所以也没有反抗“拘挛”的“逆子叛弟”。若威逼利诱，便无论如何，决不能有“万年有道之长”。例便如我中国，汉有举孝，唐有孝悌力田科，清末也还有孝廉方正，都能换到官做。父恩谕之于先，皇恩施之于后，然而割股的人物，究属寥寥。足可证明中国的旧学说旧手段，实在从古以来，并无良效，无非使坏人增长些虚伪，好人无端的多受些人我都无利益的苦痛罢了。

独有“爱”是真的。路粹引孔融说，“父之于子，当有何亲？论其本意，实为情欲发耳。子之于母，亦复奚为，譬如寄物瓶中，出则离矣。”（汉末的孔府上，很出过几个有特色的奇人，不像现在这般冷落，这话也许确是北海先生所说；只是攻击他的偏是路粹和曹操，教人发笑罢了。）虽然也是一种对于旧说的打击，但实于事理不

---

① “老复丁”，从老年回复壮年。语出汉代史游《急就篇》：“长乐无极老复丁。”

② “勃谿”，指婆媳争吵。

合。因为父母生了子女，同时又有天性的爱，这爱又很深广很长久，不会即离。现在世界没有大同，相爱还有差等，子女对于父母，也便最爱，最关切，不会即离。所以疏隔一层，不劳多虑。至于一种例外的人，或者非爱所能钩连。但若爱力尚且不能钩连，那便任凭什么“恩威，名分，天经，地义”之类，更是钩连不住。

或者又怕，解放之后，长者要吃苦了。这事可分两层：第一，中国的社会，虽说“道德好”，实际却太缺乏相爱相助的心思。便是“孝”“烈”这类道德，也都是旁人毫不负责，一味收拾幼者弱者的方法。在这样社会中，不独老者难于生活，即解放的幼者，也难于生活。第二，中国的男女，大抵未老先衰，甚至不到二十岁，早已老态可掬，待到真实衰老，便更须别人扶持。所以我说，解放子女的父母，应该先有一番预备；而对于如此社会，尤应该改造，使他能适于合理的生活。许多人预备着，改造着，久而久之，自然可望实现了。单就别国的往时而言，斯宾塞未曾结婚，不闻他侘傺无聊；瓦特早没有了子女，也居然“寿终正寝”，何况在将来，更何况有儿女的人呢？

或者又怕，解放之后，子女要吃苦了。这事也有两层，全如上文所说，不过一是因为老而无能，一是因为少不更事罢了。因此觉醒的人，愈觉有改造社会的任务。中国相传的成法，谬误很多：一种是锢闭，以为可以与社会隔离，不受影响。一种是教给他恶本领，以为如此才能在社会中生活。用这类方法的长者，虽然也含有继续生命的好意，但比照事理，却决定谬误。此外还有一种，是传授些周旋方法，教他们顺应社会。这与数年前讲“实用主义”的人，因为市上有假洋钱，便要在学校里遍教学生看洋钱的法子之类，同一错误。社会虽然不能不偶然顺应，但决不是正当办法。因为社会不良，恶现象便很多，势不能一一顺应；倘都顺应了，又违反了合理的生活，倒走了进化的路。所以根本方法，只有改良社会。

就实际上说，中国旧理想的家族关系父子关系之类，其实早已崩溃。这也非“于今为烈”，正是“在昔已然”。历来都竭力表彰“五世同堂”，便足见实际上同居的为难；拚命的劝孝，也足见事实上孝子的缺少。而其原因，便全在一意提倡虚伪道德，蔑视了真的人情。我们试一翻大族的家谱，便知道始迁祖宗，大抵是单身迁居，成家立业；一到聚族而居，家谱出版，却已在零落的中途了。况在将来，迷信破了，便没有哭竹，卧冰；医学发达了，也不必尝秽，割股。又因为经济关系，结婚不得不迟，生育因此也迟，或者子女才能自存，父母已经衰老，不及依赖他们供养，事实上也就是父母反尽了义务。世界潮流逼拶着，这样做的可以生存，不然的便都衰落；无非觉醒者多，加些人力，便危机可望较少就是了。

但既如上言，中国家庭，实际久已崩溃，并不如“圣人之徒”纸上的空谈，则何以至今依然如故，一无进步呢？这事很容易解答。第一，崩溃者自崩溃，纠缠者自纠缠，设立者又自设立；毫无戒心，也不想到改革，所以如故。第二，以前的家庭中间，本来常有勃谿，到了新名词流行之后，便都改称“革命”，然而其实也仍是讨嫖钱至于相骂，要赌本至于相打之类，与觉醒者的改革，截然两途。这一类自称“革命”的勃谿子弟，纯属旧式，待到自己有了子女，也决不解放；或者毫不管理，或者反要寻出《孝经》，勒令诵读，想他们“学于古训”，都做牺牲。这只能全归旧道德旧习惯旧方法负责，生物学的真理决不能妄任其咎。

既如上言，生物为要进化，应该继续生命，那便“不孝有三无后为大”，三妻四妾，也极合理了。这事也很容易解答。人类因为无后，绝了将来的生命，虽然不幸，但若用不正当的方法手段，苟延生命而害及人群，便该比一人无后，尤其“不孝”。因为现在的社会，一夫一妻制最为合理，而多妻主义，实能使人群堕落。堕落近于退化，与继续生命的目的，恰恰完全相反。无后只是灭绝了自己，退化状态的有后，便会毁到他人。人类总有些为他人牺牲自己的精神，而况生物自发生以来，交互关联，一人的血统，大抵总与他人有多少关系，不会完全灭绝。所以生物学的真理，决非多妻主义的护符。

总而言之，觉醒的父母，完全应该是义务的，利他的，牺牲的，很不易做；而在中国尤不易做。中国觉醒的人，为想随顺长者解放幼者，便须一面清洁旧账，一面开辟新路。就是开首所说的"自己背着因袭的重担，肩住了黑暗的闸门，放他们到宽阔光明的地方去；此后幸福的度日，合理的做人"。这是一件极伟大的要紧的事，也是一件极困苦艰难的事。

但世间又有一类长者，不但不肯解放子女，并且不准子女解放他们自己的子女；就是并要孙子曾孙都做无谓的牺牲。这也是一个问题；而我是愿意平和的人，所以对于这问题，现在不能解答。

一九一九年十月。

娜拉走后怎样[①]

——一九二三年十二月二十六日在北京女子高等师范学校文艺会讲

我今天要讲的是"娜拉走后怎样?"

伊孛生是十九世纪后半的瑙威的一个文人。他的著作,除了几十首诗之外,其余都是剧本。这些剧本里面,有一时期是大抵含有社会问题的,世间也称作"社会剧",其中有一篇就是《娜拉》。

《娜拉》一名 Ein Puppenheim,中国译作《傀儡家庭》。但 Puppe 不单是牵线的傀儡,孩子抱着玩的人形也是;引申开去,别人怎么指挥,他便怎么做的人也是。娜拉当初是满足地生活在所谓幸福的家庭里的,但是她竟觉悟了:自己是丈夫的傀儡,孩子们又是她的傀儡。她于是走了,只听得关门声,接着就是闭幕。这想来大家都知道,不必细说了。

娜拉要怎样才不走呢?或者说伊孛生自己有解答,就是 Die Frau vom Meer,《海的女人》,中国有人译作《海上夫人》的。这女人是已经结婚的了,然而先前有一个爱人在海的彼岸,一日突然寻来,叫她一同去。她便告知她的丈夫,要和那外来人会面。临末,

---

① 此文最初发表于 1924 年北京女子高等师范学校《文艺会刊》第 6 期。

她的丈夫说，“现在放你完全自由。（走与不走）你能够自己选择，并且还要自己负责任。”于是什么事全都改变，她就不走了。这样看来，娜拉倘也得到这样的自由，或者也便可以安住。

但娜拉毕竟是走了的。走了以后怎样？伊孛生并无解答；而且他已经死了。即使不死，他也不负解答的责任。因为伊孛生是在做诗，不是为社会提出问题来而且代为解答。就如黄莺一样，因为他自己要歌唱，所以他歌唱，不是要唱给人们听得有趣，有益。伊孛生是很不通世故的，相传在许多妇女们一同招待他的筵宴上，代表者起来致谢他作了《傀儡家庭》，将女性的自觉、解放这些事，给人心以新的启示的时候，他却答道，“我写那篇却并不是这意思，我不过是做诗。”

娜拉走后怎样？——别人可是也发表过意见的。一个英国人曾作一篇戏剧，说一个新式的女子走出家庭，再也没有路走，终于堕落，进了妓院了。还有一个中国人，——我称他什么呢？上海的文学家罢，——说他所见的《娜拉》是和现译本不同，娜拉终于回来了。这样的本子可惜没有第二人看见，除非是伊孛生自己寄给他的。但从事理上推想起来，娜拉或者也实在只有两条路：不是堕落，就是回来。因为如果是一匹小鸟，则笼子里固然不自由，而一出笼门，外面便又有鹰，有猫，以及别的什么东西之类；倘使已经关得麻痹了翅子，忘却了飞翔，也诚然是无路可以走。还有一条，就是饿死了，但饿死已经离开了生活，更无所谓问题，所以也不是什么路。

人生最苦痛的是梦醒了无路可以走。做梦的人是幸福的；倘没有看出可走的路，最要紧的是不要去惊醒他。你看，唐朝的诗人李贺，不是困顿了一世的么？而他临死的时候，却对他的母亲说，“阿妈，上帝造成了白玉楼，叫我做文章落成去了。”这岂非明明是一个诳，一个梦？然而一个小的和一个老的，一个死的和一个活的，死的高兴地死去，活的放心地活着。说诳和做梦，在这些时候便见得伟大。所以我想，假使寻不出路，我们所要的倒是梦。

但是，万不可做将来的梦。阿尔志跋绥夫曾经借了他所做的小说，质问过梦想将来的黄金世界的理想家，因为要造那世界，先唤起许多人们来受苦。他说，“你们将黄金世界预约给他们的子孙了，可是有什么给他们自己呢？”有是有的，就是将来的希望。但代价也太大了，为了这希望，要使人练敏了感觉来更深切地感到自己的苦痛，叫起灵魂来目睹他自己的腐烂的尸骸。惟有说诳和做梦，这些时候便见得伟大。所以我想，假使寻不出路，我们所要的就是梦；但不要将来的梦，只要目前的梦。

然而娜拉既然醒了，是很不容易回到梦境的，因此只得走；可是走了以后，有时却也免不掉堕落或回来。否则，就得问：她除了觉醒的心以外，还带了什么去？倘只有一条像诸君一样的紫红的绒绳的围巾，那可是无论宽到二尺或三尺，也完全是不中用。她还须更富有，提包里有准备，直白地说，就是要有钱。

梦是好的；否则，钱是要紧的。

钱这个字很难听，或者要被高尚的君子们所非笑，但我总觉得人们的议论是不但昨天和今天，即使饭前和饭后，也往往有些差别。凡承认饭需钱买，而以说钱为卑鄙者，倘能按一按他的胃，那里面怕总还有鱼肉没有消化完，须得饿他一天之后，再来听他发议论。

所以为娜拉计，钱，——高雅的说罢，就是经济，是最要紧的了。自由固不是钱所能买到的，但能够为钱而卖掉。人类有一个大缺点，就是常常要饥饿。为补救这缺点起见，为准备不做傀儡起见，在目下的社会里，经济权就见得最要紧了。第一，在家应该先获得男女平均的分配；第二，在社会应该获得男女相等的势力。可惜我不知道这权柄如何取得，单知道仍然要战斗；或者也许比要求参政权更要用剧烈的战斗。

要求经济权固然是很平凡的事，然而也许比要求高尚的参政权以及博大的女子解放之类更烦难。天下事尽有小作为比大作为更烦难的。譬如现在似的冬天，我们只有这一件棉袄，然而必须救助一个将要冻死的苦人，否则便须坐在菩提树下冥想普度一切人类的方法去。普度一切人类和救活一人，大小实在相去太远了，然而倘叫我挑选，我就立刻到菩提树下去坐着，因为免得脱下唯一的棉袄来冻杀自己。所以在家里说要参政权，是不至于大遭反对的，一说到经济的平匀分配，或不免面前就遇见敌人，这就当然要有剧烈的战斗。

战斗不算好事情，我们也不能责成人人都是战士，那么，平和的方法也就可贵了，这就是将来利用了亲权来解放自己的子女。中国的亲权是无上的，那时候，就可以将财产平匀地分配子女们，使他们平和而没有冲突地都得到相等的经济权，此后或者去读书，或者去生发，或者为自己去享用，或者为社会去做事，或者去花完，都请便，自己负责任。这虽然也是颇远的梦，可是比黄金世界的梦近得不少了。但第一需要记性。记性不佳，是有益于己而有害于子孙的。人们因为能忘却，所以自己能渐渐地脱离了受过的苦痛，也因为能忘却，所以往往照样地再犯前人的错误。被虐待的儿媳做了婆婆，仍然虐待儿媳；嫌恶学生的官吏，每是先前痛骂官吏的学生；现在压迫子女的，有时也就是十年前的家庭革命者。这也许与年龄和地位都有关系罢，但记性不佳也是一个很大的原因。救济法就是各人去买一本 note-book 来，将自己现在的思想举动都记上，作为将来年龄和地位都改变了之后的参考。假如憎恶孩子要到公园去的时候，取来一翻，看见上面有一条道，“我想到中央公园去”，那就即刻心平气和了。别的事也一样。

世间有一种无赖精神，那要义就是韧性。听说拳匪乱后，天津的青皮，就是所谓无赖者很跋扈，譬如给人搬一件行李，他就要两元，对他说这行李小，他说要两元，对他说道路近，他说要两元，对他说不要搬了，他说也仍然要两元。青皮固然是不足为法的，而那韧性却大可以佩服。要求经济权也一样，有人说这事情太陈腐了，就答道要经济权；说是太卑鄙了，就答道要经济权；说是经济制度就要改变了，用不着再操心，也仍然答道要经济权。

其实，在现在，一个娜拉的出走，或者也许不至于感到困难的，因为这人物很特别，举动也新鲜，能得到若干人们的同情，帮助着生活。生活在人们的同情之下，已经是不自由了，然而倘有一百个娜拉出走，便连同情也减少，有一千一万个出走，就得到厌恶了，断不如自己握着经济权之为可靠。

在经济方面得到自由，就不是傀儡了么？也还是傀儡。无非被人所牵的事可以减少，而自己能牵的傀儡可以增多罢了。因为在现在的社会里，不但女人常作男人的傀儡，就是男人和男人，女人和女人，也相互地作傀儡，男人也常作女人的傀儡，这决不是几个女人取得经济权所能救的。但人不能饿着静候理想世界的到来，至少也得留一点残喘，正如涸辙之鲋，急谋升斗之水一样，就要这较为切近的经济权，一面再想别的法。

如果经济制度竟改革了，那上文当然完全是废话。

然而上文，是又将娜拉当作一个普通的人物而说的，假使她很特别，自己情愿闯出去做牺牲，那就又另是一回事。我们无权去劝诱人做牺牲，也无权去阻止人做牺牲。况且世上也尽有乐于牺牲，乐于受苦的人物。欧洲有一个传说，耶稣去钉十字架时，休息在

Ahasvar 的檐下，Ahasvar 不准他，于是被了咒诅，使他永世不得休息，直到末日裁判的时候。Ahasvar 从此就歇不下，只是走，现在还在走。走是苦的，安息是乐的，他何以不安息呢？虽说背着咒诅，可是大约总该是觉得走比安息还适意，所以始终狂走的罢。

只是这牺牲的适意是属于自己的，与志士们之所谓为社会者无涉。群众，——尤其是中国的，——永远是戏剧的看客。牺牲上场，如果显得慷慨，他们就看了悲壮剧；如果显得觳觫[①]，他们就看了滑稽剧。北京的羊肉铺前常有几个人张着嘴看剥羊，仿佛颇愉快，人的牺牲能给与他们的益处，也不过如此。而况事后走不几步，他们并这一点愉快也就忘却了。

对于这样的群众没有法，只好使他们无戏可看倒是疗救，正无需乎震骇一时的牺牲，不如深沉的韧性的战斗。

可惜中国太难改变了，即使搬动一张桌子，改装一个火炉，几乎也要血；而且即使有了血，也未必一定能搬动，能改装。不是很大的鞭子打在背上，中国自己是不肯动弹的。我想这鞭子总要来，好坏是别一问题，然而总要打到的。但是从那里来，怎么地来，我也是不能确切地知道。

我这讲演也就此完结了。

---

① 觳觫，通作觳觫，恐惧颤抖的样子。

寡妇主义[①]

范源廉先生是现在许多青年所钦仰的;各人有各人的意思,我当然无从推度那些缘由。但我个人所叹服的,是在他当前清光绪末年,首先发明了“速成师范”。一门学术而可以速成,迂执的先生们也许要觉得离奇罢;殊不知那时中国正闹着“教育荒”,所以这正是一宗急赈的款子。半年以后,从日本留学回来的师资就不在少数了,还带着教育上的各种主义,如军国民主义,尊王攘夷主义之类。在女子教育,则那时候最时行,常常听到嚷着的,是贤母良妻主义。

我倒并不一定以为这主义错,愚母恶妻是谁也不希望的。然而现在有几个急进的人们,却以为女子也不专是家庭中物,因而很攻击中国至今还钞了日本旧刊文来教育自己的女子的谬误。人们真容易被听惯的讹传所迷,例如近来有人说:谁是卖国的,谁是只为子孙计的。于是许多人也都这样说。其实如果真能卖国,还该得点更大的利,如果真为子孙计,也还算较有良心,现在的所谓谁者,大抵不过是送国,也何尝想到子孙。这贤母良妻主义也不在例

① 此文最初发表于 1925 年 12 月 20 日《京报》附刊《妇女周刊》周年纪念特写。

外，急进者虽然引以为病，而事实上又何尝有这么一回事；所有的，不过是“寡妇主义”罢了。

这“寡妇”二字，应该用纯粹的中国思想来解释，不能比附欧，美，印度或亚剌伯的；倘要翻成洋文，也决不宜意译或神译，只能译音：Kuofuism。

我生以前不知道怎样，我生以后，儒教却已经颇“杂”了：“奉母命权作道场”者有之，“神道设教”者有之，佩服《文昌帝君功过格》者又有之，我还记得那《功过格》，是给“谈人闺阃”者以很大的罚。我未出户庭，中国也未有女学校以前不知道怎样，自从我涉足社会，中国也有了女校，却常听到读书人谈论女学生的事，并且照例是坏事。有时实在太谬妄了，但倘若指出它的矛盾，则说的听的都大不悦，仇恨简直是“若杀其父兄”。这种言动，自然也许是合于“儒行”的罢，因为圣道广博，无所不包；或者不过是小节，不要紧的。

我曾经也略略猜想过这些谣诼的由来：反改革的老先生，色情狂气味的幻想家，制造流言的名人，连常识也没有或别有作用的新闻访事和记者，被学生赶走的校长和教员，谋做校长的教育家，跟着一犬而群吠的邑犬……。但近来却又发见了一种另外的，是：“寡妇”或“拟寡妇”的校长及舍监[①]。

这里所谓“寡妇”，是指和丈夫死别的；所谓“拟寡妇”，是指和丈夫生离以及不得已而抱独身主义的。

中国的女性出而在社会上服务，是最近才有的，但家族制度未曾改革，家务依然纷繁，一经结婚，即难于兼做别的事。于是社会上的事业，在中国，则大抵还只有教育，尤其是女子教育，便多半落

① 此处指当时北京女子师范大学校长杨荫榆和舍监秦竹平一类人。

在上文所说似的独身者的掌中。这在先前，是道学先生所占据的，继而以顽固无识等恶名失败，她们即以曾受新教育，曾往国外留学，同是女性等好招牌，起而代之。社会上也因为她们并不与任何男性相关，又无儿女系累，可以专心于神圣的事业，便漫然加以信托。但从此而青年女子之遭灾，就远在于往日在道学先生治下之上了。

即使是贤母良妻，即使是东方式，对于夫和子女，也不能说可以没有爱情。爱情虽说是天赋的东西，但倘没有相当的刺戟和运用，就不发达。譬如同是手脚，坐着不动的人将自己的和铁匠挑夫的一比较，就非常明白。在女子，是从有了丈夫，有了情人，有了儿女，而后真的爱情才觉醒的；否则，便潜藏着，或者竟会萎落，甚且至于变态。所以托独身者来造贤母良妻，简直是请盲人骑瞎马上道，更何论于能否适合现代的新潮流。自然，特殊的独身的女性，世上也并非没有，如那过去的有名的数学家 Sophie Kowalewsky，现在的思想家 Ellen Key 等；但那是一则欲望转了向，一则思想已经透澈的。然而当学士会院以奖金表彰 Kowalewsky 的学术上的名誉时，她给朋友的信里却有这样的话："我收到各方面的贺信。运命的奇异的讥刺呀，我从来没有感到过这样的不幸。"

至于因为不得已而过着独身生活者，则无论男女，精神上常不免发生变化，有着执拗猜疑阴险的性质者居多。欧洲中世的教士，日本维新前的御殿女中（女内侍），中国历代的宦官，那冷酷险狠，都超出常人许多倍。别的独身者也一样，生活既不合自然，心状也就大变，觉得世事都无味，人物都可憎，看见有些天真欢乐的人，便生恨恶。尤其是因为压抑性欲之故，所以于别人的性底事件就敏感，多疑；欣羡，因而妒嫉。其实这也是势所必至的事：为社会所逼迫，表面上固不能不装作纯洁，但内心却终于逃不掉本能之力的牵掣，不自主地蠢动着缺憾之感的。

然而学生是青年，只要不是童养媳或继母治下出身，大抵涉世不深，觉得万事都有光明，思想言行，即与此辈正相反。此辈倘能回忆自己的青年时代，本来就可以了解的。然而天下所多的是愚妇人，那里能想到这些事；始终用了她多年炼就的眼光，观察一切：见一封信，疑心是情书了；闻一声笑，以为是怀春了；只要男人来访，就是情夫；为什么上公园呢，总该是赴密约。被学生反对，专一运用这种策略的时候不待言，虽在平时，也不免如此。加以中国本是流言的出产地方，“正人君子”也常以这些流言作谈资，扩势力，自造的流言尚且奉为至宝，何况是真出于学校当局者之口的呢，自然就更有价值地传布起来了。

我以为在古老的国度里，老于世故者和许多青年，在思想言行上，似乎有很远的距离，倘观以一律的眼光，结果即往往谬误。譬如中国有许多坏事，各有专名，在书籍上又偏多关于它的别名和隐语。当我编辑周刊时，所收的文稿中每有直犯这些别名和隐语的；在我，是向来避而不用。但细一查考，作者实茫无所知，因此也坦然写出；其咎却在中国的坏事的别名隐语太多，而我亦太有所知道、疑虑及避忌。看这些青年，仿佛中国的将来还有光明；但再看所谓学士大夫，却又不免令人气塞。他们的文章或者古雅，但内心真是干净者有多少。即以今年的士大夫的文言而论，章士钊呈文中的“荒学逾闲恣为无忌”“两性衔接之机缄缔构”“不受检制竟体忘形”“谨愿者尽丧所守”等……可谓臻媟黩之极致了。但其实，被侮辱的青年学生们是不懂的；即使仿佛懂得，也大概不及我读过一些古文者的深切地看透作者的居心。

言归正传罢。因为人们因境遇而思想性格能有这样不同，所以在寡妇或拟寡妇所办的学校里，正当的青年是不能生活的。青年应当天真烂漫，非如她们的阴沉，她们却以为中邪了；青年应当有朝气，敢作为，非如她们的萎缩，她们却以为不安本分了：都有罪。只有极和她们相宜，——说得冠冕一点罢，就是极其“婉顺”的，以她们为师法，使眼光呆滞，面肌固定，在学校所化成的阴森的家庭里屏息而行，这才能敷衍到毕业；拜领一张纸，以证明自己在这里被多年陶冶之余，已经失了青春的本来面目，成为精神上的“未字先寡”①的人物，自此又要到社会上传布此道去了。

虽然是中国，自然也有一些解放之机，虽然是中国妇女，自然也有一些自立的倾向；所可怕的是幸而自立之后，又转而凌虐还未自立的人，正如童养媳一做婆婆，也就像她的恶姑一样毒辣。我并非说凡在教育界的独身女子，一定都得去配一个男人，无非愿意她们能放开思路，再去较为远大地加以思索；一面，则希望留心教育者，想到这事乃是一个女子教育上的大问题，而有所挽救，因为我知道凡有教育学家，是决不肯说教育是没有效验的。大约中国此后这种独身者还要逐渐增加，倘使没有善法补救，则寡妇主义教育的声势，也就要逐渐浩大，许多女子，都要在那冷酷险狠的陶冶之下，失其活泼的青春，无法复活了。全国受过教育的女子，无论已嫁未嫁，有夫无夫，个个心如古井，脸若严霜，自然倒也怪好看的罢，但究竟也太不像真要人模样地生活下去了；为他帖身的使女，亲生的女儿着想，倒是还在其次的事。

我是不研究教育的，但这种危害，今年却因为或一机会，深切地感到了，所以就趁《妇女周刊》征文的机会，将我的所感说出。

一九二五年十一月二十三日。

---

① “未字先寡”，即在未许婚时心情就已同寡妇一样。旧时女子许婚叫“字”。

“题未定”草(六至九)[①]

六

记得T君曾经对我谈起过：我的《集外集》出版之后，施蛰存先生曾在什么刊物上有过批评，以为这本书不值得付印，最好是选一下。我至今没有看到那刊物；但从施先生的推崇《文选》和手定《晚明二十家小品》的功业，以及自标“言行一致”的美德推测起来，这也正像他的话。好在我现在并不要研究他的言行，用不着多管这些事。

《集外集》的不值得付印，无论谁说，都是对的。其实岂只这一本书，将来重开四库馆时，恐怕我的一切译作，全在排除之列；虽是现在，天津图书馆的目录上，在《呐喊》和《彷徨》之下，就注着一个“销”字，“销”者，销毁之谓也；梁实秋教授充当什么图书馆主任时，听说也曾将我的许多译作驱逐出境。但从一般的情形而论，目前的出版界，却实在并不十分谨严，所以印了我的一本《集外集》，似乎也算不得怎么特别糟蹋了纸墨。至于选本，我倒以为是弊多利少的，记得前年就写过一篇《选本》，说明着自己的意见，后来就收

① 此文六、七两节最初发表于1936年1月上海《海燕》月刊第1期，八、九两节最初发表于同年2月《海燕》第2期。

在《集外集》中。

自然，如果随便玩玩，那是什么选本都可以的，《文选》好，《古文观止》也可以。不过倘要研究文学或某一作家，所谓"知人论世"，那么，足以应用的选本就很难得。选本所显示的，往往并非作者的特色，倒是选者的眼光。眼光愈锐利，见识愈深广，选本固然愈准确，但可惜的是大抵眼光如豆，抹杀了作者真相的居多，这才是一个"文人浩劫"。例如蔡邕，选家大抵只取他的碑文，使读者仅觉得他是典重文章的作手，必须看见《蔡中郎集》里的《述行赋》（也见于《续古文苑》），那些"穷工巧于台榭兮，民露处而寝湿，委嘉谷于禽兽兮，下糠秕而无粒"（手头无书，也许记错，容后订正）的句子，才明白他并非单单的老学究，也是一个有血性的人，明白那时的情形，明白他确有取死之道。又如被选家录取了《归去来辞》和《桃花源记》，被论客赞赏着"采菊东篱下，悠然见南山"的陶潜先生，在后人的心目中，实在飘逸得太久了，但在全集里，他却有时很摩登，"愿在丝而为履，附素足以周旋，悲行止之有节，空委弃于床前"，竟想摇身一变，化为"阿呀呀，我的爱人呀"的鞋子，虽然后来自说因为"止于礼义"，未能进攻到底，但那些胡思乱想的自白，究竟是大胆的。就是诗，除论客所佩服的"悠然见南山"之外，也还有"精卫衔微木，将以填沧海，形天舞干戚，猛志固常在"之类的"金刚怒目"式，在证明着他并非整天整夜的飘飘然。这"猛志固常在"和"悠然见南山"的是一个人，倘有取舍，即非全人，再加抑扬，更离真实。譬如勇士，也战斗，也休息，也饮食，自然也性交，如果只取他末一点，画起像来，挂在妓院里，尊为性交大师，那当然也不能说是毫无根据的，然而，岂不冤哉！我每见近人的称引陶渊明，往往不禁为古人惋惜。

这也是关于取用文学遗产的问题，潦倒而至于昏聩的人，凡是好的，他总归得不到。前几天，看见《时事新报》的《青光》上，引过林语堂先生的话，原文抛掉了，大意是说：老庄是上流，泼妇骂街之类是下流，他都要看，只有中流，剽上窃下，最无足观。如果我所记忆的并不错，那么，这真不但宣告了宋人语录，明人小品，下至《论语》《人间世》《宇宙风》这些“中流”作品的死刑，也透彻的表白了其人的毫无自信。不过这还是空腹高心之谈，因为虽是“中流”，也并不一概，即使同是剽窃，有取了好处的，有取了无用之处的，有取了坏处的，到得“中流”的下流，他就连剽窃也不会，“老庄”不必说了，虽是明清的文章，又何尝真的看得懂。

标点古文，不但使应试的学生为难，也往往害得有名的学者出丑，乱点词曲，拆散骈文的美谈，已经成为陈迹，也不必回顾了；今年出了许多廉价的所谓珍本书，都有名家标点，关心世道者愁然忧之，以为足煽复古之焰。我却没有这么悲观，化国币一元数角，买了几本，既读古之中流的文章，又看今之中流的标点；今之中流，未必能懂古之中流的文章的结论，就从这里得来的。

例如罢，——这种举例，是很危险的，从古到今，文人的送命，往往并非他的什么“意德沃罗基”①的悖谬，倒是为了个人的私仇居多。然而这里仍得举，因为写到这里，必须有例，所谓“箭在弦上，不得不发”者是也。但经再三忖度，决定“姑隐其名”，或者得免于难欤，这是我在利用中国人只顾空面子的缺点。

例如罢，我买的“珍本”之中，有一本是张岱的《琅嬛文集》，“特印本实价四角”；据“乙亥十月，卢前冀野父”跋，是“化峭僻之途为康庄”的，但照标点看下去，却并不十分“康庄”。标点，对于五言或七言诗最容易，不必文学家，只要数学家就行，乐府就不大“康庄”

① “意德沃罗基”，德语音译，意即“意识形态”。

了，所以卷三的《景清刺》里，有了难懂的句子：

“……佩铅刀。藏膝髁。太史奏。机谋破。不称王向前。坐对御衣含血唾。……”

琅琅可诵，韵也押的，不过“不称王向前”这一句总有些费解。看看原序，有云：“清知事不成。跃而询上。大怒曰。毋谓我王。即王敢尔耶。清曰。今日之号。尚称王哉。命抉其齿。王且询。则含血前。淰御衣。上益怒。剥其肤。……”（标点悉遵原本）那么，诗该是“不称王，向前坐”了，“不称王”者，“尚称王哉”也；“向前坐”者，“则含血前”也。而序文的“跃而询上。大怒曰”，恐怕也该是“跃而询。上大怒曰”才合式，据作文之初阶，观下文之“上益怒”，可知也矣。

纵使明人小品如何“本色”，如何“性灵”，拿它乱玩究竟还是不行的，自误事小，误人可似乎不大好。例如卷六的《琴操》《脊令操》序里，有这样的句子：

“秦府僚属。劝秦王世民。行周公之事。伏兵玄武门。射杀建成元吉魏征。伤亡作。”

文章也很通，不过一翻《唐书》，就不免觉得魏征实在射杀得冤枉，他其实是秦王世民做了皇帝十七年之后，这才病死的。所以我们没有法，这里只好点作“射杀建成元吉，魏征伤亡作”。明明是张岱作的《琴操》，怎么会是魏征作呢，索性也将他射杀干净，固然不能说没有道理，不过“中流”文人，是常有拟作的，例如韩愈先生，就替周文王说过“臣罪当诛兮天王圣明”，所以在这里，也还是以“魏征伤亡作”为稳当。

我在这里也犯了“文人相轻”罪，其罪状曰“吹毛求疵”。但我想“将功折罪”的，是证明了有些名人，连文章也看不懂，点不断，如果选起文章来，说这篇好，那篇坏，实在不免令人有些毛骨悚然，所以认真读书的人，一不可倚仗选本，二不可凭信标点。

七

还有一样最能引读者入于迷途的，是“摘句”。它往往是衣裳上撕下来的一块绣花，经摘取者一吹嘘或附会，说是怎样超然物外，与尘浊无干，读者没有见过全体，便也被他弄得迷离惝恍。最显著的便是上文说过的“悠然见南山”的例子，忘记了陶潜的《述酒》和《读山海经》等诗，捏成他单是一个飘飘然，就是这摘句作怪。新近在《中学生》的十二月号上，看见了朱光潜先生的《说“曲终人不见，江上数峰青”》的文章，推这两句为诗美的极致，我觉得也未免有以割裂为美的小疵。他说的好处是：

> “我爱这两句诗，多少是因为它对于我启示了一种哲学的意蕴。‘曲终人不见’所表现的是消逝，‘江上数峰青’所表现的是永恒。可爱的乐声和奏乐者虽然消逝了，而青山却巍然如旧，永远可以让我们把心情寄托在它上面。人到底是怕凄凉的，要求伴侣的。曲终了，人去了，我们一霎时以前所游目骋怀的世界猛然间好像从脚底倒塌去了。这是人生最难堪的一件事，但是一转眼间我们看到江上青峰，好像又找到另一个可亲的伴侣，另一个可托足的世界，而且它永远是在那里的。‘山穷水尽疑无路，柳暗花明又一村’，此种风味似之。不仅如此，人和曲果真消逝了么；这一曲缠绵悱恻的音乐没有惊动山灵？它没有传出江上青峰的妩媚和严肃？它没有深深地印在这妩媚和严肃里面？反正青山和湘灵的瑟声已发生这么一回

的因缘，青山永在，瑟声和鼓瑟的人也就永在了。”

这确已说明了他的所以激赏的原因。但也没有尽。读者是种种不同的，有的爱读《江赋》和《海赋》，有的欣赏《小园》或《枯树》。后者是徘徊于有无生灭之间的文人，对于人生，既惮扰攘，又怕离去，懒于求生，又不乐死，实有太板，寂绝又太空，疲倦得要休息，而休息又太凄凉，所以又必须有一种抚慰。于是“曲终人不见”之外，如“只在此山中，云深不知处”或“笙歌归院落，灯火下楼台”之类，就往往为人所称道。因为眼前不见，而远处却在，如果不在，便悲哀了，这就是道士之所以说“至心归命礼，玉皇大天尊！”也。

抚慰劳人的圣药，在诗，用朱先生的话来说，是“静穆”：

“艺术的最高境界都不在热烈。就诗人之所以为人而论，他所感到的欢喜和愁苦也许比常人所感到的更加热烈。就诗人之所以为诗人而论，热烈的欢喜或热烈的愁苦经过诗表现出来以后，都好比黄酒经过长久年代的储藏，失去它的辣性，只剩一味醇朴。我在别的文章里曾经说过这一段话：‘懂得这个道理，我们可以明白古希腊人何以把和平静穆看作诗的极境，把诗神亚波罗摆在蔚蓝的山巅，俯瞰众生扰攘，而眉宇间却常如作甜蜜梦，不露一丝被扰动的神色？’这里所谓‘静穆’(Serenity)自然只是一种最高理想，不是在一般诗里所能找得到的。古希腊——尤其是古希腊的造形艺术——常使我们觉到这种‘静穆’的风味。‘静穆’是一种豁然大悟，得到归依的心情。它好比低眉默想的观音大士，超一切忧喜，同时你也可说它泯化一切忧喜。这种境界在中国诗里不多见。屈原阮籍李白杜甫都不免有些像金刚怒目，愤愤不平的样子。陶潜浑身是‘静穆’，所以他伟大。”

古希腊人，也许把和平静穆看作诗的极境的罢，这一点我毫无知识。但以现存的希腊诗歌而论，荷马的史诗，是雄大而活泼的，沙乎的恋歌，是明白而热烈的，都不静穆。我想，立“静穆”为诗的极境，而此境不见于诗，也许和立蛋形为人体的最高形式，而此形终不见于人一样。至于亚波罗之在山巅，那可因为他是“神”的缘故，无论古今，凡神像，总是放在较高之处的。这像，我曾见过照相，睁着眼睛，神清气爽，并不像“常如作甜蜜梦”。不过看见实物，是否“使我们觉到这种‘静穆’的风味”，在我可就很难断定了，但是，倘使真的觉得，我以为也许有些因为他“古”的缘故。

我也是常常徘徊于雅俗之间的人，此刻的话，很近于大煞风景，但有时却自以为颇“雅”的：间或喜欢看看古董。记得十多年前，在北京认识了一个土财主，不知怎么一来，他也忽然“雅”起来了，买了一个鼎，据说是周鼎，真是土花斑驳，古色古香。而不料过不几天，他竟叫铜匠把它的土花和铜绿擦得一干二净，这才摆在客厅里，闪闪的发着铜光。这样的擦得精光的古铜器，我一生中还没有见过第二个。一切“雅士”，听到的无不大笑，我在当时，也不禁由吃惊而失笑了，但接着就变成肃然，好像得了一种启示。这启示并非“哲学的意蕴”，是觉得这才看见了近于真相的周鼎。鼎在周朝，恰如碗之在现代，我们的碗，无整年不洗之理，所以鼎在当时，一定是干干净净，金光灿烂的，换了术语来说，就是它并不“静穆”，倒有些“热烈”。这一种俗气至今未脱，变化了我衡量古美术的眼光，例如希腊雕刻罢，我总以为它现在之见得“只剩一味醇朴”者，原因之一，是在曾埋土中，或久经风雨，失去了锋棱和光泽的缘故，雕造的当时，一定是崭新，雪白，而且发闪的，所以我们现在所见的希腊之美，其实并不准是当时希腊人之所谓美，我们应该悬想它是一件新东西。

凡论文艺，虚悬了一个“极境”，是要陷入“绝境”的，在艺术，会迷惘于土花，在文学，则被拘迫而“摘句”。但“摘句”又大足以困人，所以朱先生就只能取钱起的两句，而踢开他的全篇，又用这两句来概括作者的全人，又用这两句来打杀了屈原、阮籍、李白、杜甫等辈，以为“都不免有些像金刚怒目，愤愤不平的样子”。其实是他们四位，都因为垫高朱先生的美学说，做了冤屈的牺牲的。

我们现在先来看一看钱起的全篇罢：

“省试湘灵鼓瑟

善鼓云和瑟，常闻帝子灵。冯夷空自舞，楚客不堪听。

苦调凄金石，清音入杳冥。苍梧来怨慕，白芷动芳馨。

流水传湘浦，悲风过洞庭。曲终人不见，江上数峰青。”

要证成“醇朴”或“静穆”，这全篇实在是不宜称引的，因为中间的四联，颇近于所谓“衰飒”。但没有上文，末两句便显得含胡，不过这含胡，却也许又是称引者之所谓超妙。现在一看题目，便明白“曲终”者结“鼓瑟”，“人不见”者点“灵”字，“江上数峰青”者做“湘”字，全篇虽不失为唐人的好试帖，但末两句也并不怎么神奇了。况且题上明说是“省试”，当然不会有“愤愤不平的样子”，假使屈原不和椒兰[①]吵架，却上京求取功名，我想，他大约也不至于在考卷上大发牢骚的，他首先要防落第。

我们于是应该再来看看这《湘灵鼓瑟》的作者的另外的诗了。但我手头也没有他的诗集，只有一部《大历诗略》，也是迂夫子的选本，不过篇数却不少，其中有一首是：

“下第题长安客舍

---

① 椒兰，指楚大夫子椒和楚怀王少子子兰。

不遂青云望，愁看黄鸟飞。梨花寒食夜，客子未春衣。
世事随时变，交情与我违。空余主人柳，相见却依依。”

一落第，在客栈的墙壁上题起诗来，他就不免有些愤愤了，可见那一首《湘灵鼓瑟》，实在是因为题目，又因为省试，所以只好如此圆转活脱。他和屈原、阮籍、李白、杜甫四位，有时都不免是怒目金刚，但就全体而论，他长不到丈六①。

世间有所谓“就事论事”的办法，现在就诗论诗，或者也可以说是无碍的罢。不过我总以为倘要论文，最好是顾及全篇，并且顾及作者的全人，以及他所处的社会状态，这才较为确凿。要不然，是很容易近乎说梦的。但我也并非反对说梦，我只主张听者心里明白所听的是说梦，这和我劝那些认真的读者不要专凭选本和标点本为法宝来研究文学的意思，大致并无不同。自己放出眼光看过较多的作品，就知道历来的伟大的作者，是没有一个“浑身是‘静穆’”的。陶潜正因为并非“浑身是‘静穆’，所以他伟大”。现在之所以往往被尊为“静穆”，是因为他被选文家和摘句家所缩小，凌迟了。

八

现在还在流传的古人文集，汉人的已经没有略存原状的了，魏的嵇康，所存的集子里还有别人的赠答和论难，晋的阮籍，集里也有伏义的来信，大约都是很古的残本，由后人重编的。《谢宣城集》虽然只剩了前半部，但有他的同僚一同赋咏的诗。我以为这样的集子最好，因为一面看作者的文章，一面又可以见他和别人的关系，他的作品，比之同咏者，高下如何，他为什么要说那些话……现

① 丈六，佛家语，指佛的身量。

在采取这样的编法的，据我所知道，则《独秀文存》，也附有和所存的“文”相关的别人的文字。

那些了不得的作家，谨严入骨，惜墨如金，要把一生的作品，只删存一个或者三四个字，刻之泰山顶上，“传之其人”，那当然听他自己的便，还有鬼蜮似的“作家”，明明有天兵天将保佑，姓名大可公开，他却偏要躲躲闪闪，生怕他的“作品”和自己的原形发生关系，随作随删，删到只剩下一张白纸，到底什么也没有，那当然也听他自己的便。如果多少和社会有些关系的文字，我以为是都应该集印的，其中当然夹杂着许多废料，所谓“榛楛弗剪”，然而这才是深山大泽。现在已经不像古代，要手抄，要木刻，只要用铅字一排就够。虽说排印，糟蹋纸墨自然也还是糟蹋纸墨的，不过只要一想连杨邨人之流的东西也还在排印，那就无论什么都可以闭着眼睛发出去了。中国人常说“有一利必有一弊”，也就是“有一弊必有一利”：揭起小无耻之旗，固然要引出无耻群，但使谦让者泼刺起来，却是一利。

收回了谦让的人，在实际上也并不少，但又是所谓“爱惜自己”的居多。“爱惜自己”当然并不是坏事情，至少，他不至于无耻，然而有些人往往误认“装点”和“遮掩”为“爱惜”。集子里面，有兼收“少作”的，然而偏去修改一下，在孩子的脸上，种上一撮白胡须；也有兼收别人之作的，然而又大加拣选，决不取谩骂诬蔑的文章，以为无价值。其实是这些东西，一样的和本文都有价值的，即使那力量还不够引出无耻群，但倘和有价值的本文有关，这就是它在当时的价值。中国的史家是早已明白了这一点的，所以历史里大抵有循吏传，隐逸传，却也有酷吏传和佞幸传，有忠臣传，也有奸臣传。因为不如此，便无从知道全般。

而且一任鬼蜮的技俩随时消灭，也不能洞晓反鬼蜮者的人和文章。山林隐逸之作不必论，倘使这作者是身在人间，带些战斗性的，那么，他在社会上一定有敌对。只是这些敌对决不肯自承，时时撒娇道："冤乎枉哉，这是他把我当作假想敌了呀！"可是留心一看，他的确在放暗箭，一经指出，这才改为明枪，但又说这是因为被诬为"假想敌"的报复。所用的技俩，也是决不肯任其流传的，不但事后要它消灭，就是临时也在躲闪；而编集子的人又不屑收录。于是到得后来，就只剩了一面的文章了，无可对比，当时的抗战之作，就都好像无的放矢，独个人在向着空中发疯。我尝见人评古人的文章，说谁是"锋棱太露"，谁又是"剑拔弩张"，就因为对面的文章，完全消灭了的缘故，倘在，是也许可以减去评论家几分懵懂的。所以我以为此后该有博采种种所谓无价值的别人的文章，作为附录的集子。以前虽无成例，却是留给后来的宝贝，其功用与铸了魑魅罔两的形状的禹鼎[①]相同。

就是近来的有些期刊，那无聊、无耻与下流，也是世界上不可多得的物事，然而这又确是现代中国的或一群人的"文学"，现在可以知今，将来可以知古，较大的图书馆，都必须保存的。但记得 C 君曾经告诉我，不但这些，连认真切实的期刊，也保存的很少，大抵只在把外国的杂志，一大本一大本的装起来：还是生着"贵古而贱今，忽近而图远"的老毛病。

九

仍是上文说过的所谓《珍本丛书》之一的张岱《琅嬛文集》，那卷三的书牍类里，有《又与毅儒八弟》的信，开首说：

① 禹鼎，相传夏禹铸九鼎，象征九州。

"前见吾弟选《明诗存》，有一字不似钟谭[①]者，必弃置不取；今几社诸君子盛称王李，痛骂钟谭，而吾弟选法又与前一变，有一字似钟谭者，必弃置不取。钟谭之诗集，仍此诗集，吾弟手眼，仍此手眼，而乃转若飞蓬，捷如影响，何胸无定识，目无定见，口无定评，乃至斯极耶？盖吾弟喜钟谭时，有钟谭之好处，尽有钟谭之不好处，彼盖玉常带璞，原不该尽视为连城；吾弟恨钟谭时，有钟谭之不好处，仍有钟谭之好处，彼盖瑕不掩瑜，更不可尽弃为瓦砾。吾弟勿以几社君子之言，横据胸中，虚心平气，细细论之，则其妍丑自见，奈何以他人好尚为好尚哉！……"

这是分明的画出随风转舵的选家的面目，也指证了选本的难以凭信的。张岱自己，则以为选文造史，须无自己的意见，他在《与李砚翁》的信里说："弟《石匮》一书，泚笔四十余载，心如止水秦铜，并不自立意见，故下笔描绘，妍媸自见，敢言刻划，亦就物肖形而已。……"然而心究非镜，也不能虚，所以立"虚心平气"为选诗的极境，"并不自立意见"为作史的极境者，也像立"静穆"为诗的极境一样，在事实上不可得。数年前的文坛上所谓"第三种人"杜衡辈，标榜超然，实为群丑，不久即本相毕露，知耻者皆羞称之，无待这里多说了；就令自觉不怀他意，屹然中立如张岱者，其实也还是偏倚的。他在同一信中，论东林云：

"……夫东林自顾泾阳讲学以来，以此名目，祸我国家者八九十年，以其党升沉，用占世数兴败，其党盛则为终南之捷径，其党败则为元祐之党碑。……盖东林首事者实多君子，窜

① 钟谭，指明代文学家钟惺（1574—1624）和谭元春（1586—1637）。

入者不无小人，拥戴者皆为小人，招徕者亦有君子，此其间线索甚清，门户甚迥。……东林之中，其庸庸碌碌者不必置论，如贪婪强横之王图，奸险凶暴之李三才，闯贼首辅之项煜，上笺劝进之周钟，以致窜入东林，乃欲俱奉之以君子，则吾臂可断，决不敢徇情也。东林之尤可丑者，时敏之降闯贼曰，'吾东林时敏也'，以冀大用。鲁王监国，蕞尔小朝廷，科道任孔当辈犹曰，'非东林不可进用'。则是东林二字，直与蕞尔鲁国及汝偕亡者。手刃此辈，置之汤镬，出薪真不可不猛也。……"

这真可谓"词严义正"。所举的群小，也都确实的，尤其是时敏，虽在三百年后，也何尝无此等人，真令人惊心动魄。然而他的严责东林，是因为东林党中也有小人，古今来无纯一不杂的君子群，于是凡有党社，必为自谓中立者所不满，就大体而言，是好人多还是坏人多，他就置之不论了。或者还更加一转云：东林虽多君子，然亦有小人，反东林者虽多小人，然亦有正士，于是好像两面都有好有坏，并无不同，但因东林世称君子，故有小人即可丑，反东林者本为小人，故有正士则可嘉，苛求君子，宽纵小人，自以为明察秋毫，而实则反助小人张目。倘说：东林中虽亦有小人，然多数为君子，反东林者虽亦有正士，而大抵是小人。那么，斤量就大不相同了。

谢国桢先生作《明清之际党社运动考》，钩索文籍，用力甚勤，叙魏忠贤两次虐杀东林党人毕，说道："那时候，亲戚朋友，全远远的躲避，无耻的士大夫，早投降到魏党的旗帜底下了。说一两句公道话，想替诸君子帮忙的，只有几个书呆子，还有几个老百姓。"

这说的是魏忠贤使缇骑捕周顺昌，被苏州人民击散的事。诚然，老百姓虽然不读诗书，不明史法，不解在瑜中求瑕，屎里觅道，但能从大概上看，明黑白，辨是非，往往有决非清高通达的士大夫所可几及之处的。刚刚接到本日的《大美晚报》，有“北平特约通讯”，记学生游行，被警察水龙喷射，棍击刀砍，一部分则被闭于城外，使受冻馁，“此时燕冀中学师大附中及附近居民纷纷组织慰劳队，送水烧饼馒头等食物，学生略解饥肠……”谁说中国的老百姓是庸愚的呢，被愚弄诓骗压迫到现在，还明白如此。张岱又说：“忠臣义士多见于国破家亡之际，如敲石出火，一闪即灭，人主不急起收之，则火种绝矣。”（《越绝诗小序》）他所指的“人主”是明太祖，和现在的情景不相符。

石在，火种是不会绝的。但我要重申九年前的主张：不要再请愿！

十二月十八——十九夜。

智识即罪恶[①]

我本来是一个四平八稳，给小酒馆打杂，混一口安稳饭吃的人，不幸认得几个字，受了新文化运动的影响，想求起智识来了。

那时我在乡下，很为猪羊不平；心里想，虽然苦，倘也如牛马一样，可以有一件别的用，那就免得专以卖肉见长了。然而猪羊满脸呆气，终生胡涂，实在除了保持现状之外，没有别的法。所以，诚然，智识是要紧的！

于是我跑到北京，拜老师，求智识。地球是圆的。元质[②]有七十多种。x+y=z。闻所未闻，虽然难，却也以为是人所应该知道的事。

有一天，看见一种日报，却又将我的确信打破了。报上有一位虚无哲学家说：智识是罪恶，赃物……。虚无哲学，多大的权威呵，而说道智识是罪恶。我的智识虽然少，而确实是智识，这倒反而坑了我了。我于是请教老师去。

老师道："呸，你懒得用功，便胡说，走！"

我想："老师贪图束脩罢。智识倒也还不如没有的稳当，可惜

---

① 此文最初发表于1921年10月23日《晨报副刊》，署名风声。

② 元质，即元素。

粘在我脑里，立刻抛不去，我赶快忘了他罢。”

然而迟了。因为这一夜里，我已经死了。

半夜，我躺在公寓的床上，忽而走进两个东西来，一个“活无常”，一个“死有分”①。但我却并不诧异，因为他们正如城隍庙里塑着的一般。然而跟在后面的两个怪物，却使我吓得失声，因为并非牛头马面，而却是羊面猪头！我便悟到，牛马还太聪明，犯了罪，换上这诸公了，这可见智识是罪恶……。我没有想完，猪头便用嘴将我一拱，我于是立刻跌入阴府里，用不着久等烧车马。

到过阴间的前辈先生多说，阴府的大门是有匾额和对联的，我留心看时，却没有，只见大堂上坐着一位阎罗王。希奇，他便是我的隔壁的大富豪朱朗翁。大约钱是身外之物，带不到阴间的，所以一死便成为清白鬼了，只是不知道怎么又做了大官。他只穿一件极俭朴的爱国布的龙袍，但那龙颜却比活的时候胖得多了。

“你有智识么？”朗翁脸上毫无表情的问。

“没……”我是记得虚无哲学家的话的，所以这样答。

“说没有便是有——带去！”

我刚想：阴府里的道理真奇怪……却又被羊角一叉，跌出阎罗殿去了。

其时跌在一坐城池里，其中都是青砖绿门的房屋，门顶上大抵是洋灰做的两个所谓狮子，门外面都挂一块招牌。徜在阳间，每一所机关外总挂五六块牌，这里却只一块，足见地皮的宽裕了。这瞬息间，我又被一位手执钢叉的猪头夜叉用鼻子拱进一间屋子里去，外面有牌额是：

“油豆滑跌小地狱”

---

① “活无常”和“死有分”，都是迷信传说地狱中的勾魂使者。

进得里面，却是一望无边的平地，满铺了白豆拌着桐油。只见无数的人在这上面跌倒又起来，起来又跌倒。我也接连的摔了十二交，头上长出许多疙瘩来。但也有竟在门口坐着躺着，不想爬起，虽然浸得油汪汪的，却毫无一个疙瘩的人，可惜我去问他，他们都瞠着眼不说话。我不知道他们是不听见呢还是不懂，不愿意说呢还是无话可谈。

我于是跌上前去，去问那些正在乱跌的人们。其中的一个道：

"这就是罚智识的，因为智识是罪恶，赃物……。我们还算是轻的呢。你在阳间的时候，怎么不昏一点？……"他气喘吁吁的断续的说。

"现在昏起来罢。"

"迟了。"

"我听得人说，西医有使人昏睡的药，去请他注射去，好么？"

"不成，我正因为知道医药，所以在这里跌，连针也没有了。"

"那么……有专给人打吗啡针的，听说多是没智识的人……我寻他们去。"

在这谈话时，我们本已滑跌了几百交了。我一失望，便更不留神，忽然将头撞在白豆稀薄的地面上。地面很硬，跌势又重，我于是胡里胡涂的发了昏……

呵！自由！我忽而在平野上了，后面是那城，前面望得见公寓。我仍然胡里胡涂的走，一面想：我的妻和儿子，一定已经上京了，他们正围着我的死尸哭呢。我于是扑向我的躯壳去，便直坐起来，他们吓跑了，后来竭力说明，他们才了然，都高兴得大叫道：你还阳了，呵呀，我的老天爷哪……

我这样胡里胡涂的想时，忽然活过来了……

没有我的妻和儿子在身边，只有一个灯在桌上，我觉得自己睡在公寓里。间壁的一位学生已经从戏园回来，正哼着“先帝爷唉唉唉”哩，可见时候是不早了。

这还阳还得太冷静，简直不像还阳，我想，莫非先前也并没有死么？

倘若并没死，那么，朱朗翁也就并没有做阎罗王。

解决这问题，用智识究竟还怕是罪恶，我们还是用感情来决一决罢。

十月二十三日。

论秦理斋夫人事[①]

这几年来，报章上常见有因经济的压迫，礼教的制裁而自杀的记事，但为了这些，便来开口或动笔的人是很少的。只有新近秦理斋夫人[②]及其子女一家四口的自杀，却起过不少的回声，后来还出了一个怀着这一段新闻记事的自杀者，更可见其影响之大了。我想，这是因为人数多。单独的自杀，盖已不足以招大家的青睐了。

一切回声中，对于这自杀的主谋者——秦夫人，虽然也加以恕辞；但归结却无非是诛伐。因为——评论家说——社会虽然黑暗，但人生的第一责任是生存，倘自杀，便是失职，第二责任是受苦，倘自杀，便是偷安。进步的评论家则说人生是战斗，自杀者就是逃兵，虽死也不足以蔽其罪。这自然也说得下去的，然而未免太笼统。

人间有犯罪学者，一派说，由于环境；一派说，由于个人。现在盛行的是后一说，因为倘信前一派，则消灭罪犯，便得改造环境，事情就麻烦，可怕了。而秦夫人自杀的批判者，则是大抵属于后一派。

---

① 此文最初发表于1934年6月1日《申报·自由谈》。

② 秦理斋夫人，即龚尹霞，《申报》馆英文译员秦理斋之妻。

诚然，既然自杀了，这就证明了她是一个弱者。但是，怎么会弱的呢？要紧的是我们须看看她的尊翁的信札，为了要她回去，既耸之以两家的名声，又动之以亡人的乩语。我们还得看看她的令弟的挽联：“妻殉夫，子殉母……”不是大有视为千古美谈之意吗？以生长及陶冶在这样的家庭中的人，又怎么能不成为弱者？我们固然未始不可责以奋斗，但黑暗的吞噬之力，往往胜于孤军，况且自杀的批判者未必就是战斗的应援者，当他人奋斗时，挣扎时，败绩时，也许倒是鸦雀无声了。穷乡僻壤或都会中，孤儿寡妇，贫女劳人之顺命而死，或虽然抗命，而终于不得不死者何限，但曾经上谁的口，动谁的心呢？真是“自经于沟渎而莫之知也”！

人固然应该生存，但为的是进化；也不妨受苦，但为的是解除将来的一切苦；更应该战斗，但为的是改革。责别人的自杀者，一面责人，一面正也应该向驱人于自杀之途的环境挑战，进攻。倘使对于黑暗的主力，不置一辞，不发一矢，而但向“弱者”唠叨不已，则纵使他如何义形于色，我也不能不说——我真也忍不住了——他其实乃是杀人者的帮凶而已。

五月二十四日。

安贫乐道法[1]

孩子是要别人教的，毛病是要别人医的，即使自己是教员或医生。但做人处世的法子，却恐怕要自己斟酌，许多别人开来的良方，往往不过是废纸。

劝人安贫乐道是古今治国平天下的大经络，开过的方子也很多，但都没有十全大补的功效。因此新方子也开不完，新近就看见了两种，但我想：恐怕都不大妥当。

一种是教人对于职业要发生兴趣，一有兴趣，就无论什么事，都乐此不倦了。当然，言之成理的，但到底须是轻松一点的职业。且不说掘煤、挑粪那些事，就是上海工厂里做工至少每天十点的工人，到晚快边就一定筋疲力倦，受伤的事情是大抵出在那时候的。"健全的精神，宿于健全的身体之中"，连自己的身体也顾不转了，怎么还会有兴趣？——除非他爱兴趣比性命还利害。倘若问他们自己罢，我想，一定说是减少工作的时间，做梦也想不到发生兴趣法的。

还有一种是极其彻底的：说是大热天气，阔人还忙于应酬，汗流浃背，穷人却挟了一条破席，铺在路上，脱衣服，浴凉风，其乐无

① 此文最初发表于 1934 年 8 月 16 日《申报·自由谈》。

穷，这叫作“席卷天下”。这也是一张少见的富有诗趣的药方，不过也有煞风景在后面。快要秋凉了，一早到马路上去走走，看见手捧肚子，口吐黄水的就是那些“席卷天下”的前任活神仙。大约眼前有福，偏不去享的大愚人，世上究竟是不多的，如果精穷真是这么有趣，现在的阔人一定首先躺在马路上，而现在的穷人的席子也没有地方铺开来了。

上海中学会考的优良成绩发表了，有《衣取蔽寒食取充腹论》，其中有一段——

“……若德业已立，则虽饔飧不继，捉襟肘见，而其名德足传于后，精神生活，将充分发展，又何患物质生活之不足耶？人生真谛，固在彼而不在此也。……”（由《新语林》第三期转录）

这比题旨更进了一步，说是连不能“充腹”也不要紧的。但中学生所开的良方，对于大学生就不适用，同时还是出现了要求职业的一大群。

事实是毫无情面的东西，它能将空言打得粉碎。有这么的彰明较著，其实，据我的愚见，是大可以不必再玩“之乎者也”了——横竖永远是没有用的。

八月十三日。

记谈话[①]

我昨晚上在校《工人绥惠略夫》，想要另印一回，睡得太迟了，到现在还没有很醒；正在校的时候，忽然想到一些事情，弄得脑子里很混乱，一直到现在还是很混乱，所以今天恐怕不能有什么多的话可说。

提到我翻译《工人绥惠略夫》的历史，倒有点有趣。十二年前，欧洲大混战开始了，后来我们中国也参加战事，就是所谓"对德宣战"；派了许多工人到欧洲去帮忙；以后就打胜了，就是所谓"公理战胜"。中国自然也要分得战利品，——有一种是在上海的德国商人的俱乐部里的德文书，总数很不少，文学居多，都搬来放在午门的门楼上。教育部得到这些书，便要整理一下，分类一下，——其实是他们本来分类好了的，然而有些人以为分得不好，所以要从新分一下。——当时派了许多人，我也是其中的一个。后来，总长要看看那些书是什么书了。怎样看法呢？叫我们用中文将书名译出来，有义译义，无义译音，该撒呀，克来阿派忒拉呀，大马色呀……。每人每月有十块钱的车费，我也拿了百来块钱，因为那时还有一点所谓行政费。这样的儿里古鲁了一年多，花了几千块钱，对德和约

① 此文最初发表于 1926 年 8 月 28 日《语丝》周刊第 94 期。

成立了，后来德国来取还，便仍由点收的我们全盘交付，——也许少了几本罢。至于“克来阿派忒拉”之类，总长看了没有，我可不得而知了。

据我所知道的说，“对德宣战”的结果，在中国有一座中央公园里的“公理战胜”的牌坊，在我就只有一篇这《工人绥惠略夫》的译本，因为那底本，就是从那时整理着的德文书里挑出来的。

那一堆书里文学书多得很，为什么那时偏要挑中这一篇呢？那意思，我现在有点记不真切了。大概，觉得民国以前，以后，我们也有许多改革者，境遇和绥惠略夫很相像，所以借借他人的酒杯罢。然而昨晚上一看，岂但那时，譬如其中的改革者的被迫，代表的吃苦，便是现在，——便是将来，便是几十年以后，我想，还要有许多改革者的境遇和他相像的。所以我打算将它重印一下……。

《工人绥惠略夫》的作者阿尔志跋绥夫是俄国人。现在一提到俄国，似乎就使人心惊胆战。但是，这是大可以不必的，阿尔志跋绥夫并非共产党，他的作品现在在苏俄也并不受人欢迎。听说他已经瞎了眼睛，很在吃苦，那当然更不会送我一个卢布……。总而言之：和苏俄是毫不相干。但奇怪的是有许多事情竟和中国很相像，譬如，改革者，代表者的受苦，不消说了；便是教人要安本分的老婆子，也正如我们的文人学士一般。有一个教员因为不受上司的辱骂而被革职了，她背地里责备他，说他“高傲”得可恶，“你看，我以前被我的主人打过两个嘴巴，可是我一句话都不说，忍耐着。究竟后来他们知道我冤枉了，就亲手赏了我一百卢布。”自然，我们的文人学士措辞决不至于如此拙直，文字也还要华赡得多。

然而绥惠略夫临末的思想却太可怕。他先是为社会做事，社会倒迫害他，甚至于要杀害他，他于是一变而为向社会复仇了，一切是仇仇，一切都破坏。中国这样破坏一切的人还不见有，大约也不会有的，我也并不希望其有。但中国向来有别一种破坏的人，所以我们不去破坏的，便常常受破坏。我们一面被破坏，一面修缮着，辛辛苦苦地再过下去。所以我们的生活，便成了一面受破坏，一面修补，一面受破坏，一面修补的生活了。这个学校，也就是受了杨荫榆章士钊们的破坏之后，修补修补，整理整理，再过下去的。

俄国老婆子式的文人学士也许说，这是"高傲"得可恶了，该得惩罚。这话自然很像不错的，但也不尽然。我的家里还住着一个乡下人，因为战事，她的家没有了，只好逃进城里来。她实在并不"高傲"，也没有反对过杨荫榆，然而她的家没有了，受了破坏。战事一完，她一定要回去的，即使屋子破了，器具抛了，田地荒了，她也还要活下去。她大概只好搜集一点剩下的东西，修补修补，整理整理，再来活下去。

中国的文明，就是这样破坏了又修补，破坏了又修补的疲乏伤残可怜的东西。但是很有人夸耀它，甚至于连破坏者也夸耀它。便是破坏本校的人，假如你派他到万国妇女的什么会里去，请他叙述中国女学的情形，他一定说，我们中国有一个国立北京女子师范大学在。

这真是万分可惜的事，我们中国人对于不是自己的东西，或者将不为自己所有的东西，总要破坏了才快活的。杨荫榆知道要做不成这校长，便文事用文士的"流言"，武功用三河的老妈，总非将一班"毛鸦头"①赶尽杀绝不可。先前我看见记载上说的张献忠屠戮川民的事，我总想不通他是什么意思；后来看到别一本书，这才明白了：他原是想做皇帝的，但是李自成先进北京，做了皇帝了，他便要破坏李自成的帝位。怎样破坏法呢？做皇帝必须有百姓；

① "毛鸦头"，即毛丫头。吴稚晖对女师大学生的蔑称。

他杀尽了百姓，皇帝也就谁都做不成了。既无百姓，便无所谓皇帝，于是只剩了一个李自成，在白地上出丑，宛如学校解散后的校长一般。这虽然是一个可笑的极端的例，但有这一类的思想的，实在并不止张献忠一个人。

我们总是中国人，我们总要遇见中国事，但我们不是中国式的破坏者，所以我们是过着受破坏了又修补，受破坏了又修补的生活。我们的许多寿命白费了。我们所可以自慰的，想来想去，也还是所谓对于将来的希望。希望是附丽于存在的，有存在，便有希望，有希望，便是光明。如果历史家的话不是诳话，则世界上的事物可还没有因为黑暗而长存的先例。黑暗只能附丽于渐就灭亡的事物，一灭亡，黑暗也就一同灭亡了，它不永久。然而将来是永远要有的，并且总要光明起来；只要不做黑暗的附着物，为光明而灭亡，则我们一定有悠久的将来，而且一定是光明的将来。

女人未必多说谎[1]

侍桁先生在《谈说谎》里，以为说谎的原因之一是由于弱，那举证的事实，是："因此为什么女人讲谎话要比男人来得多。"

那并不一定是谎话，可是也不一定是事实。我们确也常常从男人们的嘴里，听说是女人讲谎话要比男人多，不过却也并无实证，也没有统计。叔本华先生痛骂女人，他死后，从他的书籍里发见了医梅毒的药方；还有一位奥国的青年学者，我忘记了他的姓氏，做了一大本书，说女人和谎话是分不开的，然而他后来自杀了。我恐怕他自己正有神经病。

我想，与其说"女人讲谎话要比男人来得多"，不如说"女人被人指为'讲谎话要比男人来得多'的时候来得多"，但是，数目字的统计自然也没有。

譬如罢，关于杨妃，禄山之乱以后的文人就都撒着大谎，玄宗逍遥事外，倒说是许多坏事情都由她，敢说"不闻夏殷衰，中自诛褒妲"的有几个。就是妲己，褒姒，也还不是一样的事？女人的替自己和男人伏罪，真是太长远了。

---

① 此文最初发表于1934年1月12日《申报·自由谈》。

今年是“妇女国货年”①,振兴国货,也从妇女始。不久,是就要挨骂的,因为国货也未必因此有起色,然而一提倡,一责骂,男人们的责任也尽了。

记得某男士有为某女士鸣不平的诗道:“君王城上竖降旗,妾在深宫那得知?二十万人齐解甲,更无一个是男儿!”快哉快哉!

一月八日。

---

① “妇女国货年”,指1933年12月上海市商务等团体邀各界开会,决定1934年为“妇女国货年”,要求妇女增强“爱国救国之观念”,购买国货。

论"人言可畏"[①]

"人言可畏"是电影明星阮玲玉自杀之后，发见于她的遗书中的话。这哄动一时的事件，经过了一通空论，已经渐渐冷落了，只要"玲玉香消记"一停演，就如去年的艾霞[②]自杀事件一样，完全烟消火灭。她们的死，不过像在无边的人海里添了几粒盐，虽然使扯淡的嘴巴们觉得有些味道，但不久也还是淡，淡，淡。

这句话，开初是也曾惹起一点小风波的。有评论者，说是使她自杀之咎，可见也在日报记事对于她的诉讼事件的张扬；不久就有一位记者公开的反驳，以为现在的报纸的地位，舆论的威信，可怜极了，那里还有丝毫主宰谁的运命的力量，况且那些记载，大抵采自经官的事实，绝非捏造的谣言，旧报具在，可以复按。所以阮玲玉的死，和新闻记者是毫无关系的。

这都可以算是真实话。然而——也不尽然。

现在的报章之不能像个报章，是真的；评论的不能逞心而谈，失了威力，也是真的，明眼人决不会过分的责备新闻记者。但是，新闻的威力其实是并未全盘坠地的，它对甲无损，对乙却会有伤；

① 此文最初发表于 1935 年 5 月 20 日《太白》半月刊第 2 卷第 5 期，署名赵令仪。

② 艾霞，当时的电影演员，于 1934 年 2 月自杀。

对强者它是弱者，但对更弱者它却还是强者，所以有时虽然吞声忍气，有时仍可以耀武扬威。于是阮玲玉之流，就成了发扬余威的好材料了，因为她颇有名，却无力。小市民总爱听人们的丑闻，尤其是有些熟识的人的丑闻。上海的街头巷尾的老虔婆，一知道近邻的阿二嫂家有野男人出入，津津乐道，但如果对她讲甘肃的谁在偷汉，新疆的谁在再嫁，她就不要听了。阮玲玉正在现身银幕，是一个大家认识的人，因此她更是给报章凑热闹的好材料，至少也可以增加一点销场。读者看了这些，有的想："我虽然没有阮玲玉那么漂亮，却比她正经"；有的想："我虽然不及阮玲玉的有本领，却比她出身高"；连自杀了之后，也还可以给人想："我虽然没有阮玲玉的技艺，却比她有勇气，因为我没有自杀。"化几个铜元就发见了自己的优胜，那当然是很上算的。但靠演艺为生的人，一遇到公众发生了上述的前两种的感想，她就够走到末路了。所以我们且不要高谈什么连自己也并不了然的社会组织或意志强弱的滥调，先来设身处地的想一想罢，那么，大概就会知道阮玲玉的以为"人言可畏"，是真的，或人的以为她的自杀，和新闻记事有关，也是真的。

但新闻记者的辩解，以为记载大抵采自经官的事实，却也是真的。上海的有些介乎大报和小报之间的报章，那社会新闻，几乎大半是官司已经吃到公安局或工部局去了的案件。但有一点坏习气，是偏要加上些描写，对于女性，尤喜欢加上些描写；这种案件，是不会有名公巨卿在内的，因此也更不妨加上些描写。案中的男人的年纪和相貌，是大抵写得老实的，一遇到女人，可就要发挥才藻了，不是"徐娘半老，风韵犹存"，就是"豆蔻年华，玲珑可爱"。一个女孩儿跑掉了，自奔或被诱还不可知，才子就断定道，"小姑独宿，不惯无郎"，你怎么知道？一个村妇再醮了两回，原是穷乡僻壤的常事，一到才子的笔下，就又赐以大字的题目道，“奇淫不减武则天”，这程度你又怎么知道？这些轻薄句子，加之村姑，大约是并无什么影响的，她不识字，她的关系人也未必看报。但对于一个智识者，尤其是对于一个出到社会上了的女性，却足够使她受伤，更不必说故意张扬，特别渲染的文字了。然而中国的习惯，这些句子是摇笔即来，不假思索的，这时不但不会想到这也是玩弄着女性，并且也不会想到自己乃是人民的喉舌。但是，无论你怎么描写，在强者是毫不要紧的，只消一封信，就会有正误或道歉接着登出来，不过无拳无勇如阮玲玉，可就正做了吃苦的材料了，她被额外的画上一脸花，没法洗刷。叫她奋斗吗？她没有机关报，怎么奋斗；有冤无头，有怨无主，和谁奋斗呢？我们又可以设身处地的想一想，那么，大概就又知她的以为“人言可畏”，是真的，或人的以为她的自杀，和新闻记事有关，也是真的。

然而，先前已经说过，现在的报章的失了力量，却也是真的，不过我以为还没有到达如记者先生所自谦，竟至一钱不值，毫无责任的时候。因为它对于更弱者如阮玲玉一流人，也还有左右她命运的若干力量的，这也就是说，它还能为恶，自然也还能为善。“有闻必录”或“并无能力”的话，都不是向上的负责的记者所该采用的口头禅，因为在实际上，并不如此，——它是有选择的，有作用的。

至于阮玲玉的自杀，我并不想为她辩护。我是不赞成自杀，自己也不预备自杀的。但我的不预备自杀，不是不屑，却因为不能。凡有谁自杀了，现在是总要受一通强毅的评论家的呵斥，阮玲玉当然也不在例外。然而我想，自杀其实是不很容易，决没有我们不预备自杀的人们所渺视的那么轻而易举的。倘有谁以为容易么，那么，你倒试试看！

自然，能试的勇者恐怕也多得很，不过他不屑，因为他有对于社会的伟大的任务。那不消说，更加是好极了，但我希望大家都有一本笔记簿，写下所尽的伟大的任务来，到得有了曾孙的时候，拿出来算一算，看看怎么样。

五月五日。

可恶罪[1]

这是一种新的“世故”。

我以为法律上的许多罪名，都是花言巧语，只消以一语包括之，曰：可恶罪。

譬如，有人觉得一个人可恶，要给他吃点苦罢，就有这样的法子。倘在广州而又是“清党”之前，则可以暗暗地宣传他是无政府主义者。那么，共产青年自然会说他“反革命”，有罪。若在“清党”之后呢，要说他是CP或CY，没有证据，则可以指为“亲共派”。那么，清党委员会[2]自然会说他“反革命”，有罪。再不得已，则只好寻些别的事由，诉诸法律了。但这比较地麻烦。

我先前总以为人是有罪，所以枪毙或坐监的。现在才知道其中的许多，是先因为被人认为“可恶”，这才终于犯了罪。

许多罪人，应该称为“可恶的人”。

九，十四。

---

① 此文最初发表于1927年10月22日《语丝》周刊第154期。

② 蒋介石国民党为镇压共产党人和国民党内拥护孙中山三大政策的左派分子而设立的机构。

隔　膜[①]

清朝初年的文字之狱，到清朝末年才被从新提起。最起劲的是"南社"里的有几个人，为被害者辑印遗集；还有些留学生，也争从日本搬回文证来。待到孟森的《心史丛刊》出，我们这才明白了较详细的状况，大家向来的意见，总以为文字之祸，是起于笑骂了清朝。然而，其实是不尽然的。

这一两年来，故宫博物馆的故事似乎不大能够令人敬服，但它却印给了我们一种好书，曰《清代文字狱档》，去年已经出到八辑。其中的案件，真是五花八门，而最有趣的，则莫如乾隆四十八年二月"冯起炎注解《易》《诗》二经欲行投呈案"。

冯起炎是山西临汾县的生员，闻乾隆将谒泰陵[②]，便身怀著作，在路上徘徊，意图呈进，不料先以"形迹可疑"被捕了。那著作，是以《易》解《诗》，实则信口开河，在这里犯不上抄录，惟结尾有"自传"似的文章一大段，却是十分特别的——

"又，臣之来也，不愿如何如何，亦别无愿求之事，惟有一

① 此文最初发表于1934年7月5日上海《新语林》半月刊第1期，署名杜德机。

② 泰陵，清雍正皇帝的陵墓，在河北易县。

事未决，请对陛下一叙其缘由。臣……名曰冯起炎，字是南州，尝到臣张三姨母家，见一女，可娶，而恨力不足以办此。此女名曰小女，年十七岁，方当待字之年，而正在未字之时，乃原籍东关春牛厂长兴号张守忭之次女也。又到臣杜五姨母家，见一女，可娶，而恨力不足以办此。此女名小凤，年十三岁，虽非必字之年，而已在可字之时，乃本京东城闹市口瑞生号杜月之次女也。若以陛下之力，差干员一人，选快马一匹，克日长驱到临邑，问彼临邑之地方官：'其东关春牛厂长兴号中果有张守忭一人否？'诚如是也，则此事谐矣。再问：'东城闹市口瑞生号中果有杜月一人否？'诚如是也，则此事谐矣。二事谐，则臣之愿毕矣。然臣之来也，方不知陛下纳臣之言耶否耶，而必以此等事相强乎？特进言之际，一叙及之。"

这何尝有丝毫恶意？不过着了当时通行的才子佳人小说的迷，想一举成名，天子做媒，表妹入抱而已。不料事实结局却不大好，署直隶总督袁守侗拟奏罪名是"阅其呈首，胆敢于圣主之前，混讲经书，而呈尾措词，尤属狂妄。核其情罪，较冲突仪仗为更重。冯起炎一犯，应从重发往黑龙江等处，给披甲人为奴。俟部复到日，照例解部刺字发遣"。这位才子，后来大约终于单身出关做西崽去了。

此外的案情，虽然没有这么风雅，但并非反动的还不少。有的是卤莽；有的是发疯；有的是乡曲迂儒，真的不识讳忌；有的则是草野愚民，实在关心皇家。而运命大概很悲惨，不是凌迟，灭族，便是立刻杀头，或者"斩监候"，也仍然活不出。

凡这等事，粗略的一看，先使我们觉得清朝的凶虐，其次，是死者的可怜。但再来一想，事情是并不这么简单的。这些惨案的来由，都只为了“隔膜”。

满洲人自己，就严分着主奴，大臣奏事，必称“奴才”，而汉人却称“臣”就好。这并非因为是“炎黄之胄”，特地优待，锡以嘉名的，其实是所以别于满人的“奴才”，其地位还下于“奴才”数等。奴隶只能奉行，不许言议；评论固然不可，妄自颂扬也不可，这就是“思不出其位”。譬如说：主子，您这袍角有些儿破了，拖下去怕更要破烂，还是补一补好。进言者方自以为在尽忠，而其实却犯了罪，因为另有准其讲这样的话的人在，不是谁都可说的。一乱说，便是“越俎代谋”，当然“罪有应得”。倘自以为是“忠而获咎”，那不过是自己的胡涂。

但是，清朝的开国之君是十分聪明的，他们虽然打定了这样的主意，嘴里却并不照样说，用的是中国的古训：“爱民如子”，“一视同仁”。一部分的大臣，士大夫，是明白这奥妙的，并不敢相信。但有一些简单愚蠢的人们却上了当，真以为“陛下”是自己的老子，亲亲热热的撒娇讨好去了。他那里要这被征服者做儿子呢？于是乎杀掉。不久，儿子们吓得不再开口了，计划居然成功；直到光绪时康有为们的上书，才又冲破了“祖宗的成法”。然而这奥妙，好像至今还没有人来说明。

施蛰存先生在《文艺风景》创刊号里，很为“忠而获咎”者不平，就因为还不免有些“隔膜”的缘故。这是《颜氏家训》或《庄子》《文选》里所没有的。

六月十日。

论“他妈的！”[①]

无论是谁，只要在中国过活，便总得常听到“他妈的”或其相类的口头禅。我想：这话的分布，大概就跟着中国人足迹之所至罢；使用的遍数，怕也未必比客气的“您好呀”会更少。假使依或人所说，牡丹是中国的“国花”，那么，这就可以算是中国的“国骂”了。

我生长于浙江之东，就是西滢先生之所谓“某籍”。那地方通行的“国骂”却颇简单：专一以“妈”为限，决不牵涉余人。后来稍游各地，才始惊异于国骂之博大而精微：上溯祖宗，旁连姊妹，下递子孙，普及同性，真是“犹河汉而无极也”。而且，不特用于人，也以施之兽。前年，曾见一辆煤车的只轮陷入很深的辙迹里，车夫便愤然跳下，出死力打那拉车的骡子道：“你姊姊的！你姊姊的！”

别的国度里怎样，我不知道。单知道诺威人 Hamsun[②] 有一本小说叫《饥饿》，粗野的口吻是很多的，但我并不见这一类话。Gorky[③] 所写的小说中多无赖汉，就我所看过的而言，也没有这骂法。惟独 Artzybashev[④] 在《工人绥惠略夫》里，却使无抵抗主义者

---

① 此文最初发表于 1925 年 7 月 27 日《语丝》第 37 期。
② Hamsum，挪威小说家哈姆生。
③ Gorky，高尔基。
④ Artzybashev，阿尔志跋绥夫。

亚拉借夫骂了一句“你妈的”。但其时他已经决计为爱而牺牲了，使我们也失却笑他自相矛盾的勇气。这骂的翻译，在中国原极容易的，别国却似乎为难，德文译本作“我使用过你的妈”，日文译本作“你的妈是我的母狗”。这实在太费解，——由我的眼光看起来。

那么，俄国也有这类骂法的了，但因为究竟没有中国似的精博，所以光荣还得归到这边来。好在这究竟又并非什么大光荣，所以他们大约未必抗议；也不如“赤化”之可怕，中国的阔人，名人，高人，也不至于骇死的。但是，虽在中国，说的也独有所谓“下等人”，例如“车夫”之类，至于有身分的上等人，例如“士大夫”之类，则决不出之于口，更何况笔之于书。“予生也晚”，赶不上周朝，未为大夫，也没有做士，本可以放笔直干的，然而终于改头换面，从“国骂”上削去一个动词和一个名词，又改对称为第三人称者，恐怕还因为到底未曾拉车，因而也就不免“有点贵族气味”之故。那用途，既然只限于一部分，似乎又有些不能算作“国骂”了；但也不然，阔人所赏识的牡丹，下等人又何尝以为“花之富贵者也”？

这“他妈的”的由来以及始于何代，我也不明白。经史上所见骂人的话，无非是“役夫”“奴”“死公”；较厉害的，有“老狗”“貉子”；更厉害，涉及先代的，也不外乎“而母婢也”“赘阉遗丑”罢了！还没见过什么“妈的”怎样，虽然也许是士大夫讳而不录。但《广弘明集》（七）记北魏邢子才“以为妇人不可保。谓元景曰，‘卿何必姓王？’元景变色。子才曰，‘我亦何必姓邢；能保五世耶？’”，则颇有可以推见消息的地方。

晋朝已经是大重门第，重到过度了；华胄世业，子弟便易于得官；即使是一个酒囊饭袋，也还是不失为清品。北方疆土虽失于拓跋氏，士人却更其发狂似的讲究阀阅，区别等第，守护极严。庶民中纵有俊才，也不能和大姓比并。至于大姓，实不过承祖宗余荫，以旧业骄人，空腹高心，当然使人不耐。但士流既然用祖宗做护符，被压迫的庶民自然也就将他们的祖宗当作仇敌。邢子才的话虽然说不定是否出于愤激，但对于躲在门第下的男女，却确是一个致命的重伤。势位声气，本来仅靠了“祖宗”这惟一的护符而存，“祖宗”倘一被毁，便什么都倒败了。这是倚赖“余荫”的必得的果报。

同一的意思，但没有邢子才的文才，而直出于“下等人”之口的，就是：“他妈的！”

要攻击高门大族的坚固的旧堡垒，却去瞄准他的血统，在战略上，真可谓奇谲的了。最先发明这一句“他妈的”的人物，确要算一个天才，——然而是一个卑劣的天才。

唐以后，自夸族望的风气渐渐消除；到了金元，已奉夷狄为帝王，自不妨拜屠沽作卿士，“等”的上下本该从此有些难定了，但偏还有人想辛辛苦苦地爬进“上等”去。刘时中的曲子里说：“堪笑这没见识街市匹夫，好打那好顽劣。江湖伴侣，旋将表德官名相体呼，声音多厮称，字样不寻俗。听我一个个细数：粜米的唤子良；卖肉的呼仲甫……开张卖饭的呼君宝；磨面登罗底叫德夫：何足云乎?!”（《乐府新编阳春白雪》三）这就是那时的暴发户的丑态。

“下等人”还未暴发之先，自然大抵有许多“他妈的”在嘴上，但一遇机会，偶窃一位，略识几字，便即文雅起来：雅号也有了；身分也高了；家谱也修了，还要寻一个始祖，不是名儒便是名臣。从此化为“上等人”，也如上等前辈一样，言行都很温文尔雅。然而愚民究竟也有聪明的，早已看穿了这鬼把戏，所以又有俗谚，说：“口上仁义礼智，心里男盗女娼！”他们是很明白的。

于是他们反抗了，曰：“他妈的！”

但人们不能蔑弃扫荡人我的余泽和旧荫，而硬要去做别人的祖宗，无论如何，总是卑劣的事。有时，也或加暴力于所谓“他妈的”的生命上，但大概是乘机，而不是造运会，所以无论如何，也还是卑劣的事。

中国人至今还有无数“等”，还是依赖门第，还是倚仗祖宗。倘不改造，即永远有无声的或有声的“国骂”。就是“他妈的”，围绕在上下和四旁，而且这还须在太平的时候。

但偶尔也有例外的用法：或表惊异，或表感服。我曾在家乡看见乡农父子一同午饭，儿子指一碗菜向他父亲说：“这不坏，妈的你尝尝看！”那父亲回答道：“我不要吃。妈的你吃去罢！”则简直已经醇化为现在时行的“我的亲爱的”的意思了。

一九二五年七月十九日。

由中国女人的脚，推定中国人之非中庸，又由此推定孔夫子有胃病[1]

——“学匪”派考古学之一

古之儒者不作兴谈女人，但有时总喜欢谈到女人。例如“缠足”罢，从明朝到清朝的带些考据气息的著作中，往往有一篇关于这事起源的迟早的文章。为什么要考究这样下等事呢，现在不说他也罢，总而言之，是可以分为两大派的，一派说起源早，一派说起源迟。说早的一派，看他的语气，是赞成缠足的，事情愈古愈好，所以他一定要考出连孟子的母亲，也是小脚妇人的证据来。说迟的一派却相反，他不大恭维缠足，据说，至早，亦不过起于宋朝的末年。

其实，宋末，也可以算得古的了。不过不缠之足，样子却还要古，学者应该“贵古而贱今”，斥缠足者，爱古也。但也有先怀了反对缠足的成见，假造证据的，例如前明才子杨升庵先生，他甚至于替汉朝人做《杂事秘辛》，来证明那时的脚是“底平趾敛”。

于是又有人将这用作缠足起源之古的材料，说既然“趾敛”，可见是缠的了。但这是自甘于低能之谈，这里不加评论。

① 此文最初发表于 1933 年 3 月 16 日《论语》第 13 期，署名何干。

照我的意见来说，则以上两大派的话，是都错，也都对的。现在是古董出现的多了，我们不但能看见汉唐的图画，也可以看到晋唐古坟里发掘出来的泥人儿。那些东西上所表现的女人的脚上，有圆头履，有方头履，可见是不缠足的。古人比今人聪明，她决不至于缠小脚而穿大鞋子，里面塞些棉花，使自己走得一步一拐。

但是，汉朝就确已有一种“利屣”①，头是尖尖的，平常大约未必穿罢，舞的时候，却非此不可。不但走着爽利，“潭腿”②似的踢开去之际，也不至于为裙子所碍，甚至于踢下裙子来。那时太太们固然也未始不舞，但舞的究以倡女为多，所以倡伎就大抵穿着“利屣”，穿得久了，也免不了要“趾敛”的。然而伎女的装束，是闺秀们的大成至圣先师，这在现在还是如此，常穿利屣，即等于现在之穿高跟皮鞋，可以俨然居炎汉③“摩登女郎”之列，于是乎虽是名门淑女，脚尖也就不免尖了起来。先是倡伎尖，后是摩登女郎尖，再后是大家闺秀尖，最后才是“小家碧玉”一齐尖。待到这些“碧玉”们成了祖母时，就入于利屣制度统一脚坛的时代了。

当民国初年，“不佞”观光北京的时候，听人说，北京女人看男人是否漂亮（自按：盖即今之所谓“摩登”也）的时候，是从脚起，上看到头的。所以男人的鞋袜，也得留心，脚样更不消说，当然要弄得齐齐整整，这就是天下之所以有“包脚布”的原因。仓颉造字，我们是知道的，谁造这布的呢，却还没有研究出。但至少是“古已有之”，唐朝张鷟作的《朝野佥载》罢，他说武后朝有一位某男士，将脚裹得窄窄的，人们见了都发笑。可见盛唐之世，就已有了这一种玩意儿，不过还不是很极端，或者还没有很普及。然而好像终于普及

① “利屣”，一种舞鞋。
② “潭腿”，拳术的一种，相传由清代山东龙潭寺的和尚创立，故称。
③ 炎汉，即汉代。

了。由宋至清，绵绵不绝，民元革命以后，革了与否，我不知道，因为我是专攻考“古”学的。

然而奇怪得很，不知道怎的（自按：此处似略失学者态度），女士们之对于脚，尖还不够，并且勒令它“小”起来了，最高模范，还竟至于以三寸为度。这么一来，可以不必兼买利屣和方头履两种，从经济的观点来看，是不算坏的，可是从卫生的观点来看，却未免有些“过火”，换一句话，就是“走了极端”了。

我中华民族虽然常常的自命为爱“中庸”，行“中庸”的人民，其实是颇不免于过激的。譬如对于敌人罢，有时是压服不够，还要“除恶务尽”，杀掉不够，还要“食肉寝皮”。但有时候，却又谦虚到“侵略者要进来，让他们进来。也许他们会杀了十万中国人。不要紧，中国人有的是，我们再有人上去”。这真教人会猜不出是真痴还是假呆。而女人的脚尤其是一个铁证，不小则已，小则必求其三寸，宁可走不成路，摆摆摇摇。慨自辫子肃清以后，缠足本已一同解放的了，老新党的母亲们，鉴于自己在皮鞋里塞棉花之麻烦，一时也确给她的女儿留了天足。然而我们中华民族是究竟有些“极端”的，不多久，老病复发，有些女士们已在别想花样，用一枝细黑柱子将脚跟支起，叫它离开地球。她到底非要她的脚变把戏不可。由过去以测将来，则四朝（假如仍旧有朝代的话）之后，全国女人的脚趾都和小腿成一直线，是可以有八九成把握的。

然则圣人为什么大呼“中庸”呢？曰：这正因为大家并不中庸的缘故。人必有所缺，这才想起他所需。穷教员养不活老婆了，于是觉到女子自食其力说之合理，并且附带地向男女平权论点头；富翁胖到要发哮喘病了，才去打高而富球，从此主张运动的紧要。我们平时，是决不记得自己有一个头，或一个肚子，应该加以优待的，然而一旦头痛肚泻，这才记起了他们，并且大有休息要紧，饮食小心的议论。倘有谁听了这些议论之后，便贸贸然决定这议论者为卫生家，可就失之十丈，差以亿里了。

倒相反，他是不卫生家，议论卫生，正是他向来的不卫生的结果的表现。孔子曰，“不得中行而与之，必也狂狷乎，狂者进取，狷者有所不为也！”以孔子交游之广，事实上没法子只好寻狂狷相与，这便是他在理想上之所以哼着“中庸，中庸”的原因。

以上的推定假使没有错，那么，我们就可以进而推定孔子晚年，是生了胃病的了。“割不正不食”，这是他老先生的古板规矩，但“食不厌精，脍不厌细”的条令却有些稀奇。他并非百万富翁或能收许多版税的文学家，想不至于这么奢侈的，除了只为卫生，意在容易消化之外，别无解法。况且“不撤姜食”，又简直是省不掉暖胃药了。何必如此独厚于胃，念念不忘呢？曰，以其有胃病之故也。

倘说：坐在家里，不大走动的人们很容易生胃病，孔子周游列国，运动王公，该可以不生病证的了。那就是犯了知今而不知古的错误。盖当时花旗白面[①]，尚未输入，土磨麦粉，多含灰沙，所以分量较今面为重；国道尚未修成，泥路甚多凹凸，孔子如果肯走，那是不大要紧的，而不幸他偏有一车两马。胃里袋着沉重的面食，坐在车子里走着七高八低的道路，一颠一顿，一掀一坠，胃就被坠得大起来，消化力随之减少，时时作痛；每餐非吃“生姜”不可了。所以那病的名目，该是“胃扩张”；那时候，则是“晚年”，约在周敬王十年以后。

以上的推定，虽然简略，却都是“读书得间”的成功。但若急于近功，妄加猜测，即很容易陷于“多疑”的谬误。例如罢，二月十四

---

① 花旗白面，由美国进口的面粉。

日《申报》载南京专电云："中执委会令各级党部及人民团体制'忠孝仁爱信义和平'匾额，悬挂礼堂中央，以资启迪。"看了之后，切不可便推定为各要人讥大家为"忘八"；三月一日《大晚报》载新闻云："孙总理夫人宋庆龄女士自归国寓沪后，关于政治方面，不闻不问，惟对社会团体之组织非常热心。据本报记者所得报告，前日有人由邮政局致宋女士之索诈信□（自按：原缺）件，业经本市当局派驻邮局检查处检查员查获，当将索诈信截留，转辗呈报市府。"看了之后，也切不可便推定虽为总理夫人宋女士的信件，也常在邮局被当局派员所检查。

盖虽"学匪派考古学"，亦当不离于"学"，而以"考古"为限的。

三月四日夜。

“醉眼”中的朦胧[①]

旧历和新历的今年似乎于上海的文艺家们特别有着刺激力，接连的两个新正一过，期刊便纷纷而出了。他们大抵将全力用尽在伟大或尊严的名目上，不惜将内容压杀。连产生了不止一年的刊物，也显出拚命的挣扎和突变来。作者呢，有几个是初见的名字，有许多却还是看熟的，虽然有时觉得有些生疏，但那是因为停笔了一年半载的缘故。他们先前在做什么，为什么今年一齐动笔了？说起来怕话长。要而言之，就因为先前可以不动笔，现在却只好来动笔，仍如旧日的无聊的文人，文人的无聊一模一样。这是有意识或无意识地，大家都有些自觉的，所以总要向读者声明“将来”：不是“出国”，“进研究室”，便是“取得民众”。功业不在目前，一旦回国，出室，得民之后，那可是非同小可了。自然，倘有远识的人，小心的人，怕事的人，投机的人，最好是此刻豫致“革命的敬礼”。一到将来，就要“悔之晚矣”了。

然而各种刊物，无论措辞怎样不同，都有一个共通之点，就是：有些朦胧。这朦胧的发祥地，由我看来，——虽然是冯乃超的所谓“醉眼陶然”——也还在那有人爱，也有人憎的官僚和军阀。和他

---

① 此文最初发表于1928年3月12日《语丝》第4卷第11期。

们已有瓜葛，或想有瓜葛的，笔下便往往笑迷迷，向大家表示和气，然而有远见，梦中又害怕铁锤和镰刀，因此也不敢分明恭维现在的主子，于是在这里留着一点朦胧。和他们瓜葛已断，或则并无瓜葛，走向大众去的，本可以毫无顾忌地说话了，但笔下即使雄纠纠，对大家显英雄，会忘却了他们的指挥刀的傻子是究竟不多的，这里也就留着一点朦胧。于是想要朦胧而终于透漏色彩的，想显色彩而终于不免朦胧的，便都在同地同时出现了。

其实朦胧也不关怎样紧要。便在最革命的国度里，文艺方面也何尝不带些朦胧。然而革命者决不怕批判自己，他知道得很清楚，他们敢于明言。惟有中国特别，知道跟着人称托尔斯泰为"卑汙的说教人"了，而对于中国"目前的情状"，却只觉得在"事实上，社会各方面亦正受着乌云密布的势力的支配"，连他的"剥去政府的暴力，裁判行政的喜剧的假面"的勇气的几分之一也没有；知道人道主义不彻底了，但当"杀人如草不闻声"的时候，连人道主义式的抗争也没有。剥去和抗争，也不过是"咬文嚼字"，并非"直接行动"。我并不希望做文章的人去直接行动，我知道做文章的人是大概只能做文章的。

可惜略迟了一点，创造社前年招股本，去年请律师，今年才揭起"革命文学"的旗子，复活的批评家成仿吾总算离开守护"艺术之宫"的职掌，要去"获得大众"，并且给革命文学家"保障最后的胜利"了。这飞跃也可以说是必然的。弄文艺的人们大抵敏感，时时也感到，而且防着自己的没落，如漂浮在大海里一般，拚命向各处抓攫。二十世纪以来的表现主义，踏踏主义①，什么什么主义的此兴彼衰，便是这透露的消息。现在则已是大时代，动摇的时代，转

① 踏踏主义，通译为达达主义。

换的时代，中国以外，阶级的对立大抵已经十分锐利化，农工大众日日显得着重，倘要将自己从没落救出，当然应该向他们去了。何况"呜呼！小资产阶级原有两个灵魂。……"虽然也可以向资产阶级去，但也能够向无产阶级去的呢。

这类事情，中国还在萌芽，所以见得新奇，须做《从文学革命到革命文学》那样的大题目，但在工业发达，贫富悬隔的国度里，却已是平常的事情。或者因为看准了将来的天下，是劳动者的天下，跑过去了；或者因为倘帮强者，宁帮弱者，跑过去了；或者两样都有，错综地作用着，跑过去了。也可以说，或者因为恐怖，或者因为良心。成仿吾教人克服小资产阶级根性，拉"大众"来作"给与"和"维持"的材料，文章完了，却正留下一个不小的问题：

倘若难于"保障最后的胜利"，你去不去呢？

这实在还不如在成仿吾的祝贺之下，也从今年产生的《文化批判》上的李初梨的文章，索性主张无产阶级文学，但无须无产者自己来写；无论出身是什么阶级，无论所处是什么环境，只要"以无产阶级的意识，产生出来的一种的斗争的文学"就是，直截爽快得多了。但他一看见"以趣味为中心"的可恶的"语丝派"的人名就不免曲折，仍旧"要问甘人君，鲁迅是第几阶级的人？"

我的阶级已由成仿吾判定："他们所矜持的是'闲暇，闲暇，第三个闲暇'；他们是代表着有闲的资产阶级，或者睡在鼓里的小资产阶级。……如果北京的乌烟瘴气不用十万两无烟火药炸开的时候，他们也许永远这样过活的罢。"

我们的批判者才将创造社的功业写出，加以"否定的否定"，要去"获得大众"的时候，便已梦想"十万两无烟火药"，并且似乎要将我挤进"资产阶级"去（因为"有闲就是有钱"云），我倒颇也觉得危险了。后来看见李初梨说："我以为一个作家，不管他是第一第二……第百第千阶级的人，他都可以参加无产阶级文学运动；不过我们先要审察他们的动机。……”这才有些放心，但可虑的是对于我仍然要问阶级。“有闲便是有钱”；倘使无钱，该是第四阶级[①]，可以“参加无产阶级文学运动”了罢，但我知道那时又要问“动机”。总之，最要紧是“获得无产阶级的阶级意识”，——这回可不能只是“获得大众”便算完事了。横竖缠不清，最好还是让李初梨去“由艺术的武器到武器的艺术”，让成仿吾去坐在半租界里积蓄“十万两无烟火药”，我自己是照旧讲“趣味”。

那成仿吾的“闲暇，闲暇，第三个闲暇”的切齿之声，在我是觉得有趣的。因为我记得曾有人批评我的小说，说是“第一个是冷静，第二个是冷静，第三个还是冷静”，“冷静”并不算好批判，但不知怎地竟像一板斧劈着了这位革命的批评家的记忆中枢似的，从此“闲暇”也有三个了。倘有四个，连《小说旧闻钞》也不写，或者只有两个，见得比较地忙，也许可以不至于被“奥伏赫变”（“除掉”的意思，Aufheben 的创造派的译音，但我不解何以要译得这么难写，在第四阶级，一定比照描一个原文难）罢，所可惜的是偏偏是三个。但先前所定的不“努力表现自己”之罪，大约总该也和成仿吾的“否定的否定”，一同勾消了。

创造派“为革命而文学”，所以仍旧要文学，文学是现在最紧要的一点，因为将“由艺术的武器，到武器的艺术”，一到“武器的艺术”的时候，便正如“由批判的武器，到用武器的批判”的时候一般，世界上有先例，“徘徊者变成同意者，反对者变成徘徊者”了。

但即刻又有一点不小的问题：为什么不就到“武器的艺术”呢？

---

① 第四阶级，即指无产阶级。

这也很像“有产者差来的苏秦的游说”。但当现在“无产者未曾从有产者意识解放以前”，这问题是总须起来的，不尽是资产阶级的退兵或反攻的毒计。因为这极彻底而勇猛的主张，同时即含有可疑的萌芽了。那解答只好是这样：

因为那边正有“武器的艺术”，所以这边只能“艺术的武器”。

这艺术的武器，实在不过是不得已，是从无抵抗的幻影脱出，坠入纸战斗的新梦里去了。但革命的艺术家，也只能以此维持自己的勇气，他只能这样。倘他牺牲了他的艺术，去使理论成为事实，就要怕不成其为革命的艺术家。因此必然的应该坐在无产阶级的阵营中，等待“武器的铁和火”出现。这出现之际，同时拿出“武器的艺术”来。倘那时铁和火的革命者已有一个“闲暇”，能静听他们自叙的功勋，那也就成为一样的战士了。最后的胜利。然而文艺是还是批判不清的，因为社会有许多层，有先进国的史实在；要取目前的例，则《文化批判》已经拖住 Upton Sinclair[1]，《创造月刊》也背了 Vigny[2] 在“开步走”了。

倘使那时不说“不革命便是反革命”，革命的迟滞是“语丝派”之所为，给人家扫地也还可以得到半块面包吃，我便将于八时间工作之暇，坐在黑房里，续钞我的《小说旧闻钞》，有几国的文艺也还是要谈的，因为我喜欢。所怕的只是成仿吾们真像符拉特弥尔·伊力支一般，居然“获得大众”；那么，他们大约更要飞跃又飞跃，连我也会升到贵族或皇帝阶级里，至少也总得充军到北极圈内去了。译著的书都禁止，自然不待言。

不远总有一个大时代要到来。现在创造派的革命文学家和无

---

① Upton Sinclair，辛克莱(1878—1968)，美国小说家。

② Vigny，维尼(1797—1863)，法国消极浪漫主义诗人。

产阶级作家虽然不得已而玩着“艺术的武器”，而有着“武器的艺术”的非革命武学家也玩起这玩意儿来了，有几种笑迷迷的期刊便是这。他们自己也不大相信手里的“武器的艺术”了罢。那么，这一种最高的艺术——“武器的艺术”现在究竟落在谁的手里了呢？只要寻得到，便知道中国的最近的将来。

二月二十三日，上海。

爬和撞[1]

从前梁实秋教授曾经说过：穷人总是要爬，往上爬，爬到富翁的地位。不但穷人，奴隶也是要爬的，有了爬得上的机会，连奴隶也会觉得自己是神仙，天下自然太平了。

虽然爬得上的很少，然而个个以为这正是他自己。这样自然都安分的去耕田，种地，拣大粪或是坐冷板凳，克勤克俭，背着苦恼的命运，和自然奋斗着，拚命的爬，爬，爬。可是爬的人那么多，而路只有一条，十分拥挤。老实的照着章程规规矩矩的爬，大都是爬不上去的。聪明人就会推，把别人推开，推倒，踏在脚底下，踹着他们的肩膀和头顶，爬上去了。大多数人却还只是爬，认定自己的冤家并不在上面，而只在旁边——是那些一同在爬的人。他们大都忍耐着一切，两脚两手都着地，一步步的挨上去又挤下来，挤下来又挨上去，没有休止的。

然而爬的人太多，爬得上的太少，失望也会渐渐的侵蚀善良的人心，至少，也会发生跪着的革命。于是爬之外，又发明了撞。

这是明知道你太辛苦了，想从地上站起来，所以在你的背后猛然的叫一声：撞罢。一个个发麻的腿还在抖着，就撞过去。这比

① 此文最初发表于 1933 年 8 月 23 日《申报·自由谈》。

爬要轻松得多，手也不必用力，膝盖也不必移动，只要横着身子，晃一晃，就撞过去。撞得好就是五十万元大洋①，妻、财、子、禄都有了。撞不好，至多不过跌一交，倒在地下。那又算得什么呢，——他原本是伏在地上的，他仍旧可以爬。何况有些人不过撞着玩罢了，根本就不怕跌交的。

爬是自古有之。例如从童生到状元，从小瘪三到康白度②。撞却似乎是近代的发明。要考据起来，恐怕只有古时候"小姐抛彩球"有点像给人撞的办法。小姐的彩球将要抛下来的时候，——一个个想吃天鹅肉的男子汉仰着头，张着嘴，馋涎拖得几尺长……可惜，古人究竟呆笨，没有要这些男子汉拿出几个本钱来，否则，也一定可以收着几万万的。

爬得上的机会越少，愿意撞的人就越多，那些早已爬在上面的人们，就天天替你们制造撞的机会，叫你们化些小本钱，而豫约着你们名利双收的神仙生活。所以撞得好的机会，虽然比爬得上的还要少得多，而大家都愿意来试试的。这样，爬了来撞，撞不着再爬……鞠躬尽瘁，死而后已。

八月十六日。

---

① 五十万元大洋，当时国民党政府发行的"航空公路建设奖券"，头等奖为五十万元。

② 康白度，英语 Comprador 的音译，即买办。

趋时和复古[1]

半农先生一去世，也如朱湘庐隐两位作家一样，很使有些刊物热闹了一番。这情形，会延得多么长久呢，现在也无从推测。但这一死，作用却好像比那两位大得多：他已经快要被封为复古的先贤，可用他的神主来打“趋时”的人们了。

这一打是有力的，因为他既是作古的名人，又是先前的新党，以新打新，就如以毒攻毒，胜于搬出生锈的古董来。然而笑话也就埋伏在这里面。为什么呢？就为了半农先生先就是一位以“趋时”而出名的人。

古之青年，心目中有了刘半农三个字，原因并不在他擅长音韵学，或是常做打油诗，是在他跳出鸳蝴派，骂倒王敬轩，为一个“文学革命”阵中的战斗者。然而那时有一部分人，却毁之为“趋时”。时代到底好像有些前进，光阴流过去，渐渐将这谥号洗掉了，自己爬上了一点，也就随和一些，于是终于成为干干净净的名人。但是，“人怕出名猪怕壮”，他这时也要成为包起来作为医治新的“趋时”病的药料了。

这并不是半农先生独个的苦境，旧例着实有。广东举人多得

① 此文最初发表于 1934 年 8 月 15 日《申报·自由谈》。

很，为什么康有为独独那么有名呢，因为他是公车上书的头儿，戊戌政变的主角，趋时；留英学生也不希罕，严复的姓名还没有消失，就在他先前认真的译过好几部鬼子书，趋时；清末，治朴学的不止太炎先生一个人，而他的声名，远在孙诒让之上者，其实是为了他提倡种族革命，趋时，而且还“造反”。后来“时”也“趋”了过来，他们就成为活的纯正的先贤。但是，晦气也夹屁股跟到，康有为永定为复辟的祖师，袁皇帝要严复劝进，孙传芳大帅也来请太炎先生投壶了。原是拉车前进的好身手，腿肚大，臂膊也粗，这回还是请他拉，拉还是拉，然而是拉车屁股向后，这里只好用古文，“呜呼哀哉，尚飨”了。

我并不在讥刺半农先生曾经“趋时”，我这里所用的是普通所谓“趋时”中的一部分：“前驱”的意思。他虽然自认“没落”，其实是战斗过来的，只要敬爱他的人，多发挥这一点，不要七手八脚，专门把他拖进自己所喜欢的油或泥里去做金字招牌就好了。

八月十三日。

补　白[①]

一

“公理战胜”的牌坊，立在法国巴黎的公园里不知怎样，立在中国北京的中央公园里可实在有些希奇，——但这是现在的话。当时，市民和学生也曾游行欢呼过。

我们那时的所以入战胜之林者，因为曾经送去过很多的工人；大家也常常自夸工人在欧战的劳绩。现在不大有人提起了，战胜也忘却了，而且实际上是战败了。

现在的强弱之分固然在有无枪炮，但尤其是在拿枪炮的人。假使这国民是卑怯的，即纵有枪炮，也只能杀戮无枪炮者，倘敌手也有，胜败便在不可知之数了。这时候才见真强弱。

我们弓箭是能自己制造的，然而败于金，败于元，败于清。记得宋人的一部杂记里记有市井间的谐谑，将金人和宋人的事物来比较。譬如问金人有箭，宋有什么？则答道，“有锁子甲”。又问金有四太子，宋有何人？则答道，“有岳少保”。临末问，金人有狼牙棒（打人脑袋的武器），宋有什么？却答道，“有天灵盖！”

自宋以来，我们终于只有天灵盖而已，现在又发现了一种“民

① 此文最初分三次发表于1925年《莽原》周刊第10、11、12期。

气”，更加玄虚飘渺了。

但不以实力为根本的民气，结果也只能以固有而不假外求的天灵盖自豪，也就是以自暴自弃当作得胜。我近来也颇觉“心上有杞天之虑”，怕中国更要复古了。瓜皮帽，长衫，双梁鞋，打拱作揖，大红名片，水烟筒，或者都要成为爱国的标征，因为这些都可以不费力气而拿出来，和天灵盖不相上下的。（但大红名片也许不用，以避“赤化”之嫌。）

然而我并不说中国人顽固，因为我相信，鸦片和扑克是不会在排斥之列的。况且爱国之士不是已经说过，马将牌已在西洋盛行，给我们复了仇么？

爱国之士又说，中国人是爱和平的。但我殊不解既爱和平，何以国内连年打仗？或者这话应该修正：中国人对外国人是爱和平的。

我们仔细查察自己，不再说诳的时候应该到来了，一到不再自欺欺人的时候，也就是到了看见希望的萌芽的时候。

我不以为自承无力，是比自夸爱和平更其耻辱。

六月二十三日。

二

先前以“士人”“上等人”自居的，现在大可以改称“平民”了罢；在实际上，也确有许多人已经如此。彼一时，此一时，清朝该去考秀才，捐监生，现在就只得进学校。“平民”这一个徽号现已日见其时式，地位也高起来了，以此自居，大概总可以从别人得到和先前对于“上等人”一样的尊敬，时势虽然变迁，老地位是不会失掉的。倘遇见这样的平民，必须恭维他，至少也得点头拱手陪笑唯诺，像先前下等人的对于贵人一般。否则，你就会得到罪名，曰："骄傲"，或"贵族的"。因为他已经是平民了。见平民而不格外趋奉，非骄傲而何？

清的末年，社会上大抵恶革命党如蛇蝎，南京政府一成立，漂亮的士绅和商人看见似乎革命党的人，便亲密的说道："我们本来都是'草字头'①，一路的呵。"

徐锡麟刺杀恩铭之后，大捕党人，陶成章君是其中之一，罪状曰："著《中国权力史》，学日本催眠术。"（何以学催眠术就有罪，殊觉费解。）于是连他在家的父亲也大受痛苦；待到革命兴旺，这才被尊称为"老太爷"；有人给"孙少爷"去说媒。可惜陶君不久就遭人暗杀了，神主入祠的时候，捧香恭送的士绅和商人尚有五六百。直到袁世凯打倒二次革命之后，这才冷落起来。

谁说中国人不善于改变呢？每一新的事物进来，起初虽然排斥，但看到有些可靠，就自然会改变。不过并非将自己变得合于新事物，乃是将新事物变得合于自己而已。

佛教初来时便大被排斥，一到理学先生谈禅，和尚做诗的时候，"三教同源"的机运就成熟了。听说现在悟善社②里的神主已经有了五块：孔子，老子，释迦牟尼，耶稣基督，谟哈默德。

中国老例，凡要排斥异己的时候，常给对手起一个诨名，——或谓之"绰号"。这也是明清以来讼师的老手段；假如要控告张三李四，倘只说姓名，本很平常，现在却道"六臂太岁张三"，"白额虎李四"，则先不问事迹，县官只见绰号，就觉得他们是恶棍了。

---

① "草字头"，一种隐语；因"革"字与"草"字的起头相似，所以当时一般人称革命党为"草字头"。这里所说的"革命党"系指兴中会、光复会、同盟会及其他一些反清革命组织。

② 悟善社，一种封建迷信的道门组织。

月球只一面对着太阳，那一面我们永远不得见。歌颂中国文明的也惟以光明的示人，隐匿了黑的一面。譬如说到家族亲旧，书上就有许多好看的形容词：慈呀，爱呀，悌呀，……又有许多好看的古典：五世同堂呀，礼门呀，义宗呀，……至于诨名，却藏在活人的心中，隐僻的书上。最简单的打官司教科书《萧曹遗笔》里就有着不少惯用的恶谥，现在钞一点在这里，省得自己做文章——

亲戚类

孽亲　枭亲　兽亲　鳄亲　虎亲　歪亲

尊长类

鳄伯　虎伯（叔同）　孽兄　毒兄　虎兄

卑幼类

悖男　恶侄　孽侄　悖孙　虎孙　枭甥

孽甥　悖妾　泼媳　枭弟　恶婿　凶奴

其中没有父母，那是例不能控告的，因为历朝大抵“以孝治天下”。

这一种手段也不独讼师有。民国元年章太炎先生在北京，好发议论，而且毫无顾忌地褒贬。常常被贬的一群人于是给他起了一个绰号，曰“章疯子”。其人既是疯子，议论当然是疯话，没有价值的了，但每有言论，也仍在他们的报章上登出来，不过题目特别，道：《章疯子大发其疯》。有一回，他可是骂到他们的反对党头上去了。那怎么办呢？第二天报上登出来的时候，那题目是：《章疯子居然不疯》。

往日看《鬼谷子》，觉得其中的谋略也没有什么出奇，独有《飞箝》中的“可箝而从，可箝而横，……可引而反，可引而覆。虽覆能复，不失其度”这一段里的一句“虽覆能复”很有些可怕。但这一种手段，我们在社会上是时常遇见的。

《鬼谷子》自然是伪书，决非苏秦张仪的老师所作；但作者也决不是“小人”，倒是一个老实人。宋的来鹄已经说，“捭阖飞箝，今之常态，不读鬼谷子书者，皆得自然符契也。”人们常用，不以为奇，作者知道了一点，便笔之于书，当作秘诀，可见禀性纯厚，不但手段，便是心里的机诈也并不多。如果是大富翁，他肯将十元钞票嵌在镜屏里当宝贝么？

鬼谷子所以究竟不是阴谋家，否则，他还该说得吞吞吐吐些；或者自己不说，而钩出别人来说；或者并不必钩出别人来说，而自己永远阔不可言。这末后的妙法，知者不言，书上也未见，所以我不知道，倘若知道，就不至于老在灯下编《莽原》，做《补白》了。

但各种小纵横，我们总常要身受，或者目睹。夏天的忽而甲乙相打；忽而甲乙相亲，同去打丙；忽而甲丙相合，又同去打乙，忽而甲丙又互打起来[①]，就都是这“覆”“复”作用；化数百元钱，请一回酒，许多人立刻变了色彩，也还是这顽意儿。然而真如来鹄所说，现在的人们是已经“是乃天授，非人力也”的；倘使要看了《鬼谷子》才能，就如拿着文法书去和外国人谈天一样，一定要碰壁。

七月一日。

三

离五卅事件的发生已有四十天，北京的情形就像五月二十九日一样。聪明的批评家大概快要提出照例的“五分钟热度”说来了罢，虽然也有过例外：曾将汤尔和先生的大门“打得擂鼓一般，足有十五分钟之久。”（见六月二十三日《晨报》）有些学生们也常常引

① 此处指当时各地的军阀混战。

这“五分热”说自诚，仿佛早经觉到了似的。

但是，中国的老先生们——连二十岁上下的老先生们都算在内——不知怎的总有一种矛盾的意见，就是将女人孩子看得太低，同时又看得太高。妇孺是上不了场面的；然而一面又拜才女，捧神童，甚至于还想借此结识一个阔亲家，使自己也连类飞黄腾达。什么木兰从军，缇萦救父①，更其津津乐道，以显示自己倒是一个死不挣气的瘟虫。对于学生也是一样，既要他们“莫谈国事”，又要他们独退番兵，退不了，就冷笑他们无用。

倘在教育普及的国度里，国民十之九是学生；但在中国，自然还是一个特别种类。虽是特别种类，却究竟是“束发小生”，所以当然不会有三头六臂的大神力。他们所能做的，也无非是演讲，游行，宣传之类，正如火花一样，在民众的心头点火，引起他们的光焰来，使国势有一点转机。倘若民众并没有可燃性，则火花只能将自身烧完，正如在马路上焚纸人轿马，暂时引得几个人闲看，而终于毫不相干，那热闹至多也不过如“打门”之久。谁也不动，难道“小生”们真能自己来打枪铸炮，造兵舰，糊飞机，活擒番将，平定番邦么？所以这“五分热”是地方病，不是学生病。这已不是学生的耻辱，而是全国民的耻辱了；倘在别的有活力，有生气的国度里，现象该不至于如此的。外人不足责，而本国的别的灰冷的民众，有权者，袖手旁观者，也都于事后来嘲笑，实在是无耻而且昏庸！

但是，别有所图的聪明人又作别论，便是真诚的学生们，我以为自身却有一个颇大的错误，就是正如旁观者所希望或冷笑的一样：开首太自以为有非常的神力，有如意的成功。幻想飞得太高，

① 缇萦救父，见《史记·仓公传》。缇萦是汉代淳于意（即仓公）的幼女，因父犯罪，上书汉文帝，表示自己情愿做一名官婢，代父赎罪。

堕在现实上的时候，伤就格外沉重了；力气用得太骤，歇下来的时候，身体就难于动弹了。为一般计，或者不如知道自己所有的不过是“人力”，倒较为切实可靠罢。

现在，从读书以至“寻异性朋友讲情话”，似乎都为有些有志者所诟病了。但我想，责人太严，也正是“五分热”的一个病源。譬如自己要择定一种口号——例如不买英日货——来履行，与其不饮不食的履行七日或痛哭流涕的履行一月，倒不如也看书也履行至五年，或者也看戏也履行至十年，或者也寻异性朋友也履行至五十年，或者也讲情话也履行至一百年。记得韩非子曾经教人以竞马的要妙，其一是“不耻最后”。即使慢，驰而不息，纵令落后，纵令失败，但一定可以达到他所向的目标。

七月八日。

一点比喻[①]

在我的故乡不大通行吃羊肉，阖城里，每天大约不过杀几匹山羊。北京真是人海，情形可大不相同了，单是羊肉铺就触目皆是。雪白的群羊也常常满街走，但都是胡羊，在我们那里称绵羊的。山羊很少见；听说这在北京却颇名贵了，因为比胡羊聪明，能够率领羊群，悉依它的进止，所以畜牧家虽然偶而养几匹，却只用作胡羊们的领导，并不杀掉它。

这样的山羊我只见过一回，确是走在一群胡羊的前面，脖子上还挂着一个小铃铎，作为智识阶级的徽章。通常，领的赶的却多是牧人，胡羊们便成了一长串，挨挨挤挤，浩浩荡荡，凝着柔顺有余的眼色，跟定他匆匆地竞奔它们的前程。我看见这种认真的忙迫的情形时，心里总想开口向它们发一句愚不可及的疑问——

"往那里去?!"

人群中也很有这样的山羊，能领了群众稳妥平静地走去，直到他们应该走到的所在。袁世凯明白一点这种事，可惜用得不大巧，大概因为他是不很读书的，所以也就难于熟悉运用那些的奥妙。后来的武人可更蠢了，只会自己乱打乱割，乱得哀号之声，洋洋盈

① 此文最初发表于 1926 年 2 月 25 日《莽原》半月刊第 4 期。

耳，结果是除了残虐百姓之外，还加上轻视学问，荒废教育的恶名。然而“经一事，长一智”，二十世纪已过了四分之一，脖子上挂着小铃铎的聪明人是总要交到红运的，虽然现在表面上还不免有些小挫折。

那时候，人们，尤其是青年，就都循规蹈矩，既不嚣张，也不浮动，一心向着“正路”前进了，只要没有人问——

“往那里去？！”

君子若曰：“羊总是羊，不成了一长串顺从地走，还有什么别的法子呢？君不见夫猪乎？拖延着，逃着，喊着，奔突着，终于也还是被捉到非去不可的地方去，那些暴动，不过是空费力气而已矣。”

这是说：虽死也应该如羊，使天下太平，彼此省力。

这计划当然是很妥帖，大可佩服的。然而，君不见夫野猪乎？它以两个牙，使老猎人也不免于退避。这牙，只要猪脱出了牧豕奴所造的猪圈，走入山野，不久就会长出来。

Schopenhauer① 先生曾将绅士们比作豪猪，我想，这实在有些失体统。但在他，自然是并没有什么别的恶意的，不过拉扯来作一个比喻。《Parerga und Paralipomena》里有着这样意思的话：有一群豪猪，在冬天想用了大家的体温来御寒冷，紧靠起来了，但它们彼此即刻又觉得刺的疼痛，于是乎又离开。然而温暖的必要，再使它们靠近时，却又吃了照样的苦。但它们在这两种困难中，终于发见了彼此之间的适宜的间隔，以这距离，它们能够过得最平安。人们因为社交的要求，聚在一处，又因为各有可厌的许多性质和难堪的缺陷，再使他们分离。他们最后所发见的距离，——使他们得以

---

① Schopenhauer，叔本华。下文《Parerga und Paralipomena》（《副业和补遗》），系叔本华 1851 年出版的一本杂文集。

聚在一处的中庸的距离，就是“礼让”和“上流的风习”。有不守这距离的，在英国就这样叫，“Keep your distance!”

但即使这样叫，恐怕也只能在豪猪和豪猪之间才有效力罢，因为它们彼此的守着距离，原因是在于痛而不在于叫的。假使豪猪们中夹着一个别的，并没有刺，则无论怎么叫，它们总还是挤过来。孔子说：礼不下庶人。照现在的情形看，该是并非庶人不得接近豪猪，却是豪猪可以任意刺着庶人而取得温暖。受伤是当然要受伤的，但这也只能怪你自己独独没有刺，不足以让他守定适当的距离。孔子又说：刑不上大夫。这就又难怪人们的要做绅士。

这些豪猪们，自然也可以用牙角或棍棒来抵御的，但至少必须拚出背一条豪猪社会所制定的罪名：“下流”或“无礼”。

一月二十五日。

小杂感[①]

蜜蜂的刺，一用即丧失了它自己的生命；犬儒[②]的刺，一用则苟延了他自己的生命。

他们就是如此不同。

约翰穆勒说：专制使人们变成冷嘲。

而他竟不知道共和使人们变成沉默。

要上战场，莫如做军医；要革命，莫如走后方；要杀人，莫如做刽子手。既英雄，又稳当。

与名流学者谈，对于他之所讲，当装作偶有不懂之处。太不懂被看轻，太懂了被厌恶。偶有不懂之处，彼此最为合宜。

世间大抵只知道指挥刀所以指挥武士，而不想到也可以指挥文人。

---

① 此文最初发表于1927年12月17日《语丝》周刊第4卷第1期。

② 犬儒，原指古希腊昔匿克学派(Cynicism)的哲学家。他们过着禁欲的简陋的生活，被人讥诮为穷犬，所以又称犬儒学派。

又是演讲录，又是演讲录。①

但可惜都没有讲明他何以和先前大两样了；也没有讲明他演讲时，自己是否真相信自己的话。

阔的聪明人种种譬如昨日死。

不阔的傻子种种实在昨日死。

曾经阔气的要复古，正在阔气的要保持现状，未曾阔气的要革新。

大抵如是。大抵！

他们之所谓复古，是回到他们所记得的若干年前，并非虞夏商周。

女人的天性中有母性，有女儿性；无妻性。

妻性是逼成的，只是母性和女儿性的混合。

防被欺。

自称盗贼的无须防，得其反倒是好人；自称正人君子的必须防，得其反则是盗贼。

楼下一个男人病得要死，那间壁的一家唱着留声机；对面是弄孩子。楼上有两人狂笑；还有打牌声。河中的船上有女人哭着她

① 这里所说的“演讲录”，指当时不断编印出售的蒋介石、汪精卫、吴稚晖、戴季陶等人的演讲集。

死去的母亲。

人类的悲欢并不相通，我只觉得他们吵闹。

每一个破衣服人走过，叭儿狗就叫起来，其实并非都是狗主人的意旨或使嗾。

叭儿狗往往比它的主人更严厉。

恐怕有一天总要不准穿破布衫，否则便是共产党。

革命，反革命，不革命。

革命的被杀于反革命的。反革命的被杀于革命的。不革命的或当作革命的而被杀于反革命的，或当作反革命的而被杀于革命的，或并不当作什么而被杀于革命的或反革命的。

革命，革革命，革革革命，革革……。

人感到寂寞时，会创作；一感到干净时，即无创作，他已经一无所爱。

创作总根于爱。

杨朱无书。

创作虽说抒写自己的心，但总愿意有人看。

创作是有社会性的。

但有时只要有一个人看便满足：好友，爱人。

人往往憎和尚，憎尼姑，憎回教徒，憎耶教徒，而不憎道士。

懂得此理者，懂得中国大半。

要自杀的人，也会怕大海的汪洋，怕夏天死尸的易烂。

但遇到澄静的清池，凉爽的秋夜，他往往也自杀了。

凡为当局所“诛”者皆有“罪”。

刘邦除秦苛暴，“与父老约，法三章耳。”
而后来仍有族诛，仍禁挟书，还是秦法。
法三章者，话一句耳。

一见短袖子，立刻想到白臂膊，立刻想到全裸体，立刻想到生殖器，立刻想到性交，立刻想到杂交，立刻想到私生子。

中国人的想像惟在这一层能够如此跃进。

九月二十四日。

半夏小集[①]

一

A：你们大家来品评一下罢，B竟蛮不讲理的把我的大衫剥去了！

B：因为A还是不穿大衫好看。我剥它掉，是提拔他；要不然，我还不屑剥呢。

A：不过我自己却以为还是穿着好……

C：现在东北四省失掉了，你漫不管，只嚷你自己的大衫，你这利己主义者，你这猪猡！

C太太：他竟毫不知道B先生是合作的好伴侣，这昏蛋！

二

用笔和舌，将沦为异族的奴隶之苦告诉大家，自然是不错的，但要十分小心，不可使大家得着这样的结论："那么，到底还不如我们似的做自己人的奴隶好。"

---

① 此文最初发表于1936年10月《作家》月刊第2卷第1期。

三

“联合战线”①之说一出，先前投敌的一批“革命作家”，就以“联合”的先觉者自居，渐渐出现了。纳款，通敌的鬼蜮行为，一到现在，就好像都是“前进”的光明事业。

四

这是明亡后的事情。

凡活着的，有些出于心服，多数是被压服的。但活得最舒服横恣的是汉奸；而活得最清高，被人尊敬的，是痛骂汉奸的逸民。后来自己寿终林下，儿子已不妨应试去了，而且各有一个好父亲。至于默默抗战的烈士，却很少能有一个遗孤。

我希望目前的文艺家，并没有古之逸民气。

五

A：B，我们当你是一个可靠的好人，所以几种关于革命的事情，都没有瞒了你。你怎么竟向敌人告密去了？

B：岂有此理！怎么是告密！我说出来，是因为他们问了我呀。

A：你不能推说不知道吗？

B：什么话！我一生没有说过谎，我不是这种靠不住的人！

六

A：阿呀，B先生，三年不见了！你对我一定失望了罢？……

① “联合战线”，指抗日民族统一战线。

B：没有的事……为什么？

A：我那时对你说过，要到西湖上去做二万行的长诗，直到现在，一个字也没有，哈哈哈！

B：哦，……我可并没有失望。

A：您的“世故”可是进步了，谁都知道您记性好，“责人严”，不会这么随随便便的，您现在也学会了说谎。

B：我可并没有说谎。

A：那么，您真的对我没有失望吗？

B：唔，无所谓失不失望，因为我根本没有相信过你。

七

庄生以为“在上为乌鸢食，在下为蝼蚁食”，死后的身体，大可随便处置，因为横竖结果都一样。

我却没有这么旷达。假使我的血肉该喂动物，我情愿喂狮虎鹰隼，却一点也不给癞皮狗们吃。

养肥了狮虎鹰隼，它们在天空、岩角、大漠、丛莽里是伟美的壮观，捕来放在动物园里，打死制成标本，也令人看了神旺，消去鄙吝的心。

但养胖一群癞皮狗，只会乱钻，乱叫，可多么讨厌！

八

琪罗[①]编辑圣·蒲孚[②]的遗稿，名其一部为《我的毒》（Mes Poisons）；我从日译本上，看见了这样的一条：

---

① 琪罗（V.Giraud，1868—1953），法国文艺批评家，著有《泰纳评传》等。

② 圣·蒲孚（C.A.Sainte Beuve，1804—1869），通译圣佩韦，法国文艺批评家。著有《文学家画像》《月曜日讲话》等。

“明言着轻蔑什么人,并不是十足的轻蔑。惟沉默是最高的轻蔑。——我在这里说,也是多余的。”

诚然,“无毒不丈夫”,形诸笔墨,却还不过是小毒。最高的轻蔑是无言,而且连眼珠也不转过去。

九

作为缺点较多的人物的模特儿,被写入一部小说里,这人总以为是晦气的。

殊不知这并非大晦气,因为世间实在还有写不进小说里去的人。倘写进去,而又逼真,这小说便被毁坏。

譬如画家,他画蛇,画鳄鱼,画龟,画果子壳,画字纸篓,画垃圾堆,但没有谁画毛毛虫,画癞头疮,画鼻涕,画大便,就是一样的道理。

有人一知道我是写小说的,便回避我,我常想这样的劝止他,但可惜我的毒还不到这程度。

死[①]

当印造凯绥·珂勒惠支(Kaethe Kollwitz)所作版画的选集时,曾请史沫德黎(A. Smedley)女士做一篇序。自以为这请得非常合适,因为她们俩原极熟识的。不久做来了,又逼着茅盾先生译出,现已登在选集上。其中有这样的文字:

> 许多年来,凯绥·珂勒惠支——她从没有一次利用过赠授给她的头衔——作了大量的画稿,速写,铅笔作的和钢笔作的速写,木刻,铜刻。把这些来研究,就表示着有二大主题支配着,她早年的主题是反抗,而晚年的是母爱,母性的保障,救济,以及死。而笼照于她所有的作品之上的,是受难的,悲剧的,以及保护被压迫者深切热情的意识。
>
> 有一次我问她:"从前你用反抗的主题,但是现在你好像很有点抛不开死这观念。这是为什么呢?"用了深有所苦的语调,她回答道,"也许因为我是一天一天老了!"……

我那时看到这里,就想了一想。算起来:她用"死"来做画材的时候,是一九一〇年顷;这时她不过四十三四岁。我今年的这

① 此文最初发表于1936年9月20日《中流》半月刊第1卷第2期。

“想了一想”，当然和年纪有关，但回忆十余年前，对于死却还没有感到这么深切。大约我们的生死久已被人们随意处置，认为无足重轻，所以自己也看得随随便便，不像欧洲人那样的认真了。有些外国人说，中国人最怕死。这其实是不确的，——但自然，每不免模模胡胡的死掉则有之。

大家所相信的死后的状态，更助成了对于死的随便。谁都知道，我们中国人是相信有鬼（近时或谓之“灵魂”）的，既有鬼，则死掉之后，虽然已不是人，却还不失为鬼，总还不算是一无所有。不过设想中的做鬼的久暂，却因其人的生前的贫富而不同。穷人们是大抵以为死后就去轮回的，根源出于佛教。佛教所说的轮回，当然手续繁重，并不这么简单，但穷人往往无学，所以不明白。这就是使死罪犯人绑赴法场时，大叫“二十年后又是一条好汉”，面无惧色的原因。况且相传鬼的衣服，是和临终时一样的，穷人无好衣裳，做了鬼也决不怎么体面，实在远不如立刻投胎，化为赤条条的婴儿的上算。我们曾见谁家生了小孩，胎里就穿着叫化子或是游泳家的衣服的么？从来没有。这就好，从新来过。也许有人要问，既然相信轮回，那就说不定来生会堕入更穷苦的景况，或者简直是畜生道，更加可怕了。但我看他们是并不这样想的，他们确信自己并未造出该入畜生道的罪孽，他们从来没有能堕畜生道的地位、权势和金钱。

然而有着地位、权势和金钱的人，却又并不觉得该堕畜生道；他们倒一面化为居士，准备成佛，一面自然也主张读经复古，兼做圣贤。他们像活着时候的超出人理一样，自以为死后也超出了轮回的。至于小有金钱的人，则虽然也不觉得该受轮回，但此外也别无雄才大略，只豫备安心做鬼。所以年纪一到五十上下，就给自己寻葬地，合寿材，又烧纸锭，先在冥中存储，生下子孙，每年可吃羹饭。这实在比做人还享福。假使我现在已经是鬼，在阳间又有好子孙，那么，又何必零星卖稿，或向北新书局去算账呢，只要很闲适的躺在楠木或阴沉木的棺材里，逢年逢节，就自有一桌盛馔和一堆国币摆在眼前了，岂不快哉！

就大体而言，除极富贵者和冥律无关外，大抵穷人利于立即投胎，小康者利于长久做鬼。小康者的甘心做鬼，是因为鬼的生活（这两字大有语病，但我想不出适当的名词来），就是他还未过厌的人的生活的连续。阴间当然也有主宰者，而且极其严厉，公平，但对于他独独颇肯通融，也会收点礼物，恰如人间的好官一样。

有一批人是随随便便，就是临终也恐怕不大想到的，我向来正是这随便党里的一个。三十年前学医的时候，曾经研究过灵魂的有无，结果是不知道；又研究过死亡是否苦痛，结果是不一律，后来也不再深究，忘记了。近十年中，有时也为了朋友的死，写点文章，不过好像并不想到自己。这两年来病特别多，一病也比较的长久，这才往往记起了年龄，自然，一面也为了有些作者们笔下的好意的或是恶意的不断的提示。

从去年起，每当病后休养，躺在藤躺椅上，每不免想到体力恢复后应该动手的事情：做什么文章，翻译或印行什么书籍。想定之后，就结束道：就是这样罢——但要赶快做。这“要赶快做”的想头，是为先前所没有的，就因为在不知不觉中，记得了自己的年龄。却从来没有直接的想到“死”。

直到今年的大病，这才分明的引起关于死的豫想来。原先是仍如每次的生病一样，一任着日本的S医师的诊治的。他虽不是肺病专家，然而年纪大，经验多，从习医的时期说，是我的前辈，又极熟识，肯说话。自然，医师对于病人，纵使怎样熟识，说话是还是有限度的，但是他至少已经给了我两三回警告，不过我仍然不以为意，也没有转告别人。大约实在是日子太久，病象太险了的缘故罢，几个朋友暗自协商定局，请了美国的D医师来诊察了。他是在上海的唯一的欧洲的肺病专家，经过打诊，听诊之后，虽然誉我为最能抵抗疾病的典型的中国人，然而也宣告了我的就要灭亡；并且说，倘是欧洲人，则在五年前已经死掉。这判决使善感的朋友们下泪。我也没有请他开方，因为我想，他的医学从欧洲学来，一定没有学过给死了五年的病人开方的法子。然而D医师的诊断却实在是极准确的，后来我照了一张用X光透视的胸像，所见的景象，竟大抵和他的诊断相同。

我并不怎么介意于他的宣告，但也受了些影响，日夜躺着，无力谈话，无力看书。连报纸也拿不动，又未曾炼到"心如古井"，就只好想，而从此竟有时要想到"死"了。不过所想的也并非"二十年后又是一条好汉"，或者怎样久住在楠木棺材里之类，而是临终之前的琐事。在这时候，我才确信，我是到底相信人死无鬼的。我只想到过写遗嘱，以为我倘曾贵为宫保①，富有千万，儿子和女婿及其他一定早已逼我写好遗嘱了，现在却谁也不提起。但是，我也留下一张罢。当时好像很想定了一些，都是写给亲属的，其中有的是：

一，不得因为丧事，收受任何人的一文钱。——但老朋友的，不在此例。

二，赶快收敛，埋掉，拉倒。

三，不要做任何关于纪念的事情。

四，忘记我，管自己生活。——倘不，那就真是胡涂虫。

五，孩子长大，倘无才能，可寻点小事情过活，万不可去做空头

① 宫保，即太子太保、少保的通称，一般都是授予大臣的加衔，以表示荣宠。

文学家或美术家。

六，别人应许给你的事物，不可当真。

七，损着别人的牙眼，却反对报复，主张宽容的人，万勿和他接近。

此外自然还有，现在忘记了。只还记得在发热时，又曾想到欧洲人临死时，往往有一种仪式，是请别人宽恕，自己也宽恕了别人。我的怨敌可谓多矣，倘有新式的人问起我来，怎么回答呢？我想了一想，决定的是：让他们怨恨去，我也一个都不宽恕。

但这仪式并未举行，遗嘱也没有写，不过默默的躺着，有时还发生更切迫的思想：原来这样就算是在死下去，倒也并不苦痛；但是，临终的一刹那，也许并不这样的罢；然而，一世只有一次，无论怎样，总是受得了的……。后来，却有了转机，好起来了。到现在，我想，这些大约并不是真的要死之前的情形，真的要死，是连这些想头也未必有的，但究竟如何，我也不知道。

九月五日。

拿来主义[①]

中国一向是所谓“闭关主义”，自己不去，别人也不许来。自从给枪炮打破了大门之后，又碰了一串钉子，到现在，成了什么都是“送去主义”了。别的且不说罢，单是学艺上的东西，近来就先送一批古董到巴黎去展览，但终“不知后事如何”；还有几位“大师”们捧着几张古画和新画，在欧洲各国一路的挂过去，叫作“发扬国光”。听说不远还要送梅兰芳博士到苏联去，以催进“象征主义”，此后是顺便到欧洲传道。我在这里不想讨论梅博士演艺和象征主义的关系，总之，活人替代了古董，我敢说，也可以算得显出一点进步了。

但我们没有人根据了“礼尚往来”的仪节，说道：拿来！

当然，能够只是送出去，也不算坏事情，一者见得丰富，二者见得大度。尼采就自诩过他是太阳，光热无穷，只是给与，不想取得。然而尼采究竟不是太阳，他发了疯。中国也不是，虽然有人说，掘起地下的煤来，就足够全世界几百年之用。但是，几百年之后呢？几百年之后，我们当然是化为魂灵，或上天堂，或落了地狱，但我们的子孙是在的，所以还应该给他们留下一点礼品。要不然，则当佳节大典之际，他们拿不出东西来，只好磕头贺喜，讨一点残羹冷炙

① 此文最初发表于1934年6月7日《中华日报·动向》，署名霍冲。

做奖赏。

这种奖赏，不要误解为“抛来”的东西，这是“抛给”的，说得冠冕些，可以称之为“送来”，我在这里不想举出实例。

我在这里也并不想对于“送去”再说什么，否则太不“摩登”了。我只想鼓吹我们再吝啬一点，“送去”之外，还得“拿来”，是为“拿来主义”。

但我们被“送来”的东西吓怕了。先有英国的鸦片，德国的废枪炮，后有法国的香粉，美国的电影，日本的印着“完全国货”的各种小东西。于是连清醒的青年们，也对于洋货发生了恐怖。其实，这正是因为那是“送来”的，而不是“拿来”的缘故。

所以我们要运用脑髓，放出眼光，自己来拿！

譬如罢，我们之中的一个穷青年，因为祖上的阴功（姑且让我这么说说罢），得了一所大宅子，且不问他是骗来的，抢来的，或合法继承的，或是做了女婿换来的。那么，怎么办呢？我想，首先是不管三七二十一，“拿来”！但是，如果反对这宅子的旧主人，怕给他的东西染污了，徘徊不敢走进门，是孱头；勃然大怒，放一把火烧光，算是保存自己的清白，则是昏蛋。不过因为原是羡慕这宅子的旧主人的，而这回接受一切，欣欣然的蹩进卧室，大吸剩下的鸦片，那当然更是废物。“拿来主义”者是全不这样的。

他占有，挑选。看见鱼翅，并不就抛在路上以显其“平民化”，只要有养料，也和朋友们像萝卜白菜一样的吃掉，只不用它来宴大宾；看见鸦片，也不当众摔在毛厕里，以见其彻底革命，只送到药房里去，以供治病之用，却不弄“出售存膏，售完即止”的玄虚。只有烟枪和烟灯，虽然形式和印度、波斯、阿剌伯的烟具都不同，确可以算是一种国粹，倘使背着周游世界，一定会有人看，但我想，除了送一点进博物馆之外，其余的是大可以毁掉的了。还有一群姨太太，也大以请她们各自走散为是,要不然,“拿来主义”怕未免有些危机。

总之,我们要拿来。我们要或使用,或存放,或毁灭。那么,主人是新主人,宅子也就会成为新宅子。然而首先要这人沉着,勇猛,有辨别,不自私。没有拿来的,人不能自成为新人,没有拿来的,文艺不能自成为新文艺。

六月四日。

论“旧形式的采用”[①]

“旧形式的采用”的问题，如果平心静气的讨论起来，在现在，我想是很有意义的，但开首便遭到了耳耶[②]先生的笔伐。“类乎投降”“机会主义”，这是近十年来“新形式的探求”的结果，是克敌的咒文，至少先使你惹一身不干不净。但耳耶先生是正直的，因为他同时也在译《艺术底内容和形式》，一经登完，便会洗净他激烈的责罚；而且有几句话也正确的，是他说新形式的探求不能和旧形式的采用机械的地分开。

不过这几句话已经可以说是常识；就是说内容和形式不能机械地分开，也已经是常识；还有，知道作品和大众不能机械地分开，也当然是常识。旧形式为什么只是“采用”——但耳耶先生却指为“为整个(！)旧艺术捧场”——就是为了新形式的探求。采取若干，和“整个”捧来是不同的，前进的艺术家不能有这思想(内容)。然而他会想到采取旧艺术，因为他明白了作品和大众不能机械地分开。以为艺术是艺术家的“灵感”的爆发，像鼻子发痒的人，只要打出喷嚏来就浑身舒服，一了百了的时候已经过去了，现在想到，而

① 此文最初发表于1934年5月4日上海《中华日报·动向》，署名常庚。
② 耳耶，即聂绀弩，“左联”作家。

且关心了大众。这是一个新思想(内容),由此而在探求新形式,首先提出的是旧形式的采取,这采取的主张,正是新形式的发端,也就是旧形式的蜕变,在我看来,是既没有将内容和形式机械地分开,更没有看得《姊妹花》叫座,于是也来学一套的投机主义的罪案的。

自然,旧形式的采取,或者必须说新形式的探求,都必须艺术学徒的努力的实践,但理论家或批评家是同有指导,评论,商量的责任的,不能只斥他交代未清之后,便可逍遥事外。我们有艺术史,而且生在中国,即必须翻开中国的艺术史来。采取什么呢?我想,唐以前的真迹,我们无从目睹了,但还能知道大抵以故事为题材,这是可以取法的;在唐,可取佛画的灿烂,线画的空实和明快,宋的院画,萎靡柔媚之处当舍,周密不苟之处是可取的,米点山水,则毫无用处。后来的写意画(文人画)有无用处,我此刻不敢确说,恐怕也许还有可用之点的罢。这些采取,并非断片的古董的杂陈,必须溶化于新作品中,那是不必赘说的事,恰如吃用牛羊,弃去蹄毛,留其精粹,以滋养及发达新的生体,决不因此就会"类乎"牛羊的。

只是上文所举的,亦即我们现在所能看见的,都是消费的艺术。它一向独得有力者的宠爱,所以还有许多存留。但既有消费者,必有生产者,所以一面有消费者的艺术,一面也有生产者的艺术。古代的东西,因为无人保护,除小说的插画以外,我们几乎什么也看不见了。至于现在,却还有市上新年的花纸,和猛克先生所指出的连环图画。这些虽未必是真正的生产者的艺术,但和高等有闲者的艺术对立,是无疑的。但虽然如此,它还是大受着消费者艺术的影响,例如在文学上,则民歌大抵脱不开七言的范围,在图画上,则题材多是士大夫的故事,然而已经加以提炼,成为明快,简捷的东西了。这也就是蜕变，一向则谓之“俗”。注意于大众的艺术家，来注意于这些东西，大约也未必错，至于仍要加以提炼，那也是无须赘说的。

但中国的两者的艺术，也有形似而实不同的地方，例如佛画的满幅云烟，是豪华的装璜，花纸也有一种硬填到几乎不见白纸的，却是惜纸的节俭；唐伯虎画的细腰纤手的美人，是他一类人们的欲得之物，花纸上也有这一种，在赏玩者却只以为世间有这一类人物，聊资博识，或满足好奇心而已。为大众的画家，都无须避忌。

至于谓连环图画不过图画的种类之一，与文学中之有诗歌、戏曲、小说相同，那自然是不错的。但这种类之别，也仍然与社会条件相关联，则我们只要看有时盛行诗歌，有时大出小说，有时独多短篇的史实便可以知道。因此，也可以知道即与内容相关联。现在社会上的流行连环图画，即因为它有流行的可能，且有流行的必要，着眼于此，因而加以导引，正是前进的艺术家的正确的任务；为了大众，力求易懂，也正是前进的艺术家正确的努力。旧形式是采取，必有所删除，既有删除，必有所增益，这结果是新形式的出现，也就是变革。而且，这工作是决不如旁观者所想的容易的。

但就是立有了新形式罢，当然不会就是很高的艺术。艺术的前进，还要别的文化工作的协助，某一文化部门，要某一专家唱独脚戏来提得特别高，是不妨空谈，却难做到的事，所以专责个人，那立论的偏颇和偏重环境的是一样的。

五月二日。

论讽刺[①]

我们常不免有一种先入之见，看见讽刺作品，就觉得这不是文学上的正路，因为我们先就以为讽刺并不是美德。但我们走到交际场中去，就往往可以看见这样的事实，是两位胖胖的先生，彼此弯腰拱手，满面油晃晃的正在开始他们的扳谈——

"贵姓？……"

"敝姓钱。"

"哦，久仰久仰！还没有请教台甫……"

"草字阔亭。"

"高雅高雅。贵处是……？"

"就是上海……"

"哦哦，那好极了，这真是……"

谁觉得奇怪呢？但若写在小说里，人们可就会另眼相看了，恐怕大概要被算作讽刺。有好些直写事实的作者，就这样的被蒙上了"讽刺家"——很难说是好是坏——的头衔。例如在中国，则《金瓶梅》写蔡御史的自谦和恭维西门庆道："恐我不如安石之才，而君有王右军之高致矣！"还有《儒林外史》写范举人因为守孝，连象牙筷也不肯用，但吃饭时，他却"在燕窝碗里拣了一个大虾圆子送在

① 本篇最初发表于1935年4月《文学》月刊第4卷第4号，署名敖。

嘴里”，和这相似的情形是现在还可以遇见的；在外国，则如近来已被中国读者所注意了的果戈理的作品，他那《外套》（韦素园译，在《未名丛刊》中）里的大小官吏，《鼻子》（许遐译，在《译文》中）里的绅士，医生，闲人们之类的典型，是虽在中国的现在，也还可以遇见的。这分明是事实，而且是很广泛的事实，但我们皆谓之讽刺。

人大抵愿意有名，活的时候做自传，死了想有人分讣文，做行实，甚而至于还“宣付国史馆立传”。人也并不全不自知其丑，然而他不愿意改正，只希望随时消掉，不留痕迹，剩下的单是美点，如曾经施粥赈饥之类，却不是全般。“高雅高雅”，他其实何尝不知道有些肉麻，不过他又知道说过就完，“本传”里决不会有，于是也就放心的“高雅”下去。如果有人记了下来，不给它消灭，他可要不高兴了。于是乎挖空心思的来一个反攻，说这些乃是“讽刺”，向作者抹一脸泥，来掩藏自己的真相。但我们也每不免来不及思索，跟着说，“这些乃是讽刺呀！”上当真可是不浅得很。

同一例子的还有所谓“骂人”。假如你到四马路去，看见雉妓在拖住人，倘大声说：“野鸡在拉客”，那就会被她骂你是“骂人”。骂人是恶德，于是你先就被判定在坏的一方面了；你坏，对方可就好。但事实呢，却的确是“野鸡在拉客”，不过只可心里知道，说不得，在万不得已时，也只能说“姑娘勒浪做生意”，恰如对于那些弯腰拱手之辈，做起文章来，是要改作“谦以待人，虚以接物”的。——这才不是骂人，这才不是讽刺。

其实，现在的所谓讽刺作品，大抵倒是写实。非写实决不能成为所谓“讽刺”；非写实的讽刺，即使能有这样的东西，也不过是造谣和诬蔑而已。

三月十六日。

从讽刺到幽默[①]

讽刺家，是危险的。

假使他所讽刺的是不识字者，被杀戮者，被囚禁者，被压迫者罢，那很好，正可给读他文章的所谓有教育的智识者嘻嘻一笑，更觉得自己的勇敢和高明。然而现今的讽刺家之所以为讽刺家，却正在讽刺这一流所谓有教育的智识者社会。

因为所讽刺的是这一流社会，其中的各分子便各各觉得好像刺着了自己，就一个个的暗暗的迎出来，又用了他们的讽刺，想来刺死这讽刺者。

最先是说他冷嘲，渐渐的又七嘴八舌的说他谩骂，俏皮话，刻毒，可恶，学匪，绍兴师爷，等等，等等。然而讽刺社会的讽刺，却往往仍然会"悠久得惊人"的，即使捧出了做过和尚的洋人或专办了小报来打击，也还是没有效，这怎不气死人也么哥呢！

枢纽是在这里：他所讽刺的是社会，社会不变，这讽刺就跟着存在，而你所刺的是他个人，他的讽刺倘存在，你的讽刺就落空了。

所以，要打倒这样的可恶的讽刺家，只好来改变社会。

然而社会讽刺家究竟是危险的，尤其是在有些"文学家"明明

① 此文最初发表于1933年3月7日《申报·自由谈》，署名何家干。

暗暗的成了“王之爪牙”的时代。人们谁高兴做“文字狱”中的主角呢，但倘不死绝，肚子里总还有半口闷气，要借着笑的幌子，哈哈的吐他出来。笑笑既不至于得罪别人，现在的法律上也尚无国民必须哭丧着脸的规定，并非“非法”，盖可断言的。

我想：这便是去年以来，文字上流行了“幽默”的原因，但其中单是“为笑笑而笑笑”的自然也不少。

然而这情形恐怕是过不长久的，“幽默”既非国产，中国人也不是长于“幽默”的人民，而现在又实在是难以幽默的时候。于是虽幽默也就免不了改变样子了，非倾于对社会的讽刺，即堕入传统的“说笑话”和“讨便宜”。

三月二日。

从幽默到正经[1]

"幽默"一倾于讽刺，失了它的本领且不说，最可怕的是有些人又要来"讽刺"，来陷害了，倘若堕于"说笑话"，则寿命是可以较为长远，流年也大致顺利的，但愈堕愈近于国货，终将成为洋式徐文长。当提倡国货声中，广告上已有中国的"自造舶来品"，便是一个证据。

而况我实在恐怕法律上不久也就要有规定国民必须哭丧着脸的明文了。笑笑，原也不能算"非法"的。但不幸东省沦陷，举国骚然，爱国之士竭力搜索失地的原因，结果发见了其一是在青年的爱玩乐，学跳舞。当北海上正在嘻嘻哈哈的溜冰的时候，一个大炸弹抛下来，虽然没有伤人，冰却已经炸了一个大窟窿，不能溜之大吉了。

又不幸而榆关失守，热河吃紧了，有名的文人学士，也就更加吃紧起来，做挽歌的也有，做战歌的也有，讲文德的也有，骂人固然可恶，俏皮也不文明，要大家做正经文章，装正经脸孔，以补"不抵抗主义"之不足。

但人类究竟不能这么沉静，当大敌压境之际，手无寸铁，杀不

---

① 此文最初发表于1933年3月8日《申报·自由谈》，署名何家干。

得敌人，而心里却总是愤怒的，于是他就不免寻求敌人的替代。这时候，笑嘻嘻的可就遭殃了，因为他这时便被叫作："陈叔宝全无心肝"。所以知机的人，必须也和大家一样哭丧着脸，以免于难。"聪明人不吃眼前亏"，亦古贤之遗教也，然而这时也就"幽默"归天，"正经"统一了剩下的全中国。

明白这一节，我们就知道先前为什么无论贞女与淫女，见人时都得不笑不言；现在为什么送葬的女人，无论悲哀与否，在路上定要放声大叫。

这就是"正经"。说出来么，那就是"刻毒"。

三月二日。

诗歌之敌[1]

大前天第一次会见"诗孩"[2]，谈话之间，说到我可以对于《文学周刊》投一点什么稿子。我暗想倘不是在文艺上有伟大的尊号如诗歌小说评论等，多少总得装一些门面，使与尊号相当，而是随随便便近于杂感一类的东西，那总该容易的罢，于是即刻答应了。此后玩了两天，食粟而已，到今晚才向书桌坐下来豫备写字，不料连题目也想不出，提笔四顾，右边一个书架，左边一口衣箱，前面是墙壁，后面也是墙壁，都没有给我少许灵感之意。我这才知道：大难已经临头了。

幸而因"诗孩"而联想到诗，但不幸而我于诗又偏是外行，倘讲些什么"义法"之流，岂非"鲁般门前掉大斧"。记得先前见过一位留学生，听说是大有学问的。他对我们喜欢说洋话，使我不知所云，然而看见洋人却常说中国话。这记忆忽然给我一种启示，我就想在《文学周刊》上论打拳；至于诗呢？留待将来遇见拳师的时候再讲。但正在略略踌躇之际，却又联想到较为妥当的，曾在《学灯》——不是上海出版的《学灯》——上见过的一篇春日一郎的文

---

① 此文最初发表于 1925 年 1 月 17 日《京报》附刊《文学周刊》第 5 期。
② "诗孩"，指孙席珍，浙江绍兴人，作家。

章来了，于是就将他的题目直抄下来：《诗歌之敌》。

那篇文章的开首说，无论什么时候，总有“反诗歌党”的。编成这一党派的分子：一、是凡要感得专诉于想像力的或种艺术的魅力，最要紧的是精神的炽烈的扩大，而他们却已完全不能扩大了的固执的智力主义者；二、是他们自己曾以媚态奉献于艺术神女，但终于不成功，于是一变而攻击诗人，以图报复的著作者；三、是以为诗歌的热烈的感情的奔迸，足以危害社会的道德与平和的那些怀着宗教精神的人们。但这自然是专就西洋而论。

诗歌不能凭仗了哲学和智力来认识，所以感情已经冰结的思想家，即对于诗人往往有谬误的判断和隔膜的揶揄。最显著的例是洛克，他观作诗，就和踢球相同。在科学方面发扬了伟大的天才的巴士凯尔，于诗美也一点不懂，曾以几何学者的口吻断结说：“诗者，非有少许稳定者也。”凡是科学底的人们，这样的很不少，因为他们精细地研钻着一点有限的视野，便决不能和博大的诗人的感得全人间世，而同时又领会天国之极乐和地狱之大苦恼的精神相通。近来的科学者虽然对于文艺稍稍加以重视了，但如意大利的伦勃罗梭一流总想在大艺术中发见疯狂，奥国的佛罗特一流专一用解剖刀来分割文艺，冷静到入了迷，至于不觉得自己的过度的穿凿附会者，也还是属于这一类。中国的有些学者，我不能妄测他们于科学究竟到了怎样高深，但看他们或者至于诧异现在的青年何以要绍介被压迫民族文学，或者至于用算盘来算定新诗的乐观或悲观，即以决定中国将来的运命，则颇使人疑是对于巴士凯尔的冷嘲。因为这时可以改篡他的话：“学者，非有少许稳定者也。”

但反诗歌党的大将总要算柏拉图。他是艺术否定论者，对于悲剧喜剧，都加攻击，以为足以灭亡我们灵魂中崇高的理性，鼓舞劣等的情绪，凡有艺术，都是模仿的模仿，和“实在”尚隔三层；又以同一理由，排斥荷马。在他的《理想国》中，因为诗歌有能鼓动民心的倾向，所以诗人是看作社会的危险人物的，所许可者，只有足供教育资料的作品，即对于神明及英雄的颂歌。这一端，和我们中国古今的道学先生的意见，相差似乎无几。然而柏拉图自己却是一个诗人，著作之中，以诗人的感情来叙述的就常有；即《理想国》，也还是一部诗人的梦书。他在青年时，又曾委身于艺圃的开拓，待到自己知道胜不过无敌的荷马，却一转而开始攻击，仇视诗歌了。但自私的偏见，仿佛也不容易支持长久似的，他的高足弟子亚里士多德做了一部《诗学》，就将为奴的文艺从先生的手里一把抢来，放在自由独立的世界里了。

第三种是中外古今触目皆是的东西。如果我们能够看见罗马法皇宫中的禁书目录，或者知道旧俄国教会里所诅咒的人名，大概可以发见许多意料不到的事的罢，然而我现在所知道的却都是耳食之谈，所以竟没有写在纸上的勇气。总之，在普通的社会上，历来就骂杀了不少的诗人，则都有文艺史实来作证的了。中国的大惊小怪，也不下于过去的西洋，绰号似的造出许多恶名，都给文人负担，尤其是抒情诗人。而中国诗人也每未免感得太浅太偏，走过宫人斜[1]就做一首"无题"，看见树丫叉就赋一篇"有感"。和这相应，道学先生也就神经过敏之极了：一见"无题"就心跳，遇"有感"则立刻满脸发烧，甚至于必以学者自居，生怕将来的国史将他附入文苑传。

说文学革命之后而文学已有转机，我至今还未明白这话是否真实。但戏曲尚未萌芽，诗歌却已奄奄一息了，即有几个人偶然呻吟，也如冬花在严风中颤抖。听说前辈老先生，还有后辈而少年老

---

① 宫人斜，古代埋葬宫女的坟地。

成的小先生，近来尤厌恶恋爱诗；可是说也奇怪，咏叹恋爱的诗歌果然少见了。从我似的外行人看起来，诗歌是本以发抒自己的热情的，发讫即罢；但也愿意有共鸣的心弦，则不论多少，有了也即罢；对于老先生的一颦蹙，殊无所用其惭惶。纵使稍稍带些杂念，即所谓意在撩拨爱人或是“出风头”之类，也并非大悖人情，所以正是毫不足怪，而且对于老先生的一颦蹙，即更无所用其惭惶。因为意在爱人，便和前辈老先生尤如风马牛之不相及，倘因他们一摇头而慌忙辍笔，使他高兴，那倒像撩拨老先生，反而失敬了。

倘我们赏识美的事物，而以伦理学的眼光来论动机，必求其“无所为”，则第一先得与生物离绝。柳阴下听黄鹂鸣，我们感得天地间春气横溢，见流萤明灭于丛草里，使人顿怀秋心。然而鹂歌萤照是“为”什么呢？毫不客气，那都是所谓“不道德”的，都正在大“出风头”，希图觅得配偶。至于一切花，则简直是植物的生殖机关了。虽然有许多披着美丽的外衣，而目的则专在受精，比人们的讲神圣恋爱尤其露骨。即使清高如梅菊，也逃不出例外——而可怜的陶潜林逋，却都不明白那些动机。

一不小心，话又说得不甚驯良了，倘不急行检点，怕难免真要拉到打拳。但离题一远，也就很不容易勒转，只好再举一种近似的事，就此收场罢。

豢养文士仿佛是赞助文艺似的，而其实也是敌。宋玉司马相如之流，就受着这样的待遇，和后来的权门的“清客”略同，都是位在声色狗马之间的玩物。查理九世的言动，更将这事十分透彻地证明了的。他是爱好诗歌的，常给诗人一点酬报，使他们肯做一些好诗，而且时常说：“诗人就像赛跑的马，所以应该给吃一点好东西。但不可使他们太肥；太肥，他们就不中用了。”这虽然对于胖子而想兼做诗人的，不算一个好消息，但也确有几分真实在内。匈牙利最大的抒情诗人彼象飞（A. Petöfi）有题 B. Sz. 夫人照像的诗，大旨说“听说你使你的丈夫很幸福，我希望不至于此，因为他是苦恼的夜莺，而今沉默在幸福里了。苛待他罢，使他因此常常唱出甜美的歌来。”也正是一样的意思。但不要误解，以为我是在提倡青年要做好诗，必须在幸福的家庭里和令夫人天天打架。事情也不尽如此的。相反的例并不少，最显著的是勃朗宁和他的夫人。

一九二五年一月一日。

对于批评家的希望[①]

前两三年的书报上，关于文艺的大抵只有几篇创作（姑且这样说）和翻译，于是读者颇有批评家出现的要求，现在批评家已经出现了，而且日见其多了。

以文艺如此幼稚的时候，而批评家还要发掘美点，想扇起文艺的火焰来，那好意实在很可感。即不然，或则叹息现代作品的浅薄，那是望著作家更其深，或则叹息现代作品之没有血泪，那是怕著作界复归于轻佻。虽然似乎微辞过多，其实却是对于文艺的热烈的好意，那也实在是很可感谢的。

独有靠了一两本“西方”的旧批评论，或则捞一点头脑板滞的先生们的唾余，或则仗着中国固有的什么天经地义之类的，也到文坛上来践踏，则我以为委实太滥用了批评的权威。试将粗浅的事来比罢：譬如厨子做菜，有人品评他坏，他固不应该将厨刀铁釜交给批评者，说道你试来做一碗好的看：但他却可以有几条希望，就是望吃菜的没有“嗜痂之癖”，没有喝醉了酒，没有害着热病，舌苔厚到二三分。

我对于文艺批评家的希望却还要小。我不敢望他们于解剖裁

① 本篇最初发表于1922年11月9日《晨报副刊》，署名风声。

判别人的作品之前，先将自己的精神来解剖裁判一回，看本身有无浅薄卑劣荒谬之处，因为这事情是颇不容易的。我所希望的不过愿其有一点常识，例如知道裸体画和春画的区别，接吻和性交的区别，尸体解剖和戮尸的区别，出洋留学和“放诸四夷”的区别，笋和竹的区别，猫和老虎的区别，老虎和番菜馆的区别……。更进一步，则批评以英美的老先生学说为主，自然是悉听尊便的，但尤希望知道世界上不止英美两国；看不起托尔斯泰，自然也自由的，但尤希望先调查一点他的行实，真看过几本他所做的书。

还有几位批评家，当批评译本的时候，往往诋为不足齿数的劳力，而怪他何不去创作。创作之可尊，想来翻译家该是知道的，然而他竟止于翻译者，一定因为他只能翻译，或者偏爱翻译的缘故。所以批评家若不就事论事，而说些应当去如此如彼，是溢出于事权以外的事，因为这类言语，是商量教训而不是批评。现在还将厨子来比，则吃菜的只要说出品味如何就尽够，若于此之外，又怪他何以不去做裁缝或造房子，那是无论怎样的呆厨子，也难免要说这位客官是痰迷心窍的了。

十一月九日。

我们要批评家[①]

看大概的情形（我们这里得不到确凿的统计），从去年以来，挂着“革命的”的招牌的创作小说的读者已经减少，出版界的趋势，已在转向社会科学了。这不能不说是好现象。最初，青年的读者迷于广告式批评的符咒，以为读了“革命的”创作，便有出路，自己和社会，都可以得救，于是随手拈来，大口吞下，不料许多许多是并不是滋养品，是新袋子里的酸酒，红纸包里的烂肉，那结果，是吃得胸口痒痒的，好像要呕吐。

得了这一种苦楚的教训之后，转而去求医于根本的，切实的社会科学，自然，是一个正当的前进。

然而，大部分是因为市场的需要，社会科学的译著又蜂起云涌了，较为可看的和很要不得的都杂陈在书摊上，开始寻求正确的知识的读者们已经在惶惑。然而新的批评家不开口，类似批评家之流便趁势一笔抹杀：“阿狗阿猫”。

到这里，我们所需要的，就只得还是几个坚实的，明白的，真懂得社会科学及其文艺理论的批评家。

批评家的发生，在中国已经好久了。每一个文学团体中，大抵

① 此文最初发表于1930年4月1日《萌芽》月刊第1卷第4期。

总有一套文学的人物。至少，是一个诗人，一个小说家，还有一个尽职于宣传本团体的光荣和功绩的批评家。这些团体，都说是志在改革，向旧的堡垒取攻势的，然而还在中途，就在旧的堡垒之下纷纷自己扭打起来，扭得大家乏力了，这才放开了手，因为不过是“扭”而已矣，所以大创是没有的，仅仅喘着气。一面喘着气，一面各自以为胜利，唱着凯歌。旧堡垒上简直无须守兵，只要袖手俯首，看这些新的敌人自己所唱的喜剧就够。他无声，但他胜利了。

这两年中，虽然没有极出色的创作，然而据我所见，印成本子的，如李守章的《跋涉的人们》，台静农的《地之子》，叶永蓁的《小小十年》前半部，柔石的《二月》及《旧时代之死》，魏金枝的《七封信的自传》，刘一梦的《失业以后》，总还是优秀之作。可惜我们的有名的批评家，梁实秋先生还在和陈西滢相呼应，这里可以不提；成仿吾先生是怀念了创造社过去的光荣之后，摇身一变而成为“石厚生”，接着又流星似的消失了；钱杏邨先生近来又只在《拓荒者》上，搀着藏原惟人，一段又一段的，在和茅盾扭结。每一个文学团体以外的作品，在这样忙碌或萧闲的战场，便都被“打发”或默杀了。

这回的读书界的趋向社会科学，是一个好的，正当的转机，不惟有益于别方面，即对于文艺，也可催促它向正确，前进的路。但在出品的杂乱和旁观者的冷笑中，是极容易雕谢的，所以现在所首先需要的，也还是——

几个坚实的，明白的，真懂得社会科学及其文艺理论的批评家。

不应该那么写[①]

凡是有志于创作的青年，第一个想到的问题，大概总是“应该怎样写？”现在市场上陈列着的“小说作法”“小说法程”之类，就是专掏这类青年的腰包的。然而，好像没有效，从“小说作法”学出来的作者，我们至今还没有听到过。有些青年是设法去问已经出名的作者，那些答案，还很少见有什么发表，但结果是不难推想而知的：不得要领。这也难怪，因为创作是并没有什么秘诀，能够交头接耳，一句话就传授给别一个的，倘不然，只要有这秘诀，就真可以登广告，收学费，开一个三天包成文豪学校了。以中国之大，或者也许会有罢，但是，这其实是骗子。

在不难推想而知的种种答案中，大概总该有一个是“多看大作家的作品”。这恐怕也很不能满文学青年的意，因为太宽泛，茫无边际——然而倒是切实的。凡是已有定评的大作家，他的作品，全部就说明着“应该怎样写”。只是读者很不容易看出，也就不能领悟。因为在学习者一方面，是必须知道了“不应该那么写”，这才会明白原来“应该这么写”的。

这“不应该那么写”，如何知道呢？惠列赛耶夫的《果戈理研

① 此文最初发表于 1935 年 6 月《文学》月刊第 4 卷第 6 号，署名洛。

究》第六章里,答复着这问题——

> “应该这么写,必须从大作家们的完成了的作品去领会。那么,不应该那么写这一面,恐怕最好是从那同一作品的未定稿本去学习了。在这里,简直好像艺术家在对我们用实物教授。恰如他指着每一行,直接对我们这样说——‘你看——哪,这是应该删去的。这要缩短,这要改作,因为不自然了。在这里,还得加些渲染,使形象更加显豁些。’”

这确是极有益处的学习法,而我们中国却偏偏缺少这样的教材。近几年来,石印的手稿是有一些了,但大抵是学者的著述或日记。也许是因为向来崇尚“一挥而就”“文不加点”的缘故罢,又大抵是全本干干净净,看不出苦心删改的痕迹来。取材于外国呢,则即使精通文字,也无法搜罗名作的初版以至改定版的各种本子的。

读书人家的子弟熟悉笔墨,木匠的孩子会玩斧凿,兵家儿早识刀枪,没有这样的环境和遗产,是中国的文学青年的先天的不幸。

在没奈何中,想了一个补救法:新闻上的记事,拙劣的小说,那事件,是也有可以写成一部文艺作品的,不过那记事,那小说,却并非文艺——这就是“不应该这样写”的标本。只是和“应该那样写”,却无从比较了。

四月二十三日。

几乎无事的悲剧[①]

果戈理(Nikolai Gogol)的名字,渐为中国读者所认识了,他的名著《死魂灵》的译本,也已经发表了第一部的一半。那译文虽然不能令人满意,但总算借此知道了从第二至六章,一共写了五个地主的典型,讽刺固多,实则除一个老太婆和吝啬鬼泼留希金外,都各有可爱之处。至于写到农奴,却没有一点可取了,连他们诚心来帮绅士们的忙,也不但无益,反而有害。果戈理自己就是地主。

然而当时的绅士们很不满意,一定的照例的反击,是说书中的典型,多是果戈理自己,而且他也并不知道大俄罗斯地主的情形。这是说得通的,作者是乌克兰人,而看他的家信,有时也简直和书中的地主的意见相类似。然而即使他并不知道大俄罗斯的地主的情形罢,那创作出来的脚色,可真是生动极了,直到现在,纵使时代不同,国度不同,也还使我们像是遇见了有些熟识的人物。讽刺的本领,在这里不及谈,单说那独特之处,尤其是在用平常事,平常话,深刻的显出当时地主的无聊生活。例如第四章里的罗士特来夫,是地方恶少式的地主,赶热闹,爱赌博,撒大谎,要恭维,——但挨打也不要紧。他在酒店里遇到乞乞科夫,夸示自己的好小狗,勒

---

① 此文最初发表于 1935 年 8 月《文学》月刊第 5 卷第 2 号,署名旁。

令乞乞科夫摸过狗耳朵之后,还要摸鼻子——

> "乞乞科夫要和罗士特来夫表示好意,便摸了一下那狗的耳朵。'是的,会成为一匹好狗的。'他加添着说。
>
> '再摸摸它那冰冷的鼻头,拿手来呀!'因为要不使他扫兴,乞乞科夫就又一碰那鼻子,于是说道:'不是平常的鼻子!'"

这种莽撞而沾沾自喜的主人,和深通世故的客人的圆滑的应酬,是我们现在还随时可以遇见的,有些人简直以此为一世的交际术。"不是平常的鼻子",是怎样的鼻子呢?说不明的,但听者只要这样也就足够了。后来又同到罗士特来夫的庄园去,历览他所有的田产和东西——

> "还去看克理米亚的母狗,已经瞎了眼,据罗士特来夫说,是就要倒毙的。两年以前,却还是一条很好的母狗。大家也来察看这母狗,看起来,它也确乎瞎了眼。"

这时罗士特来夫并没有说谎,他表扬着瞎了眼的母狗,看起来,也确是瞎了眼的母狗。这和大家有什么关系呢,然而世界上有一些人,却确是嚷闹,表扬,夸示着这一类事,又竭力证实着这一类事,算是忙人和诚实人,在过了他的整一世。

这些极平常的,或者简直近于没有事情的悲剧,正如无声的言语一样,非由诗人画出它的形象来,是很不容易觉察的。然而人们灭亡于英雄的特别的悲剧者少,消磨于极平常的,或者简直近于没有事情的悲剧者却多。

听说果戈理的那些所谓"含泪的微笑"[①],在他本土,现在是已

---

① "含泪的微笑",这是普希金对果戈理小说的评价。

经无用了，来替代它的有了健康的笑。但在别地方，也依然有用，因为其中还藏着许多活人的影子。况且健康的笑，在被笑的一方面是悲哀的，所以果戈理的“含泪的微笑”，倘传到了和作者地位不同的读者的脸上，也就成为健康：这是《死魂灵》的伟大处，也正是作者的悲哀处。

七月十四日。

答北斗杂志社问[1]

——创作要怎样才会好？

编辑先生：

来信的问题，是要请美国作家和中国上海教授们做的，他们满肚子是“小说法程”和“小说作法”。我虽然做过二十来篇短篇小说，但一向没有“宿见”，正如我虽然会说中国话，却不会写“中国语法入门”一样。不过高情难却，所以只得将自己所经验的琐事写一点在下面——

一，留心各样的事情，多看看，不看到一点就写。

二，写不出的时候不硬写。

三，模特儿不用一个一定的人，看得多了，凑合起来的。

四，写完后至少看两遍，竭力将可有可无的字，句，段删去，毫不可惜。宁可将可作小说的材料缩成 Sketch[2]，决不将 Sketch 材料拉成小说。

五，看外国的短篇小说，几乎全是东欧及北欧作品，也看日本作品。

---

① 此文最初发表于 1932 年 1 月 20 日《北斗》第 2 卷第 1 期。

② Sketch，速写之意。

六，不生造除自己之外，谁也不懂的形容词之类。

七，不相信“小说作法”之类的话。

八，不相信中国的所谓“批评家”之类的话，而看看可靠的外国批评家的评论。

现在所能说的，如此而已。此复，即请

编安！

十二月二十七日。

作文秘诀[①]

现在竟还有人写信来问我作文的秘诀。

我们常常听到：拳师教徒弟是留一手的，怕他学全了就要打死自己，好让他称雄。在实际上，这样的事情也并非全没有，逢蒙杀羿就是一个前例。逢蒙远了，而这种古气是没有消尽的，还加上了后来的“状元瘾”，科举虽然久废，至今总还要争“唯一”，争“最先”。遇到有“状元瘾”的人们，做教师就危险，拳棒教完，往往免不了被打倒，而这位新拳师来教徒弟时，却以他的先生和自己为前车之鉴，就一定留一手，甚而至于三四手，于是拳术也就“一代不如一代”了。

还有，做医生的有秘方，做厨子的有秘法，开点心铺子的有秘传，为了保全自家的衣食，听说这还只授儿妇，不教女儿，以免流传到别人家里去。“秘”是中国非常普遍的东西，连关于国家大事的会议，也总是“内容非常秘密”，大家不知道。但是，作文却好像偏偏并无秘诀，假使有，每个作家一定是传给子孙的了，然而祖传的作家很少见。自然，作家的孩子们，从小看惯书籍纸笔，眼格也许

---

① 此文最初发表于 1933 年 12 月 15 日《申报》月刊第 2 卷第 12 号，署名洛文。

比较的可以大一点罢，不过不见得就会做。目下的刊物上，虽然常见什么“父子作家”“夫妇作家”的名称，仿佛真能从遗嘱或情书中，密授一些什么秘诀一样，其实乃是肉麻当有趣，妄将做官的关系，用到作文上去了。

那么，作文真就毫无秘诀么？却也并不。我曾经讲过几句做古文的秘诀，是要通篇都有来历，而非古人的成文；也就是通篇是自己做的，而又全非自己所做，个人其实并没有说什么；也就是“事出有因”，而又“查无实据”。到这样，便“庶几乎免于大过也矣”了。简而言之，实不过要做得“今天天气，哈哈哈……”而已。

这是说内容。至于修辞，也有一点秘诀：一要蒙胧，二要难懂。那方法，是：缩短句子，多用难字。譬如罢，作文论秦朝事，写一句“秦始皇乃始烧书”，是不算好文章的，必须翻译一下，使它不容易一目了然才好。这时就用得着《尔雅》《文选》了，其实是只要不给别人知道，查查《康熙字典》也不妨的。动手来改，成为“始皇始焚书”，就有些“古”起来，到得改成“政俶燔典”，那就简直有了班马①气，虽然跟着也令人不大看得懂。但是这样的做成一篇以至一部，是可以被称为“学者”的，我想了半天，只做得一句，所以只配在杂志上投稿。

我们的古之文学大师，就常常玩着这一手。班固先生的“紫色鼃声，余分闰位”，就将四句长句，缩成八字的；扬雄先生的“蠢迪检柙”，就将“动由规矩”这四个平常字，翻成难字的。《绿野仙踪》记塾师咏“花”，有句云：“媳钗俏矣儿书废，哥罐闻焉嫂棒伤。”自说意思，是儿妇折花为钗，虽然俏丽，但恐儿子因而废读；下联较费解，是他的哥哥折了花来，没有花瓶，就插在瓦罐里，以嗅花香，他嫂嫂

① 班马，指班固和司马迁。

为防微杜渐起见，竟用棒子连花和罐一起打坏了。这算是对于冬烘先生的嘲笑。然而他的作法，其实是和扬班并无不合的，错只在他不用古典而用新典。这一个所谓“错”，就使《文选》之类在遗老遗少们的心眼里保住了威灵。

做得蒙胧，这便是所谓“好”么？答曰：也不尽然，其实是不过掩了丑。但是，“知耻近乎勇”，掩了丑，也就仿佛近乎好了。摩登女郎披下头发，中年妇人罩上面纱，就都是蒙胧术。人类学家解释衣服的起源有三说：一说是因为男女知道了性的羞耻心，用这来遮羞；一说却以为倒是用这来刺激；还有一种是说因为老弱男女，身体衰瘦，露着不好看，盖上一些东西，借此掩掩丑的。从修辞学的立场上看起来，我赞成后一说。现在还常有骈四俪六，典丽堂皇的祭文，挽联，宣言，通电，我们倘去查字典，翻类书，剥去它外面的装饰，翻成白话文，试看那剩下的是怎样的东西呵！？

不懂当然也好的。好在那里呢？即好在“不懂”中。但所虑的是好到令人不能说好丑，所以还不如做得它“难懂”：有一点懂，而下一番苦功之后，所懂的也比较的多起来。我们是向来很有崇拜“难”的脾气的，每餐吃三碗饭，谁也不以为奇，有人每餐要吃十八碗，就郑重其事的写在笔记上；用手穿针没有人看，用脚穿针就可以搭帐篷卖钱；一幅画片，平淡无奇，装在匣子里，挖一个洞，化为西洋镜，人们就张着嘴热心的要看了。况且同是一事，费了苦功而达到的，也比并不费力而达到的可贵。譬如到什么庙里去烧香罢，到山上的，比到平地上的可贵；三步一拜才到庙里的庙，和坐了轿子一径抬到的庙，即使同是这庙，在到达者的心里的可贵的程度是大有高下的。作文之贵乎难懂，就是要使读者三步一拜，这才能够达到一点目的的妙法。

写到这里，成了所讲的不但只是做古文的秘诀，而且是做骗人的古文的秘诀了。但我想，做白话文也没有什么大两样，因为它也可以夹些僻字，加上蒙胧或难懂，来施展那变戏法的障眼的手巾的。倘要反一调，就是“白描”。

“白描”却并没有秘诀。如果要说有，也不过是和障眼法反一调：有真意，去粉饰，少做作，勿卖弄而已。

十一月十日。

《呐喊》自序[①]

我在年青时候也曾经做过许多梦，后来大半忘却了，但自己也并不以为可惜。所谓回忆者，虽说可以使人欢欣，有时也不免使人寂寞，使精神的丝缕还牵着已逝的寂寞的时光，又有什么意味呢，而我偏苦于不能全忘却，这不能全忘的一部分，到现在便成了《呐喊》的来由。

我有四年多，曾经常常，——几乎是每天，出入于质铺和药店里，年纪可是忘却了，总之是药店的柜台正和我一样高，质铺的是比我高一倍，我从一倍高的柜台外送上衣服或首饰后，在侮蔑里接了钱，再到一样高的柜台上给我久病的父亲去买药。回家之后，又须忙别的事了，因为开方的医生是最有名的，以此所用的药引也奇特：冬天的芦根，经霜三年的甘蔗，蟋蟀要原对的，结子的平地木，……多不是容易办到的东西。然而我的父亲终于日重一日的亡故了。

有谁从小康人家而坠入困顿的么，我以为在这途路中，大概可以看见世人的真面目；我要到N进K学堂去了，仿佛是想走异路，逃异地，去寻求别样的人们。我的母亲没有法，办了八元的川资，

① 此文最初发表于1923年8月21日北京《晨报·文学旬刊》。

说是由我的自便;然而伊哭了,这正是情理中的事,因为那时读书应试是正路,所谓学洋务,社会上便以为是一种走投无路的人,只得将灵魂卖给鬼子,要加倍的奚落而且排斥的,而况伊又看不见自己的儿子了。然而我也顾不得这些事,终于到N去进了K学堂了,在这学堂里,我才知道世上还有所谓格致,算学,地理,历史,绘图和体操。生理学并不教,但我们却看到些木版的《全体新论》和《化学卫生论》之类了。我还记得先前的医生的议论和方药,和现在所知道的比较起来,便渐渐的悟得中医不过是一种有意的或无意的骗子,同时又很起了对于被骗的病人和他的家族的同情;而且从译出的历史上,又知道了日本维新是大半发端于西方医学的事实。

因为这些幼稚的知识,后来便使我的学籍列在日本一个乡间的医学专门学校里了。我的梦很美满,预备卒业回来,救治像我父亲似的被误的病人的疾苦,战争时候便去当军医,一面又促进了国人对于维新的信仰。我已不知道教授微生物学的方法,现在又有了怎样的进步了,总之那时是用了电影,来显示微生物的形状的,因此有时讲义的一段落已完,而时间还没有到,教师便映些风景或时事的画片给学生看,以用去这多余的光阴。其时正当日俄战争的时候,关于战事的画片自然也就比较的多了,我在这一个讲堂中,便须常常随喜我那同学们的拍手和喝采。有一回,我竟在画片上忽然会见我久违的许多中国人了,一个绑在中间,许多站在左右,一样是强壮的体格,而显出麻木的神情。据解说,则绑着的是替俄国做了军事上的侦探,正要被日军砍下头颅来示众,而围着的便是来赏鉴这示众的盛举的人们。

这一学年没有完毕,我已经到了东京了,因为从那一回以后,我便觉得医学并非一件紧要事,凡是愚弱的国民,即使体格如何健全，如何茁壮，也只能做毫无意义的示众的材料和看客，病死多少是不必以为不幸的。所以我们的第一要著，是在改变他们的精神，而善于改变精神的是，我那时以为当然要推文艺，于是想提倡文艺运动了。在东京的留学生很有学法政理化以至警察工业的，但没有人治文学和美术；可是在冷淡的空气中，也幸而寻到几个同志了，此外又邀集了必须的几个人，商量之后，第一步当然是出杂志，名目是取“新的生命”的意思，因为我们那时大抵带些复古的倾向，所以只谓之《新生》。

《新生》的出版之期接近了，但最先就隐去了若干担当文字的人，接着又逃走了资本，结果只剩下不名一钱的三个人。创始时候既已背时，失败时候当然无可告语，而其后却连这三个人也都为各自的运命所驱策，不能在一处纵谈将来的好梦了，这就是我们的并未产生的《新生》的结局。

我感到未尝经验的无聊，是自此以后的事。我当初是不知其所以然的；后来想，凡有一人的主张，得了赞和，是促其前进的，得了反对，是促其奋斗的，独有叫喊于生人中，而生人并无反应，既非赞同，也无反对，如置身毫无边际的荒原，无可措手的了，这是怎样的悲哀呵，我于是以我所感到者为寂寞。

这寂寞又一天一天的长大起来，如大毒蛇，缠住了我的灵魂了。

然而我虽然自有无端的悲哀，却也并不愤懑，因为这经验使我反省，看见自己了：就是我决不是一个振臂一呼应者云集的英雄。

只是我自己的寂寞是不可不驱除的，因为这于我太痛苦。我于是用了种种法，来麻醉自己的灵魂，使我沉入于国民中，使我回到古代去，后来也亲历或旁观过几样更寂寞更悲哀的事，都为我所不愿追怀，甘心使他们和我的脑一同消灭在泥土里的，但我的麻醉法却也似乎已经奏了功，再没有青年时候的慷慨激昂的意思了。

S会馆里有三间屋，相传是往昔曾在院子里的槐树上缢死过一个女人的，现在槐树已经高不可攀了，而这屋还没有人住；许多年，我便寓在这屋里钞古碑。客中少有人来，古碑中也遇不到什么问题和主义，而我的生命却居然暗暗的消去了，这也就是我惟一的愿望。夏夜，蚊子多了，便摇着蒲扇坐在槐树下，从密叶缝里看那一点一点的青天，晚出的槐蚕又每每冰冷的落在头颈上。

那时偶或来谈的是一个老朋友金心异[①]，将手提的大皮夹放在破桌上，脱下长衫，对面坐下了，因为怕狗，似乎心房还在怦怦的跳动。

“你钞了这些有什么用?”有一夜，他翻着我那古碑的钞本，发了研究的质问了。

“没有什么用。”

“那么，你钞他是什么意思呢?”

“没有什么意思。”

“我想，你可以做点文章……”

我懂得他的意思了，他们正办《新青年》，然而那时仿佛不特没有人来赞同，并且也还没有人来反对，我想，他们许是感到寂寞了，但是说：

“假如一间铁屋子，是绝无窗户而万难破毁的，里面有许多熟睡的人们，不久都要闷死了，然而是从昏睡入死灭，并不感到就死的悲哀。现在你大嚷起来，惊起了较为清醒的几个人，使这不幸的少数者来受无可挽救的临终的苦楚，你倒以为对得起他们么?”

---

① 金心异，指钱玄同。

“然而几个人既然起来，你不能说决没有毁坏这铁屋的希望。”

是的，我虽然自有我的确信，然而说到希望，却是不能抹杀的，因为希望是在于将来，决不能以我之必无的证明，来折服了他之所谓可有，于是我终于答应他也做文章了，这便是最初的一篇《狂人日记》。从此以后，便一发而不可收，每写些小说模样的文章，以敷衍朋友们的嘱托，积久就有了十余篇。

在我自己，本以为现在是已经并非一个切迫而不能已于言的人了，但或者也还未能忘怀于当日自己的寂寞的悲哀罢，所以有时候仍不免呐喊几声，聊以慰藉那在寂寞里奔驰的猛士，使他不惮于前驱。至于我的喊声是勇猛或是悲哀，是可憎或是可笑，那倒是不暇顾及的；但既然是呐喊，则当然须听将令的了，所以我往往不恤用了曲笔，在《药》的瑜儿的坟上平空添上一个花环，在《明天》里也不叙单四嫂子竟没有做到看见儿子的梦，因为那时的主将是不主张消极的。至于自己，却也并不愿将自以为苦的寂寞，再来传染给也如我那年青时候似的正做着好梦的青年。

这样说来，我的小说和艺术的距离之远，也就可想而知了，然而到今日还能蒙着小说的名，甚而至于且有成集的机会，无论如何总不能不说是一件侥幸的事，但侥幸虽使我不安于心，而悬揣人间暂时还有读者，则究竟也仍然是高兴的。

所以我竟将我的短篇小说结集起来，而且付印了，又因为上面所说的缘由，便称之为《呐喊》。

一九二二年十二月三日，鲁迅记于北京。

《阿Q正传》的成因[①]

在《文学周报》二五一期里，西谛先生谈起《呐喊》，尤其是《阿Q正传》。这不觉引动我记起了一些小事情，也想借此来说一说，一则也算是做文章，投了稿；二则还可以给要看的人去看去。

我先要抄一段西谛先生的原文——

> "这篇东西值得大家如此的注意，原不是无因的。但也有几点值得商榷的，如最后'大团圆'的一幕，我在《晨报》上初读此作之时，即不以为然，至今也还不以为然，似乎作者对于阿Q之收局太匆促了；他不欲再往下写了，便如此随意的给他以一个'大团圆'。像阿Q那样的一个人，终于要做起革命党来，终于受到那样大团圆的结局，似乎连作者他自己在最初写作时也是料不到的。至少在人格上似乎是两个。"

阿Q是否真要做革命党，即使真做了革命党，在人格上是否似乎是两个，现在姑且勿论。单是这篇东西的成因，说起来就要很费功夫了。我常常说，我的文章不是涌出来的，是挤出来的。听的人往往误解为谦逊，其实是真情。我没有什么话要说，也没有什么

① 此文最初发表于1926年12月18日上海《北新》周刊第18期。

文章要做，但有一种自害的脾气，是有时不免呐喊几声，想给人们去添点热闹。譬如一匹疲牛罢，明知不堪大用的了，但废物何妨利用呢，所以张家要我耕一弓地，可以的；李家要我挨一转磨，也可以的；赵家要我在他店前站一刻，在我背上帖出广告道：敝店备有肥牛，出售上等消毒滋养牛乳。我虽然深知道自己是怎么瘦，又是公的，并没有乳，然而想到他们为张罗生意起见，情有可原，只要出售的不是毒药，也就不说什么了。但倘若用得我太苦，是不行的，我还要自己觅草吃，要喘气的工夫；要专指我为某家的牛，将我关在他的牛牢内，也不行的，我有时也许还要给别家挨几转磨。如果连肉都要出卖，那自然更不行，理由自明，无须细说。倘遇到上述的三不行，我就跑，或者索性躺在荒山里。即使因此忽而从深刻变为浅薄，从战士化为畜生，吓我以康有为，比我以梁启超，也都满不在乎[①]，还是我跑我的，我躺我的，决不出来再上当，因为我于"世故"实在是太深了。

近几年《呐喊》有这许多人看，当初是万料不到的，而且连料也没有料。不过是依了相识者的希望，要我写一点东西就写一点东西。也不很忙，因为不很有人知道鲁迅就是我。我所用的笔名也不只一个：LS，神飞，唐俟，某生者，雪之，风声；更以前还有：自树，索士，令飞，迅行。鲁迅就是承迅行而来的，因为那时的《新青

---

① 这些话都是针对高长虹说的。高在《狂飙》周刊第一期（1926年10月）《走到出版界》的《革革革命及其他》一则内，说："鲁迅是一个深刻的思想家，同时代的人没有能及得上他的。"但不久在《狂飙》第五期（1926年11月）《走到出版界》的《1925北京出版界形势指掌图》内，却攻击鲁迅已"递降而至一不很高明而却奋勇的战士的面目，再递降而为一世故老人的面目"了。文中还以康有为、梁启超、章太炎等人为例，以见"老人"之难免"倒下"，说："有当年的康梁，也有今日的康梁；有当年的章太炎，也有今日的章太炎……。所谓周氏兄弟者，今日如何，当有以善自处了！"按高长虹，山西盂县人，狂飙社主要成员，是当时一个思想上带有虚无主义和无政府主义色彩的青年作者。

年》编辑者不愿意有别号一般的署名。

现在是有人[①]。以为我想做什么狗首领了,真可怜,侦察了百来回,竟还不明白。我就从不曾插了鲁迅的旗去访过一次人;"鲁迅即周树人",是别人[②]查出来的这些人有四类:一类是为要研究小说,因而要知道作者的身世;一类单是好奇;一类是因为我也做短评,所以特地揭出来,想我受点祸;一类是以为于他有用处,想要钻进来。

那时我住在西城边,知道鲁迅就是我的,大概只有《新青年》《新潮》社里的人们罢;孙伏园也是一个。他正在晨报馆编副刊。不知是谁的主意,忽然要添一栏称为"开心话"的了,每周一次。他就来要我写一点东西。

阿Q的影像,在我心目中似乎确已有了好几年,但我一向毫无写他出来的意思。经这一提,忽然想起来了,晚上便写了一点,就是第一章:序。因为要切"开心话"这题目,就胡乱加上些不必有的滑稽,其实在全篇里也是不相称的。署名是"巴人",取"下里巴人",并不高雅的意思。谁料这署名又闯了祸了,但我却一向不知道,今年在《现代评论》上看见涵庐(即高一涵)的《闲话》才知道的。那大略是——

"……我记得当《阿Q正传》一段一段陆续发表的时候,有许多人都栗栗危惧,恐怕以后要骂到他的头上。并且有一位朋友,当我面说,昨日《阿Q正传》上某一段仿佛就是骂他自己。因此便猜疑《阿Q正传》是某人作的,何以呢?因为只

① 这里所说的"有人",指高长虹等。高在《1925北京出版界形势指掌图》里说:"我与鲁迅,会面不只百次。"同时谩骂鲁迅"要以主帅自诩"。

② "别人",指陈西滢等。

有某人知道他这一段私事。……从此疑神疑鬼，凡是《阿Q正传》中所骂的，都以为就是他的阴私；凡是与登载《阿Q正传》的报纸有关系的投稿人，都不免做了他所认为《阿Q正传》的作者的嫌疑犯了！等到他打听出来《阿Q正传》的作者名姓的时候，他才知道他和作者素不相识，因此，才恍然自悟，又逢人声明说不是骂他。”(第四卷第八十九期)

我对于这位“某人”先生很抱歉，竟因我而做了许多天嫌疑犯。可惜不知是谁，“巴人”两字很容易疑心到四川人身上去，或者是四川人罢。直到这一篇收在《呐喊》里，也还有人问我：你实在是在骂谁和谁呢？我只能悲愤，自恨不能使人看得我不至于如此下劣。

第一章登出之后，便“苦”字临头了，每七天必须做一篇。我那时虽然并不忙，然而正在做流民，夜晚睡在做通路的屋子里，这屋子只有一个后窗，连好好的写字地方也没有，那里能够静坐一会，想一下。伏园虽然还没有现在这样胖，但已经笑嬉嬉，善于催稿了。每星期来一回，一有机会，就是：“先生，《阿Q正传》……。明天要付排了。”于是只得做，心里想着，“俗语说：‘讨饭怕狗咬，秀才怕岁考。’我既非秀才，又要周考，真是为难……。”然而终于又一章。但是，似乎渐渐认真起来了；伏园也觉得不很“开心”，所以从第二章起，便移在“新文艺”栏里。

这样地一周一周挨下去，于是乎就不免发生阿Q可要做革命党的问题了。据我的意思，中国倘不革命，阿Q便不做，既然革命，就会做的。我的阿Q的运命，也只能如此，人格也恐怕并不是两个。民国元年已经过去，无可追踪了，但此后倘再有改革，我相信还会有阿Q似的革命党出现。我也很愿意如人们所说，我只写出了现在以前的或一时期，但我还恐怕我所看见的并非现代的前身，而是其后，或者竟是二三十年之后。其实这也不算辱没了革命党，阿Q究竟已经用竹筷盘上他的辫子了；此后十五年，长虹“走到出版界”，不也就成为一个中国的“绥惠略夫”[①]了么？

《阿Q正传》大约做了两个月，我实在很想收束了，但我已经记不大清楚，似乎伏园不赞成，或者是我疑心倘一收束，他会来抗议，所以将“大团圆”藏在心里，而阿Q却已经渐渐向死路上走。到最末的一章，伏园倘在，也许会压下，而要求放阿Q多活几星期的罢。但是“会逢其适”，他回去了，代庖的是何作霖君，于阿Q素无爱憎，我便将“大团圆”送去，他便登出来。待到伏园回京，阿Q已经枪毙了一个多月了。纵令伏园怎样善于催稿，如何笑嘻嘻，也无法再说“先生，《阿Q正传》……。”从此我总算收束了一件事，可以另干别的去。另干了别的什么，现在也已经记不清，但大概还是这一类的事。

其实“大团圆”倒不是“随意”给他的；至于初写时可曾料到，那倒确乎也是一个疑问。我仿佛记得：没有料到。不过这也无法，谁能开首就料到人们的“大团圆”？不但对于阿Q，连我自己将来的“大团圆”，我就料不到究竟是怎样。终于是“学者”，或“教授”乎？还是“学匪”或“学棍”呢？“官僚”乎，还是“刀笔吏”呢？“思想界之权威”乎，抑“思想界先驱者”乎，抑又“世故的老人”乎？“艺术家”？“战士”？抑又是见客不怕麻烦的特别“亚拉籍夫”乎？乎？乎？乎？乎？

但阿Q自然还可以有各种别样的结果，不过这不是我所知道

---

① “绥惠略夫”，俄国作家阿尔志跋绥夫的小说《工人绥惠略夫》中的人物，一个无政府主义者。高长虹在《1925北京出版界形势指掌图》内以绥惠略夫自比，说他初访鲁迅的情形，使他“想象到亚拉籍夫与绥惠略夫会面时情形之仿佛”（亚拉籍夫也是《工人绥惠略夫》中的人物）。

的事。

先前，我觉得我很有写得“太过”的地方，近来却不这样想了。中国现在的事，即使如实描写，在别国的人们，或将来的好中国的人们看来，也都会觉得 grotesk①。我常常假想一件事，自以为这是想得太奇怪了；但倘遇到相类的事实，却往往更奇怪。在这事实发生以前，以我的浅见寡识，是万万想不到的。

大约一个多月以前，这里枪毙一个强盗，两个穿短衣的人各拿手枪，一共打了七枪。不知道是打了不死呢，还是死了仍然打，所以要打得这么多。当时我便对我的一群少年同学们发感慨，说：这是民国初年初用枪毙的时候的情形；现在隔了十多年，应该进步些，无须给死者这么多的苦痛。北京就不然，犯人未到刑场，刑吏就从后脑一枪，结果了性命，本人还来不及知道已经死了呢。所以北京究竟是“首善之区”，便是死刑，也比外省的好得远。

但是前几天看见十一月二十三日的北京《世界日报》，又知道我的话并不的确了，那第六版上有一条新闻，题目是《杜小拴子刀铡而死》，共分五节，现在撮录一节在下面——

> 杜小拴子刀铡余人枪毙　先时，卫戍司令部因为从了毅军各兵士的请求，决定用“枭首刑”，所以杜等不曾到场以前，刑场已预备好了铡草大刀一把了。刀是长形的，下边是木底，中缝有厚大而锐利的刀一把，刀下头有一孔，横嵌木上，可以上下的活动，杜等四人入刑场之后，由招扶的兵士把杜等架下刑车，就叫他们脸冲北，对着已备好的刑桌前站着。……杜并没有跪，有外右五区的某巡官去问杜：要人把着不要？杜就笑而不答，后来就自己跑到刀前，自己睡在刀上，仰面受刑，先

① Grotesk，德语，意思是古怪的、荒诞的。

时行刑兵已将刀抬起，杜枕到适宜的地方后，行刑兵就合眼猛力一铡，杜的身首，就不在一处了。当时血出极多。在旁边跪等枪决的宋振山等三人，也各偷眼去看，中有赵振一名，身上还发起颤来。后由某排长拿手枪站在宋等的后面，先毙宋振山，后毙李有三赵振，每人都是一枪毙命。……先时，被害程步墀的两个儿子忠智忠信，都在场观看，放声大哭，到各人执刑之后，去大喊：爸！妈呀！你的仇已报了！我们怎么办哪？听的人都非常难过，后来由家族引导着回家去了。

假如有一个天才，真感着时代的心搏，在十一月二十二日发表出记叙这样情景的小说来，我想，许多读者一定以为是说着包龙图爷爷时代的事，在西历十一世纪，和我们相差将有九百年。

这真是怎么好……。

至于《阿Q正传》的译本，我只看见过两种。法文的登在八月分的《欧罗巴》上，还止三分之一，是有删节的。英文的似乎译得很恳切，但我不懂英文，不能说什么。只是偶然看见还有可以商榷的两处：一是“三百大钱九二串”当译为“三百大钱，以九十二文作为一百”的意思；二是“柿油党”不如译音，因为原是“自由党”，乡下人不能懂，便讹成他们能懂的“柿油党”了。

十二月三日，在厦门写。